小女金不換

3

完

文創風 769

君子羊 著

目錄

第二十一章

八月十五晚上，雲開一家先到廟裡燒了香，又在外邊吃了飯，吃完飯後，安其滿先把媳婦兒和孩子們送回家，才帶著作坊裡的孩子們上街看花燈，很晚才回來。

「燈謎會可熱鬧了，寧致遠和曾九思在街上猜燈謎，兩個人鬥得難分難解。」安其滿回家後跟媳婦兒說著猜燈謎的事，雲開滿是趣味地在一旁聽著這回都有些什麼燈謎。明天晚上，她就要讓這兩個人淪為笑話！

八月十六晚，安其滿和梅氏留在家中賞月，雲開和丁異約好了一起進城觀燈。坐在院子裡的安其滿，望著圓圓的月亮長嘆一聲。「閨女長大了，心就外向了……」

梅氏抿著唇笑。「開兒與丁異在一起可不是外向，這兩個孩子以後會一直陪在咱們身邊，長長久久的。」

丁異與丁二成父子不睦，他又將他們的閨女看得極重，而開兒捨不得爹娘，這兩個小的若是真在一起了，定會在富姚村落戶成家，可不是長長久久了嗎？

「還有什麼比閨女不用受婆家氣、不用伺候公婆，又能陪在咱們身邊一輩子更好的事？」

安其滿嘆口氣，想到他家大姊兒以後會有丁二成那樣的公公，心裡還是滿滿的不舒坦，不過也只能如此了，這兩孩子，是誰也不能把他們分開了！

「今晚若是曾應龍過來找雲開去城裡玩，你會放她去？」梅氏又問。

安其滿搖頭，他不放心曾應龍，卻放心丁異，一個是丁異有能耐保護閨女，二是他相信無論出了什麼事，丁異一定會把閨女的安全放在第一位。

安其滿想著想著，心中那點閨女被丁異搶走的不悅，漸漸被撫平了。他輕輕搖著懷裡的小閨女，只希望她慢一些，再慢一些長大，不要那麼快就跟人跑了才好。

此時丁異和雲開這對竹馬小青梅手拉著手，拿著糖人，在花燈人流中閒逛著，兩人這兒看看、那兒停停，只覺得燈海美到不行。

待到月兒升高時，兩人走到城中最大的酒樓四海閣門前。

四海閣今晚會出兩個絕對，能對上絕對的接下來一年可以在四海閣免費吃飯，這是今年中秋節最吸引人的事。

平日想在四海閣吃一頓飯，少說也得花個幾兩銀子，一般人自然想要這個隨時可以飽餐一頓的機會，讀書人則更不想錯過這個揚名的好機會。是以，今晚四海閣前人山人海，去年帶傷未出現的寧致遠、雖中三元卻輸給一個不知名孩童的曾九思等人都齊聚四海閣。

跟著一起來的，當然還有寧山長家頗有才名的二姑娘寧若素。小廝裝扮的寧若素被寧致遠和曾九思保護在中間，雲開的三叔安其堂護花使者一樣地站在寧若素身後，一臉的歡喜。

寧若素只是跟寧致遠和曾九思說話，偶爾回頭看安其堂一眼，安其堂便笑得像個傻子。雲開緊了緊手中的糖人兒，想一巴掌搧過去！

「別理，他們。」丁異拉住雲開的小手。「鄧伯父，來了。」

雲開隨著丁異到了鄧雙溪身邊，雲開早先便讓丁異送信約鄧雙溪出來賞燈猜燈謎，並讓他帶上兩個小廝，鄧雙溪果然準點帶著兩個小廝欣然前來。

雲開和丁異走過去，鄧雙溪彎腰低聲問道：「能猜中？」

雲開笑得一臉天真。「試試看。」

鄧雙溪摸了摸她的腦袋，笑了。若是真能如雲開所言的那樣，今晚可是他鄧家大出風頭的好機會，他喜聞樂見。

「傻妞、小磕巴！」手裡拿著肉團子正逛過來的曾八斗見到雲開和丁異也來了，立刻叫喚著衝過來。「小磕巴你終於回來了！你不在家，傻妞都不出來跟少爺我玩，沒你們倆，我快悶死了！」

他這一嗓子把四海閣前圍觀眾人的目光引過來八成。傻妞？哪個是傻妞？

雲開狠狠踩上他的腳。「你叫什麼！」

曾八斗疼得咧嘴，卻嘿嘿地笑。「雲開，丁異！」

丁異把雲開拉到自己身邊護著，不理出來攪局的蠢胖子，曾八斗沒皮沒臉地蹭上來。

「吃肉團子不？可好吃了！」

「不要！」

「不吃！」

「你們的糖人兒在哪兒買的？真好看！」曾八斗用牙籤叉了肉團子塞在嘴裡，沒話找話。就如他所言，最近這地主家的傻兒子，沒有屬於曾家的村子讓他去逞威風，悶壞了。

鄧雙溪見曾八斗與丁異二人玩得這樣好，嘴角也掛起笑意。

人群最前面的曾九思和寧致遠也見到了鄧雙溪，立即帶著寧若素出來行禮。「請鄧伯父安。」

鄧雙溪微微點頭，看了眼被寧致遠護在身邊的寧若素和被丁異保護著的安雲開，心中不免感慨。

同一時間，寧致遠也看到了安雲開，她依舊旁若無人地與丁異說著悄悄話，看也不看他一眼，許久不見，一點也不見長進。

寧致遠抿抿唇，很奇怪，這小姑娘他沒見過幾次，也沒什麼好感，卻從來不曾忘記她的模樣。

曾九思見二弟跟這兩人混在一起，心中不悅，不過看在神醫的面子上，也只得皺眉忍了。

這時，四海閣的閣主出來行禮，講了幾句場面話後，左手一揮，便有下人在大門兩邊掛起兩個大大的紅燈籠。「此處共有上聯兩副，能對上這兩副對聯者，自現在起至明年八月十五，來四海閣用飯便分文不取！」

「那他要帶著人一起來吃呢？」人群中有人起鬨問道。

「一桌以內，不取！」四海閣閣主笑道。

這可是大大的好事啊！眾人紛紛抬頭看著大紅燈籠，四海閣閣主也不賣關子，抬手拉下燈籠垂下的紅繩，第一幅上聯自上而下展開。

「進古泉喝十口白水？」

眾人唸完，先是因這大白話一陣大笑，然後擰眉細思。這真的很難啊，他們是對不上來了，於是眾人紛紛把目光集中在青陽呼聲最高的才俊——曾九思和寧致遠身上。

這二人亦斂眉沈思，這是拆字對，古泉對十口白水，要對哪個詞才工整抒意？

曾八斗在一邊啃著肉團子。「我哥一定會，沒有他對不上來的對子！」

「第二幅上聯！」四海閣閣主又拉下第二個紅燈籠。

只見其上書：望江樓，望江流，望江樓上望江流。江樓千古，江流千古！

這個也很難，寧致遠皺起眉，他心中稍有眉目，但一時還不成對。

另一頭的雲開眼睛一轉，便與鄧雙溪身邊的兩個小廝耳語兩句，然後抬頭衝著鄧雙溪眨眼笑了。丁異見此，也得意地笑了，他的雲開可比曾九思這些人聰明多了！

鄧雙溪抬眸，聲音略高地問道：「對上了？」

「對上了。」他身邊的兩個小廝齊聲道。

眾人回首，目光落在鄧家小廝身上，頗為驚訝。安其堂俯身與寧若素耳語幾句，寧若素捂嘴笑了。曾九思看著鄧家三寸丁的小廝，也是一臉不信。

四海閣閣主笑道：「不愧是鄧家，果然能人輩出，不知這兩位小兄弟對的下聯是什麼？」

只有十一、二歲的小廝抬頭大聲道：「第一聯：進古泉喝十口白水，小童兒對：織重帳繡千里巾長。」

閣主聞言眼睛一亮，雖不算上佳，但也真的是對上了。「妙，妙哉！不知這第二聯？」

鄧雙溪身邊的另一個小廝朗聲道：「望江樓，望江流，望江樓上望江流。江樓千古，江流千古。小童兒對：印月井，印月影，印月井中印月影。月井萬年，月影萬年。」

這次真是對得工整，不用閣主拍手，圍觀眾人便齊聲叫好了。「好！好啊！」

「不愧是青陽第一書商大家，家裡的小廝都這麼厲害！」

「這腦子，送去青陽書院讀書準能考個秀才回來！」

「……」

閣主笑道：「可還有人要對？」

眾人的目光皆落在曾九思和寧致遠身上。還不等二人有所表示，曾八斗就叫喚上了。

「我哥能對！我哥怎麼可能輸給兩個下人。哥，來兩句！」

「來兩句！」周圍人跟著起鬨。

曾九思臉一紅，暗惱二弟，只得拱手道：「小生無能。」

眾人的目光又落在寧致遠身上，寧致遠亦搖頭。「致遠亦甘拜下風。」

他想到的還不如鄧家小廝，便是說出來也徒增笑耳。

眾人的目光都落在鄧家的小廝身上，想起去年八月十五曾九思猜燈謎被一個小娃兒刷了大四喜之事，趕忙問鄧雙溪。「鄧老爺，去年猜燈謎破了曾九思少爺小三元的稚子，可就是您家的小童？」

鄧雙溪搖頭。「非也，老朽也不知去年是何人。」

「這年頭神童輩出啊！」眾人感嘆著，目光落在曾九思和寧致遠身上。

曾九思頗有幾分狼狽，寧致遠則含笑點頭，似是頗為青陽出了神童而欣喜，高下立見。雲開嘴角噙著冷笑，暗道寧致遠不愧是寧適道的兒子，能裝！

四海閣閣主把牌子給了鄧雙溪，因對上這兩個絕對的乃是鄧家家僕，牌子自然是歸了他們的主子。

鄧雙溪拿著牌子，腰桿挺得筆直，痛快，真痛快！沒想到他們鄧家也有一日可以在學問上壓倒寧家，看這次寧適道那偽君子還有何話講！

今晚萬眾期待的重頭戲卻以這樣的喜劇場面落下帷幕，誰能想得到呢？眾人興奮異常地談論著，想來不出一夜，鄧家小童對上絕對、力壓青陽書院才子得四海閣牌子的事，就會傳遍大街小巷！

真是氣人！寧若素噘著小嘴，曾八斗丸子都不吃了，拉著他哥問道：「哥，那麼簡單的對子你怎麼不對呢？不會因為他們是鄧家人，你就給他們面子吧？這時候要啥面子啊，哥，你再對啊，八斗想吃四海閣的菜……」

曾九思臉都黑了。「胡鬧！找傻妞和小磕巴玩去！」

「你不會是真的對不上來吧？」曾八斗更驚了，在他心裡他大哥在玩的方面不成，但在學問上可一直是無所不能的！

曾九思實在懶得理他的傻弟弟，乾脆轉身跟著寧致遠和寧若素走了。

「咱到哪兒吃東西去？」曾八斗鬱悶，問了一句卻聽不到有人回答，轉頭一看，才發現傻妞和小磕巴已經跑得沒影了！

人呢？

曾八斗更鬱悶了，舉著肉丸子仰頭吼道：「丁異，你給小爺我回來——」

遠處一個戴著面紗的胖婦人聽見曾八斗的吼聲，停住腳步開始四下急切找尋。

更遠處，丁異拉著雲開跑到較暗的小巷口，咯咯地笑。

丁異見雲開一臉快活，他便一臉高興。「真解氣！」

是呢，真解氣！

「妳好，厲害！」丁異跟著劉神醫認字，學的都是醫理，但他從場面上也看得出來今天四海閣掛出來的兩個對子很難對。別人都為難對不上時，他的雲開卻想都不用想就對上了，真是太厲害了！

雲開扶額，心虛得緊，因為她是湊巧聽過這兩個對子才對得這麼好。這兩個上聯在後世都是千古絕對，她大學的國文老師剛好在課堂上當作範例講過。

若是其他的對子，她還不見得真能對上來。

這就是自己的運氣，雲開的小臉開花，老天都是向著她的，氣死他們！

丁異看著她隱在暗處幾乎不顯的膚色，很是心疼。真正的雲開長得很白很漂亮，但她因為怕被人認出來，怕因為漂亮而惹麻煩，只能藏著隱著。

等他再長大一些，一定不讓她過得這麼委屈，連臉都得藏著不能見人。

「回去？」天色已經不早了，丁異答應過二叔要早點帶雲開回家的。

雲開也不是多喜歡在人群裡鑽來鑽去的性子，若不是為了猜燈謎，她也不會出來。「回去。」

兩個小的就此往回走了一段路，走到一半，丁異猛然回頭，停住。

雲開低聲問道：「怎麼了，是曾八斗追來了嗎？」

丁異搖頭，低聲道：「我娘。」

什麼？朵氏還在青陽城中？雲開吃驚地四處尋找。「在哪兒呢？」

丁異悶頭拉著雲開往前走。「走了。」

「咱們去找找吧？」雲開曉得丁異還放不下他的娘親。

丁異搖頭。「她走了，不想，見我。」她連那個照顧了好幾個月、還親手給他做衣服做飯的孩子都賣了……

雲開替丁異難過，拉著他的手往前走。「現在見到了，說明你娘就在城中，人是安好的，你莫太擔心啊。」

牆角處，衣著臃腫的朵氏偷看著丁異與雲開走遠，又悄悄跟了上去。

丁異送雲開回家後，謝絕安其滿夫妻的挽留，獨自一人踏著月色回藥谷。他曉得師父要他獨自一人回去的緣由，是為了讓他練膽子，這幾年來的經歷讓他早已不懼黑夜，丁異踏著明如水的月色，一步步地往回走。

走過蘆葦地時，丁異忽然回頭。「誰？」

身後蘆葦沙沙，不見人影。

丁異皺著眉，揚聲充滿期待地問道：「娘？」

隱在暗處的朵氏咬唇沒動，眼看著丁異站了一會兒，又轉身走入山中。

不能再跟了，朵氏抱著膝蓋坐在蘆葦地裡的石頭上，琢磨著該怎麼辦。

雖然幾次回頭都沒有見到人，但出於強烈的直覺，丁異覺得跟在身後的一定是他娘親。娘親也想他了嗎？

丁異一晚都沒有睡好，第二天一早他又以採草藥為名，揹著背簍出谷，沿著富姚村的方向走去，想找尋娘親的蹤跡。

可越走，他越怕，既怕見到娘親，又怕見不到娘親。

待走到村外不遠一處避風的石縫時，丁異見到石頭邊露出一塊土黃色的衣角，他心臟怦怦跳著慢慢走過去，果然見到他娘蜷縮著睡在一堆落葉上。

她的臉上依舊塗著他給的藥，腫得難看，她的手比以前更粗糙了，身上的衣裳也更破舊了，看來她的日子過得並不好。

睡得並不踏實的朵氏突然驚醒，張開眼見到立在面前高了一大截的兒子，立刻站起來，晃掉頭上的落葉，拍掉身上的塵土，眼裡竟慢慢有了淚光。

見娘親這樣，丁異心裡緊繃著的那根弦也斷了，他張嘴想喊一聲娘，但嘴唇嚅動了幾次卻喊不出聲來。

朵氏頂著幾片枯葉上前拉著丁異，走到一個太陽能照到的避風處，她太冷了，得先暖和過來才行。

記憶裡，這還是娘親第一次拉他的手，雖然她的手是粗糙的、冰涼的，丁異還是很激動。待到被太陽曬得暖和過來，朵氏才指了指自己的嗓子，又用樹枝在地上寫了三個字。

丁異還不曉得娘居然是識字的，他低頭看，地上是三個端正的字：能治嗎？

娘親想治她的嗓子？娘親已經啞了這麼多年，丁異也沒有把握。「得問，師父。」

朵氏點頭。

母子相對無言，許久後，丁巽才問：「娘，跟我，回去？」

朵氏又寫下幾個字：除了神醫，別告訴第三人。

娘是怕被爹知道抓回去吧，丁巽點點頭，立即帶她回了藥谷。神醫見到朵氏倒沒有覺得多驚訝，一個不會說話的婦人在外躲躲藏藏的，能過上什麼好日子？神醫早就斷定她早晚會回來找丁巽。

畢竟這個世上，沒有人比丁巽更能讓她放心依靠。

聽到她要治嗓子，劉清遠為她診脈，又查看了嗓子的情況，最後取了朵氏的血，一邊驗看一邊給丁巽講解。「……所以，你娘的嗓子當年是被滴水觀音的汁加了生半夏粉毒啞的，這比為師想的還要好一些，為師以為她是被人灌了熱油弄啞的。」

畢竟熱油比毒藥更易得，不曉得曾家哪來的這樣的毒藥。滴水觀音加生半夏，若是調不好是會致命的。

「能治嗎？」丁巽問。

神醫也沒有十分的把握。「試試看，雖不見得一定能治好，但總不會比現在更糟。」

於是，朵氏就此留在了藥谷。

雲開得知此事後只是問：「以後要怎麼辦？」

丁巽茫然地搖頭，讓娘親一直留在藥谷並不合適，可若是讓她獨自在外面躲躲藏藏的他會更擔心，萬一被他爹或曾家人發現，他娘肯定會吃不少苦頭。

雲開拍了拍他的肩膀。「你娘是個有主意的人，她一定有自己的打算，先幫她治好嗓子再說吧。」

不過，啞了這麼多年的嗓子真的能治好嗎？雲開表示嚴重懷疑，再有就是治好嗓子後，雲開也不覺得朵氏會一直留在丁異身邊，因為她似乎對丁異這個兒子一點好感也沒有。

中秋過後沒幾日，朵氏的嗓子還沒起色，雲開的三叔安其堂卻突然回了村，拉著雲開就往外走。

雲開用力甩開他的手。「三叔要做什麼？」

「寧夫人小產，妳快隨三叔去藥谷請神醫出谷為寧夫人診治。」安其堂急得滿頭大汗。「要快！」

江氏小產了？雲開微微驚訝，不是前幾天才說胎坐穩了嗎？

梅氏抱著小雲淨走過來，問道：「三弟，是寧家人讓你來的？」

「那倒沒有……」安其堂羞赧地道：「是其堂見到寧二小姐去書院尋她父親哭得厲害，於心不忍……」

雲開翻白眼，你是寧家什麼人，人家夫人小產哪輪得到你來請郎中。

梅氏道：「寧夫人小產之事，寧家不見得願意讓外人知道，你雖是好心，但這樣做卻不一定順了寧山長的意。」

「可……」安其堂焦急著，想到哭成淚人兒的寧二姑娘，那副神情分明就是讓他來請神醫的意思，可這種眉目傳意之事他卻不好宣之於口。「可他們總要請郎中的，青陽之內還有哪個郎中能厲害得過劉神醫？」

「寧夫人已經小產，現在就是要調養身體，又不是急症，人家不見得要找最厲害的郎中，三叔這樣未免太自作多情了。」雲開直言。

安其堂不想放棄。「可是……」

「再說，雲開算神醫的什麼人？雲開跟著三叔去了，神醫就會出谷嗎？三叔未免太高看雲開了！」雲開冷靜道：「三叔不拿寧家當外人，但我們與寧家卻不熟，沒必要為了他們去為難神醫。」

安其堂皺起眉頭，雲開的話惹得他十分不悅。以雲開和丁異的關係，雲開去求神醫便是神醫不肯，丁異也會拉著神醫出谷的，現在她一再拒絕也太不近人情。

二嫂也是不願意的，大嫂說得不錯，分家後二哥一家的心越來越硬了。

「妳不去，我自己去！便是跪在藥谷外，我也要求神醫出谷！」安其堂甩袖離去，直奔藥谷。

雲開正琢磨著江氏小產的事，院裡的大黑又叫了，曾八斗跳進院子，又火燒火燎地要拉雲開。「快跟少爺我去請神醫出谷，為寧夫人治病！」

還有完沒完了！雲開跳開。「要去你自己去，別來煩我！」

曾八斗鼓起腮幫子。「本少爺要是有妳和小磕巴的交情，還會來求妳？快點，囉嗦什麼！」

此地不是南山鎮，曾家也沒什麼好怕的，梅氏擋在閨女面前。「神醫有神醫的規矩，曾少爺不要為難我們。」

「妳去不去？」曾八斗不理梅氏，歪著腦袋瞪著眼追問雲開。

「不去！」

「去不去？」曾八斗瞪起眼睛，在院子裡洗衣裳的祥嫂也跑過來，防備著這不講道理的曾家二少爺耍無賴。

「不去！」雲開大聲道。

曾八斗一跺腳。「好，妳不去，少爺我去！」

曾八斗轉身出門，上馬奔去藥谷。

雲開開門看了一眼，見曾九思騎著馬跟在曾八斗身後。

雲開冷笑一聲，還真是！江氏小產，他們這些獻殷勤的人倒比寧家人還著急！要她去替江氏求神醫出谷，作夢！雲開關上大門。

「妳三叔莫不是看上寧山長家的二姑娘了吧？咱們什麼家門人家什麼家門，他……」梅氏有些說不出口，頓了頓才道：「那寧二姑娘看身量，可不像十幾歲的。」

當然沒有十幾歲！寧適道的第一位夫人生下長女寧若雲，也就是雲開之後沒幾日便撒手人寰，寧適道為妻守空房不過三月，便娶了濟縣書香高門的嫡女江氏做填房，第二年便生下寧若素。

雲開十歲，寧若素今年只有九歲。

今年十八歲的安其堂對九歲的寧若素動了心，這說起來真是……滑稽！不過除了安其堂，今年十六的曾九思，不也對她動了心嗎！

雲開扯起嘴角笑了笑。「這件事咱們不摻和，三叔想怎麼樣都有奶奶管著呢。」

梅氏點頭。「說得對，咱們接著做柿餅子。」

秋後是村裡的農婦們積極準備過冬吃食的時候，自家菜園子種的菜、山坡樹林裡的野菜，在她們眼裡都是寶貝，收菜、存菜、醃菜、晾曬瓜果……家家恨不得把院裡擺滿、掛滿，處處皆是豐收的喜悅。

梅氏前兩天剛帶著祥嫂曬了不少乾菜，這幾日又忙著削柿皮做柿餅，雲開也跟著忙活，忙得是津津有味。

一盆柿子還沒削完，曾八斗便又跑了回來。「傻……雲開，神醫不肯出來，妳幫我們去叫開谷門好不好？叫開了，以後妳想要我幹啥，本少爺就幹啥！想要我打誰，本少爺就打誰！」

「哇……嗚……」被吵醒的小雲淨哭了起來，梅氏趕忙洗手去哄孩子。

雲開眉頭一挑。「我要你現在就出去！」

「妳……」

曾八斗剛要跳腳，曾九思卻走了進來，出聲道：「八斗，不得無禮。」

不得不說，曾春富的優秀基因全遺傳到了曾九思身上。這廝邁步向雲開走來時，還真有一副青年才俊的好架勢。曾九思走到雲開母女面前，躬身行禮。「夫人、安姑娘，我二弟驚醒了令千金，九思替他賠罪。」

梅氏點頭。

曾九思看著雲開，忽覺得這丫頭沒了臉上的疙瘩後，模樣竟然生得還不錯，特別是這雙漆黑明亮的眼睛甚是勾魂攝魄，不過可惜，她太黑了一些，若是白點兒，也算得上是個清秀佳人……不過二弟明明說過這丫頭很白的，怎麼越長越黑了呢？

「安姑娘，八斗與人越熟，說話越是隨意。他並沒有輕慢姑娘之意，還請姑娘恕罪。」

還真是會說話！曾八斗以前橫行鄉里時到哪兒不是橫著走的？那豈不是說他跟整個南山鎮的人都是熟的！

見雲開不語，曾九思便接著道：「恩師於九思有授業之恩，如今師母臥床，九思晝夜難安，因此誠心來為師母求醫。九思不是不肯如令叔那般跪在山前，只是師母還在家中等著良醫診治，九思這才厚顏來求姑娘。若姑娘肯出手，曾家定不忘姑娘大恩。」

又把曾家搬出來了？雲開皺皺眉，曾家她現在的確不想得罪。「我是與丁異能玩到一處，但藥谷有藥谷的規矩，我去了也沒用。」

「只要姑娘肯去，成與不成，九思都感激不盡。」曾九思再行禮，誠意十足。

雲開還沒說話，門外便傳來寧致遠的聲音。「九思莫難為安姑娘，隨我去山谷，我自有辦法請神醫出谷。」

曾九思聞言，匆匆走了出去，曾八斗對雲開做了個鬼臉也跟著跑了。

寧致遠帶著曾九思從安家門前經過時，看了進來，與雲開靜若湖水的目光碰在一處，不曉得為什麼，寧致遠的心裡忽然掀起一波風雨，而雲開心裡亦升起一股不平和……委屈。

委屈？雲開壓住心口，這一定是傻妞的情緒，她可不覺得有什麼好委屈的！

梅氏嘆口氣。「神醫在此的消息傳出去，咱們以後怕是不得安生了。」

雲開收回心思，笑道：「這些人來幾次後，知道咱們在神醫面前沒有那麼大的臉面，自然就不來了，這用不了多久。」

「若是什麼病都來找神醫，神醫怕是又要帶著丁異外出了。」梅氏感嘆道：「他們回來也才半個月。」

雲開卻不覺得丁異會走，因為朵氏還在藥谷裡治嗓子呢，也不曉得治好沒有。

寧致遠來到藥谷外，先扶起在地上跪著的安其堂，才面對山谷行禮，朗聲喊道：「學生寧致遠，前來拜會劉伯父。」

伯父？石屋內的藥童皺了皺眉，好個臭小子，還敢跟先生攀起親戚了！

寧致遠接著道：「學生進京遊學時，曾有幸拜會國子監祭酒蔡大人。蔡大人聽聞先生在青陽，特令學生帶來一封書信，讓學生親手交給劉伯父。」

藥谷口的石頭屋裡傳出聲音。「可是蔡横淳大人？」

「不錯。」

這封書信的確是寧致遠入京拜訪時蔡横淳大人交給他的，去年寧致遠帶著母親去南山鎮，也是因為懷揣蔡横淳的親筆書信，自信能叩開藥谷。

哪知劉神醫先行一步，他們卻遇到了兵匪。

去年母親前來拜訪神醫時，他臥床養傷，後來覺得這封信應在緊要時再拿出來換得神醫出面救人，便一直未到藥谷拜訪。

時至今日，為了小產的母親，他才匆匆趕來。

寧致遠翹起嘴角，心知此事已成。因為國子監祭酒與曾在京中為御醫的劉清遠，乃是至交好友。

哪知藥谷的柴扉還是未開，不知道躲在哪裡的守谷人大聲道：「先生外出採藥未歸，你下次再來。」

寧致遠略沈吟。「不知神醫何時歸來？」

藥童不耐煩答道：「先生入山採藥，採到藥便會回來！藥童又未跟著去，哪知道何時？」

寧致遠無奈，也只得帶著曾九思和曾八斗告辭，臨走前他問安其堂。「其堂兄可要與我等同歸？」

神醫果然不在谷中，安其堂知道守在此地也無用。「我送你們到村口。」

見他們走了，藥谷竹屋裡的朵氏久久不能回神。兒子的師父不光醫術了得，竟還跟京城國子監的祭酒大人有交情。

看他待兒子還不錯，自己是不是可以……賴在藥谷中不走？

此時正值深秋，是根果類草藥採挖的大好時節，劉清遠帶著他的愛徒進山採藥，一去便是月餘。

待二人從山中滿載而歸時，看到山谷前竟圍著二十多個人，劉清遠皺眉，帶著徒弟繞小路回了山谷。

山谷內的朵氏已經洗去了丁異的特效藥膏，露出姣好的面容和苗條的身姿。因這段時日在谷中不愁吃喝不擔憂，又有好藥調理身體，朵氏臉色紅潤、目光清明，臉上少了淡漠麻木，多了一絲笑意。

當她拿著藥鋤一步步向丁異走來時，第一次見到娘親笑的丁異，沒出息地手足無措了。

劉清遠拍拍可憐徒兒的肩膀，把地方留給他們母子，獨自揹著藥材進了藥房。

「回……來了。」朵氏的聲音嘶啞，但吐字還算清晰，只是十幾年未曾說話，一時還有些不習慣。

便只是三個字，丁異已經十分激動了，他傻笑了一會兒，趕忙放下背簍，從裡邊刨出一小包黑乎乎的根莖，小心地呈給他娘，朵氏不認得是什麼東西，問道：「治……嗓……子？」

丁異用力點頭，又拿出一根山參遞給他娘。

朵氏在曾家做了十幾年的大丫鬟，眼力還是有的。這是根十幾年的山參，品相不錯，根鬚完好，雖不曉得現在的市價，但大約幾十貫總是有的。朵氏身邊連兩貫錢都沒有，否則她也不會來投靠丁異。「給……我？」

丁異點頭，見朵氏收了起來，他的臉上便閃著快樂的紅，磕磕巴巴地道：「師、師父，說、說，能、能……」

他這樣一磕巴，朵氏又習慣性地皺起眉。丁異的小臉頓時失了神采，沮喪地低下頭，他明明好很多了，怎麼在娘親面前還是這麼丟人呢……

朵氏察覺到她的態度讓丁異害怕了，儘量收攏情緒，問道：「能……治好？」

丁異輕輕點頭。

母子兩個便再也無話可說了，半晌，朵氏才想起一件事，轉身回到竹屋，從裡頭拿了一條新褲子出來，遞給丁異。

丁異接過褲子時，臉都白了。

這是雲開給他做的那條，他穿了一次就捨不得再穿，妥妥地收在床頭櫃裡。沒想到娘親把褲子翻出來，還在褲腿上繡了一圈滾雲紋，褲腿和褲腰都收緊了些。整條褲子，除了大腿邊上那幾針，已經看不到雲開的手藝了。丁異抓了褲子，心像是被人掏了一塊。

朵氏見丁異竟然不喜歡，便皺眉頭看著他與曾春富越來越像的臉，心中生出濃濃厭惡，乾脆轉身走了。

丁異默默跟在後邊，看娘親進了她自己的屋，砰一聲關上門，不曉得該怎麼辦。

劉清遠從藥房出來，見到徒兒這失落的模樣，無聲地嘆了口氣。這孩子的父母緣還真不是一般的淺薄。「採回來的藥材呢？」

丁異這才回神，去藥田邊取了自己的背簍，隨著師父進了藥房，按照師父教的，根據不同藥材的屬性分門別類處理，該切片的切片，該晾曬的晾曬，該泡酒的泡酒。

背簍裡還剩下一個大包，這是給雲開的東西，劉清遠也有心讓徒兒鬆鬆心，便道：「去雲開家看看吧，今晚不必回來了。」

丁異詫異地抬起頭。

劉清遠面色微沈。「谷外來了些不規矩的人，為師要把山谷四周佈置一番。」

師父說的佈置便是用藥了，在佈置完成前，他夜裡回來興許會碰上引來的蛇蟲，丁異雖不怕，但也沒必要半夜去招惹牠們。

今天是三大鬼節之一的寒衣節，前一段時日，安其田和安其水回了一趟南山鎮盧安村老家，將安家祖墳遷到了富姚村南，堆起幾個墳頭。丁異進村時恰好見到安家三兄弟和安大郎給先人送了過冬的冥衣來。

安大郎見到丁異，立刻嚷嚷道：「爹，小磕巴！」

安其金一巴掌削在兒子後腦勺上，才抬頭笑著問丁異。「神醫回來了沒？」

託神醫和二弟一家的福，他媳婦這段日子賺了幾十兩銀子回來，是以安其金看到丁異，臉色格外地好，因為他媳婦若能把神醫回來的消息再傳出去，又能賺回大筆的銀子！

安其堂見到丁異，卻嘆了一句。「怎麼出去了這麼久！」寧夫人連小月子都要坐完了，現在神醫回來，還有何用？

安其滿笑著拍了拍丁異的肩膀。「好傢伙，這才幾天不見，你又長個兒了！」

丁異立刻咧嘴笑了。「二叔。」

「欸！走，咱回家去，你二嬸和開兒正念叨你呢，你小妹妹都能坐得穩穩的了……」

見他們兩個說說笑笑地走了，安其金也滿臉帶笑地回了家。

丁異一進門就見雲開正在院內的菜園裡掰大白菜的葉子，雲開見到丁異來了，立刻笑彎了眼睛。「剛回來？」

「嗯。」丁異的心這才踏實下來。

「快進屋，我娘念叨你好幾回了。」雲開抱著菜葉子喊道：「娘——丁異回來了！」

梅氏揚聲歡喜道：「快進來！」

雲開銜著丁異眨眨眼，丁異帶著笑進屋，見二嬸面前放著一堆棉衣，這才想起來今日是寒衣節。

寒衣節不只要給先人送冥衣，也要為家人準備過冬的棉衣。雖說現在還不到穿棉衣的時候，但家裡的婦人們也會把做好的棉衣拿出來給家人穿一穿，圖的是個有衣過冬的吉利。所以娘親給他改褲子，也是因為寒衣節嗎？

丁異換上二嬸給做的暖暖和和的棉衣棉褲，心裡不曉得啥滋味。安其滿卻笑了。「短了！」

梅氏也笑，就像雲開說的一樣，這孩子像吃了炮仗！她這還是加大了做的呢！

「沒事，嬸兒再給你接上一截。」梅氏讓丁異脫了衣裳，又給他量了尺寸，才放他去找雲開。丁異沒有立刻去，而是先從包袱裡拿出一根和給娘親那根差不多一樣大的山參，遞給二嬸。

梅氏客氣一句便接了，這孩子每次出去回來都會給他們帶東西，梅氏也習慣了，反正這些東西都放不壞，暫且替他收著也沒什麼。

丁異看了看坐在炕上磨牙的小丫頭沒病沒痛的，便跑到廚房去找雲開。

祥嫂正在和麵，雲開已洗好白菜的葉子準備剁餡，丁異進來便接過她手中的菜刀，把白菜抹刀切成細絲，再豎過來抹刀切碎，便好了。

雲開驚喜道：「你好厲害，這樣就不用當當當地剁了。」剁餡很吵也很慢，自己以前怎麼就沒想到呢！

「丁少爺的手就是巧，一般這麼大的男娃子可幹不了這個。」祥嫂也誇獎道，主家待人和善，祥嫂臉上的笑也越發地多了，整個人看起來輕快不少，似是年輕了好幾歲。

丁異解釋道：「師父，教的。」

又更厲害了呢。雲開踮起腳，鼓勵地拍了拍他的小腦袋，丁異轉過來衝著雲開燦爛地笑了。

有祥嫂在，雲開也不好問什麼，但兩人默默地待在一起，彼此都覺得心裡踏實，這種感覺是別人給不了的。

熱熱鬧鬧地包餃子、吃餃子後，丁異和雲開才有了功夫獨處。兩個小傢伙貓到雲開的屋裡，先欣賞了丁異帶回來的形狀奇怪的石頭和樹枝、果子等寶藏後，雲開才問：「怎麼了，這麼不開心？」

丁異把旁邊的小包袱解開，拿出雲開做給他的褲子，神情異常沮喪。

看著褲腳繡的花，雲開望塵莫及，也曉得了丁異為什麼不開心，安慰道：「現在冷了，我再給你做一條冬天穿的厚褲子吧。」

丁異鼓著小臉，還是不高興。

雲開點了點他的額頭，無奈道：「我把這些花拆了，給你改回來？」

「嗯！」丁異終於雨過天晴。這是雲開給他做的第一條、他最喜歡的褲子，現在變成這樣，丁異很難受。

看著在油燈下拿著小剪刀拆線後逐漸露出本來面目的褲子，丁異眉目舒展，斷斷續續地講著他去山裡採藥發生的趣事。

雲開不時插句話，兩人這樣聊了許久，才把這一個多月的事聊完，雲開也把朵氏繡的花拆完了。她看著褲子上密集的針腳嘆口氣，繡花不容易，拆起來卻挺簡單，朵氏看到後，不曉得心裡會怎麼想……

待雲開都改回來後，丁異才滿足地抱著褲子傻笑。

雲開嘆口氣，真是服了他，倔得讓人沒法說。不過也正是因為他這股子倔勁和專注，才讓他成長得這麼快，快到她都要追不上了。

「我娘，能說話，了。」丁異低聲道。

雲開驚了，牛！劉神醫的醫術太牛了！這不符合常理吧？

「我娘，不想……走。」丁異有些茫然。「想在藥谷，住下。」

藥谷裡都是男子，朵氏住著一定不方便。不過就朵氏目前的情況來看，住在藥谷確實是最安全舒服的，那畢竟是丁異的娘，雲開不便發表意見，便問：「你師父怎麼說？」

「師父，還不，知道。」丁異不曉得怎麼跟師父開口，師父喜靜，除了藥和書外，什麼都不喜歡，其他東西都要儘量少，所以藥谷裡除了必須的十幾個人外，其他活物都沒有。

雲開想了想。「你怎麼想的？」

丁異堅決道：「不行。」

待給他娘治好傷後，丁異想為她找個遠遠的安全地方過舒適日子，但不能留在藥谷裡。一是師父不喜歡，二也是他爹沒錢時都會到藥谷外轉悠等他出去要錢。如果讓他爹看到他娘，事情就麻煩了，他娘又會回到以前的苦日子。

「你心裡有主意就好。」雲開翹起嘴角。

丁異蹭過來，把小腦袋放在雲開的膝蓋上。「我娘，回來的事，不要，告訴二、二叔、二嬸。」

雲開低頭看他緊張的小臉，便聽他又磕磕巴巴地道：「他們知道，就、就，不讓我，跟妳，玩了。」

雲開心裡那點柔軟又被他觸動了，輕聲道：「就像我告訴你的事，你沒有跟任何人講一樣，你告訴我的事，我也沒有告訴任何人。這是你我之間的秘密，好不好？」

丁異的眼裡立刻綻放出光彩來。

「我爹娘現在不反對咱們在一起了，就算有一天他們知道了，也不會分開我們的，你放心好了。」雲開又道。

丁異這才安了心，又說：「寧家人，還在，谷外。」

雲開問：「你師父怎麼說？」

「師父，要用藥，嚇走，他們。」丁異笑得壞壞的。

想到劉神醫的特效藥，雲開也翹起嘴角。「咱倆去看？」

「嗯！」只要能跟雲開在一起，做什麼他都開心。

「過兩天跟我出趟門，我想去打聽一點事。」

「好。」丁異乖乖的。

簡直太貼心了，雲開摸摸他的小腦袋。「早點睡，明天咱們再一起玩。」

第二十二章

第二天，雲開和丁異揹著小背簍跑到藥谷外高處的大樹上偷看。

雲開許久沒來了，竟發現藥谷外聚集了幾十多個人，窮富皆有，這些人在空地上支起棚子、擺鍋灶做飯叫賣，真真弄得像個小集市一樣，也難怪神醫要用藥趕人了。

神醫有神醫的規矩，若非疑難雜症，他也不會出手醫治，這些人圍在此處，顯然是有挾持之意了。

「來了……」丁異指著一棵大樹道：「妳看！」

雲開睜大眼睛看著，不一會兒就見那大樹晃了幾晃，一頭一人多高的熊瞎子直立著走了出來，兩眼茫然。谷口的眾人看到這麼大的熊瞎子，嚇得四處逃竄，也有那膽大的想上去捉熊換錢，但眼看著後邊又出來了幾匹狼，再大的膽也嚇沒了。

這些凶獸站在谷邊左右嗅著，並不靠近人，此時藥谷裡傳來藥童的聲音。「我家先生不喜人打擾，有病就去城裡的藥鋪，若是再來，放狼咬人！」

眾人不甘地叫了一陣才漸漸散去，還了藥谷寧靜。雲開和丁異進谷，見神醫穿著一身布衣，正在晾曬藥材。

遠處的藥田裡，還有朵氏提著籃子在採摘藥籽的身影。

雲開見到朵氏的衣著便皺了皺眉，如今已過霜降，天氣寒涼，朵氏卻高高挽起袖子露出一截皓腕，雪白的脖頸也露著，在陽光下分外明顯。

她這是露給誰看？雲開左右看看不見旁人，心裡就是一驚。

朵氏莫不是打起了神醫的主意吧？

雲開聽白老東家提過，神醫的妻子已過世多年，而他一心鑽研醫藥，並沒有續弦之意。朵氏這主意，是不是打得有點沒邊了？

「丫頭。」神醫喚道：「可想去寧家走一趟？」

神醫已猜測出雲開的身世，雲開也沒有想瞞。「的確有點想，不過為了不給您添麻煩，還是不去了。」

「寧家人還在谷外，就讓丁異帶妳出診一趟吧，正好幫老夫清個人情。」劉清遠看著雲開臉上黑抹抹的藥，又笑了。「天生麗質讓徒兒的黑泥一擋，也看不出來了。不過這看著著實難受了些，老夫去給妳配一瓶。」

說罷，劉清遠帶著丁異進藥房搗鼓新藥，雲開便坐在小馬紮上踩藥碾子。

她倒不是想去看江氏躺在病床上有多可憐，而是因為近來寧家又開了一間做蘆葦畫的作坊與她家搶生意！

雖說日升記並沒有採買江氏作坊的蘆葦畫，但江氏也找到了銷售管道——賣給外地客商，即使價格沒有雲開家的高，不過生意也還算不錯。若只是這樣也就罷了，畢竟現在青陽做蘆葦畫的不止一家，雲開也知道大家一起做，把蘆葦畫做成一個產業，將來更有發展前途。

但是，江氏不走正途，這影響就大了。他們幾番聯繫白雨澤，說雲開家的蘆葦畫不好，想取而代之。而且這幾日，安其滿發現有面生的貨郎在他們家的作坊外徘徊，趁著作坊裡的孩子出去買零嘴時，跟他們攀談套作坊的消息。

雲開覺得，這貨郎應該是江氏派來的。所以她就想找機會去江家探探虛實。

「雲……開？」

嘶啞的聲音響起，雲開抬頭見朵氏提著一籃子枸杞站在自己旁邊，面帶微笑。

「二伯娘。」不得不說，朵氏這樣笑起來還真是挺耐看的。

朵氏把枸杞倒在一邊的竹架上，便坐在雲開旁邊與她閒聊。「妳跟……我……兒……打算？」

她這麼說話跟丁異還真有點像母子，雲開天真地笑道：「雲開不懂二伯娘在說什麼，什麼打算？」

朵氏抿抿唇，這兩個孩子還小，說這些確實早了點。「妳見到……他……爹……沒？」

「是丁二伯嗎？」雲開搖頭。「好久沒見到了。」

朵氏十分敏感，看得出雲開對她沒好感，一時想不到什麼話要說，沈默了半晌，才又問了一句。「丁異……恨……我？」

「您和丁異之間的事，我不知道。」雲開笑了笑，踩藥碾子的腳沒有停過，雖然她心中是為丁異抱不平，但也不想多說什麼。

丁異從藥房出來，見到雲開和娘親在一起聊天，竟有些緊張，趕忙過來站在兩人中間。兩個人都抬頭看他時，丁異又有些茫然，其實他也不知道自己怕什麼，就是覺得不妥。

他本能覺得娘現在的樣子，不妥，非常不妥！還不如原先那樣冷著臉呢，這樣突然親切起來，他害怕。

「你好了？」見他們母子都不說話，雲開主動開口問道。

丁異衝著娘親點頭，就拉著雲開跑進藥房裡，待雲開再出來時，臉上的顏色沒方才那麼黑了，而是變成一種不太健康的蠟黃色，讓人一看就覺得她身體不好。

朵氏的眼神閃了閃，原來雲開的臉色也是假的，這麼好的藥丁異竟然沒給自己，反而給了雲開！果然跟他親爹一樣，都是忘恩負義的貨色！

丁異揹著藥箱出來。「娘，我們，出診去了。」

朵氏垂眸掩住情緒，待雲開和丁異攜手出谷後，才轉頭向神醫露出淺淺的笑。

神醫繼續碾藥看書，不理她。朵氏在旁邊站了一會兒覺得沒趣，又轉身去採枸杞，神醫抬頭看了一眼她婀娜的身姿，皺起眉頭。

這個娘，早晚會給徒兒添禍。等徹底治好了她的嗓子後，得趕緊遠遠把她送走，她若還想嫁人就隨她去！

谷外，仗著膽子大堅守不去的寧致遠，見丁異出來後步下馬車行禮。「敢問小神醫，神醫可在谷中？致遠有一封國子監祭酒蔡橫淳大人的親筆書信，要面呈神醫。」

丁異伸出手。「給我。」

寧致遠猶豫。

「師父說，不給，就算了。」丁異收回手，一臉不在乎。寧致遠只得把自己視若珍寶的書信放在丁異的小手裡，然後看著他隨隨便便地塞在小藥箱中。

見寧致遠被丁異堵得難受，雲開就覺得解氣。

寧致遠見到丁異身邊的雲開，總覺得她跟月前匆匆一瞥時有些不一樣，似乎是鮮亮了些？

「小神醫和安姑娘要去何處？」見他們往外走，寧致遠忙搭話。

雲開清脆道：「神醫讓丁異去你家為你娘診脈，算是答謝你送信之情。」

寧致遠。「……」

「你若不想那就算了，反正我們也忙著呢。」雲開繃起小臉，架勢十足。

寧致遠只得道：「不是不想，致遠是受寵若驚一時失態，二位請上車。」

待雲開和丁異上了馬車後，寧家馬車駛離山谷，躲在遠處的眾人見了紛紛皺起眉頭，原來神醫跟城裡的郎中一樣，不是不肯治病，而是不肯白白給人治病！

這還算什麼華佗再世的神醫！以後不來了！

在車廂裡的寧致遠打開話題，與丁異和雲開交談。「時光荏苒，自八月十五一別已有一月半，二位近來可安好？」

「安好。」在除非必要的情況下，丁異是不會跟外人說話的，雲開只好跟寧致遠聊起來了。「寧少爺呢，安好否？」

「不算安好。」寧致遠苦笑。「那夜沒有對出絕對，回去後被家父狠狠訓斥了一頓。」

「哦？」雲開好奇地歪著小腦袋。「那寧山長對出來了？」

寧致遠。「……」

「也無。」

「他也沒對出來，為什麼還要訓斥你呢？不是說己所不欲勿施於人嗎？」

……

寧致遠強行扭轉話題。「也不只是因為此事，家母滑胎後家中接二連三地出了些事，諸多煩亂之下，家父脾氣難免暴躁了些。」

種種跡象表明母親滑胎並非意外而是人為，父親接連失了兩個子嗣，心情自然不好。母親雖懷疑柳姨娘，卻找不到確鑿證據，也不好任意發落她，躲在自己房裡生悶氣，這種心情下，她的身體越發地虛弱了。

寧致遠也知母親是心病多過體病，需自己想開了才能漸漸好起來，可以母親的性子，這並不容易。上次神醫一劑藥能將母親的病治好，這次或許也能，所以寧致遠才會隔三差五地親自拜訪藥谷，等候神醫歸來。

「我聽三叔說過，『子曰：君子欲訥於言，而敏於行。』寧少爺，寧山長這樣亂發脾氣，不是君子所為吧？」雲開繼續添堵。「雲開記得寧山長出過一本隨筆，被我三叔當作寶貝珍藏著，上邊寫了一句『以平常心觀不平常事，則事事平常』，我三叔以此為警句，時常掛在嘴邊，寧山長這樣發脾氣，是因為他失了平常心嗎？」

這小丫頭的嘴皮子好生厲害，寧致遠只得再轉移話題道：「聽說姑娘家的蘆葦畫作坊生意極好？」

自己還沒提，寧致遠就提起來了。看來除了江氏，寧家其他人也在關注她家的鋪子，真是……有意思！

「雲開也聽說寧少爺家的蘆葦畫作坊生意不錯。沒想到將那個作畫的老篾匠送給白家後，你們還能尋到這樣的高手製畫，寧家果然『底蘊深厚』。」

這是在暗諷他們寧家嗎？讀書人本就目高於頂看不起商人工匠，寧致遠當然也不例外。對於母親又開蘆葦畫作坊這件事，他其實心裡是不齒的。

但是當著外人的面，總要維護自家人，寧致遠笑道：「那不過是家母閒來無事開的小作坊罷了，工匠們做出的蘆葦畫跟令尊的有雲泥之別。令尊之能遠超致遠的想像，他的蘆葦畫極有神韻，讓人望之見詩，遠超一般工匠。」

遠超一般工匠也是工匠，在大夏人眼裡，工匠和商人的地位遠及不上讀書人，比田間耕作的農人還差。

所以寧致遠誇獎安其滿時，語氣帶了些高高在上的感覺，讓雲開聽了心中不滿，不想再搭理寧致遠，反正打聽不出什麼，還搭理他幹麼？

雲開小臉一繃，丁異的臉也沈了，寧致遠見此心中暗暗叫苦，根本就不曉得自己是怎麼惹到了這個面黃肌瘦的小丫頭！

這樣一路僵著回到寧家，寧致遠下車時竟有些狼狽。「二位稍待，致遠進去讓家母收拾一番，免得失了禮數。」

寧致遠走後，雲開和丁異往窗外瞧。丁異握住雲開的手緊了緊，雲開看過去，見到了上次在江氏面前認出自己是寧家長女寧若雲的乳母，容嬤嬤。

容嬤嬤見雲開見到了她，面帶激動地福了福身子。很快地，寧致遠從江氏的房中走了出來，請雲開和丁異進屋。

江氏與寧若素皆用戒備的目光望著雲開和丁異，寧致遠視若不見，請丁異到床前為母親把脈。

丁異垂眸為江氏把脈時，寧若素的目光緊盯著丁異，頭一回詫異地發現，這個小磕巴的模樣竟然與九思哥哥有五成相似！

雲開四處打量著，目光落在一座四扇雙面繡屏風上，這屏風上的山水繡得意境十足，若是做成蘆葦畫定也不錯。

所以她的目光便不離這屏風，仔仔細細地看它的構圖比例和特色，想著換成蘆葦該是什麼顏色、怎麼搭配……

寧致遠順著她的視線看過去，目光也柔和了。這道屏風是他生母所繡，打從生母去世，繼母入府後，原先大多的擺件都已被父親撤去了。

丁巽切完脈，又問了江氏的起居飲食、正在用的方子，便站起來帶著雲開走了。

寧若素見哥哥跟著出去了，便坐在母親的床邊嘟囔。「不是說要請神醫嗎？怎麼又把這小子弄來了！」

江氏也心中不悅，不過還是教導女兒道：「他是神醫弟子，帶著為娘的脈象和方子回去，就相當於神醫來過了。」

寧若素暗哼一聲，轉而道：「娘覺不覺得丁巽與九思哥哥的五官相仿？」

江氏未置可否。

寧若素想起曾九思，便靠在娘親身邊勸道：「九思哥哥說，什麼都沒有身子重要，娘只有好起來，才能讓那些在您眼前氣您的人難受，您在這裡躺著難受，只會讓她們覺得痛快！」

這個「她們」，自然指的是她爹那三個一個比一個囂張的小妾！寧若素想到爹爹昨夜又歇在春姨娘房裡，就氣得難受。爹爹也不念著娘親的身子，只知道給娘親添堵。

江氏目光陰寒，暗暗打算，待她身子好些，便將她們一個個收拾了！

寧致遠送丁異和雲開出府時，正巧碰到從書院回來的父親，寧致遠躬身行禮。「爹，劉神醫讓小神醫過來為母親把脈，帶脈象回去好用藥調理。」

寧適道便請了雲開和丁異到書房吃茶，不同於江氏的臥房，雲開從寧若雲的記憶裡搜不出一點關於書房的影子。進來之後，她的目光落在牆上的一幅畫上，這畫的畫風與江氏屋內那四扇屏風相似，只是那屏風是秋山，這畫是寒冬雪山圖。圖上墨色渲染的雪山寒木前是獨釣寒江雪的蓑笠翁，讓人覺得悠然心會，妙處難與君說。

「安姑娘喜歡這畫？」見她被畫吸引了，寧致遠便溫和問道。

雲開也不掩飾自己的喜歡。「這幅畫與寧夫人房裡的屏風很像，不知是哪位大家所做？」

知道了姓名後，可以從市面上多尋幾幅帶回去給爹爹看，琢磨這一款的蘆葦畫。

寧致遠輕聲道：「這畫與先前母親房裡的那座屏風都出自亡母之手，此山名為望春山，乃是家母的故里。」

雲開沒想到，寧若雲的母親有此才華。

寧適道也滿懷思念地道：「先妻思念故里，便以望春山為題做春扇、夏帳、秋屏、冬畫，以述望春山四季，寄託思鄉之情。」

雲開又抬頭看著那獨釣寒江雪的漁翁，天真問道：「這畫上的是尊夫人嗎？」

寧適道取出一把保存完好的摺扇，遞給雲開。雲開和丁異展開來看，還是從同一個角度畫的望春山，只是不同於秋的厚重、冬的素淨，春天的望春山綠草綠樹綠水，生機勃勃，山頭的那株老樹亦開滿了繁華。

「既然姑娘喜歡，這把扇子便贈與姑娘吧。」寧適道輕聲道。

寧致遠驚訝地望著父親，生母的遺物一直被父親珍藏著，今日怎捨得送人了？

「小女若雲病故，姑娘與若雲年紀相仿，模樣也有幾分相似，難得姑娘喜歡先妻遺作，這也是妳我之間的緣分。」

「病故？」雲開握著扇子的手一緊，緣分?!

寧致遠低頭，寧適道悲痛。

雲開徑直問道：「早先只聽聞大姑娘因病久在深閨靜養，怎麼原來病得那麼重，卻不見寧大少爺為她求醫求藥呢？」

寧致遠頭低得不能再低，寧適道面色不改。「若雲是娘胎裡帶出來的病，藥石無靈，怎敢煩勞神醫。」

「既然如此，這扇子雲開更不能收了。」雲開把扇子遞回去。「若是山長有心，就把這扇子當陪葬品，讓它陪著大姑娘一同去見她的娘親吧。」

寧適道的眼角跳了幾跳，總覺得這丫頭的聲音裡含著一股怨氣。「適道此生福薄，妻早亡女又去，難得遇到與她們神似的姑娘……若是安姑娘不嫌棄，寧某想認姑娘為義女，不知姑娘意下如何？」

本姑娘嫌棄！雲開把扇子放在書桌上，退到丁異身邊。「認乾親是大事，雲開作不得主。」

寧適道點頭。「姑娘所言極是，請姑娘回去告知令尊，適道改日登門拜訪。」

丁異小眉頭微皺。「不好。」

寧適道轉頭問丁異。「卻是為何？」

「二叔，說過，不給，妹妹，認乾親。」丁異這次說得很索利。「我們，走了。」

寧致遠看著雲開的背影，喃喃問道：「父親，安姑娘真的與我娘的模樣相仿嗎？」

母親去世時寧致遠才七歲，他已不大記得母親的面貌了。

寧適道點頭。「若說她真是你的妹妹，為父也是信的，可惜你妹妹不及她的一半聰慧。」

寧適道不知長女模樣，寧致遠倒是曉得她的樣貌。「安姑娘與大妹確實有幾分相似，她會不會真的是大妹呢？」

「絕無可能！」寧適道倒背雙手，若是長女若斯，他何苦向世人隱瞞她的存在。

兩人走出寧府外，雲開低聲問丁異：「江氏的病怎麼樣？」

丁異低聲道：「死不了，也，好不了。」

雲開點頭，若有所思，此時突然見到一個瘦高小廝在眼前走過，她立即拉了丁異一把。「剛才那個小廝，就是到過咱們村裡打探作坊生意的貨郎！快，咱們跟上去，看他去哪兒。」

兩人一路跟著小廝來到寧家的蘆葦畫鋪子，丁異突地睜大眼，指著鋪子內擺在正中當招牌的那幅鶴舞清風。「這是，二叔，做的！」

雲開仔細一看，怒了！寧家不要臉的程度完全超乎她的想像——他們不光盜版她和爹爹辛辛苦苦設計出的蘆葦畫來賣，還拿著真畫當招牌！

真是是可忍孰不可忍！

店裡的掌櫃一眼就認出了雲開的身分，卻也有恃無恐，假裝不認識地問道：「姑娘要買畫？」

「這畫你們賣多少錢一幅？」雲開直接問道。

「這幅是咱們的招牌，不賣的，您抬眼看這邊的。」掌櫃的一指旁邊的鶴舞清風。「八兩銀子一幅。」

白家日升記的鶴舞清風賣到二十貫一幅，他們賣八貫！雲開冷笑道：「我就要這幅，因為這幅比其他的好！」

「姑娘好眼光，這幅是我家的老師傅做的，您若真想買，少說得三十貫。」有銀子不賺是傻子！

「怎麼差這麼多？」店裡的其他客人驚呼道：「日升記也才二十貫！」

「您看看這畫的色兒，再看看這漆面，比日升記的強多了。」掌櫃的笑道。

「當然得這個價！」雲開冷笑。「因為你們這畫是從日升記二十貫買來的，不賣得比日升記貴，豈不是虧本了？」

眾人立刻議論開了，但掌櫃的當然不承認。「妳這小姑娘瞎說，這明明是我家老師傅製的！」

兩個夥計瞪著雲開，似乎是一言不合就要動手了。

有丁異在身邊，雲開誰都不怕。「那畫明明就是我爹做的！大夥兒不信去日升雜貨的二樓看，鶴舞清風是我爹花了好長時間才琢磨出來的，別人可以模仿，但模仿不來這個樣子！」

雲開指著日頭邊上的雲朵道：「因為我和我妹妹的名字都有個雲字，所以我爹在日頭邊上做了兩朵小小的白雲，右邊這朵雲的形狀是照著我妹妹趴著睡覺時的小樣子做的！掌櫃的，別跟我說這也是你家師傅想出來的！」

眾人湊近了看，然後驚嘆道：「真的像個小人兒啊！掌櫃的恁不厚道，攞著人家的畫當自己的招牌！」

掌櫃怒道：「大夥兒莫聽她胡說，這畫真是我家老師傅做的。」

雲開冷聲道：「那你敢不敢把畫框拆開看看？我爹做的畫，畫板背面也有標記！」

「什麼標記？」掌櫃的心裡更沒底了，反問道。

雲開笑了。「先告訴了你，好讓你說是你家老師傅弄上去的？不如你就把你家師傅請出來，讓他先說說這畫背面有什麼標記，看他說的能不能對上！」

這次掌櫃不敢接話了，眾人一看，還有什麼不明白的？紛紛指責起這家店不厚道，想買畫的也不買了。

雲開又怒道：「方才你家主人寧大公子還在我面前說，你們寧家這鋪子是寧夫人開來無事開的小作坊！還說你們這工匠做出的蘆葦畫跟我爹做的有雲泥之別，真不知道誰家的是雲，誰家的是泥！」

掌櫃的立刻說：「姑娘莫胡說，這店是小老兒的，可不是什麼寧家的。」

「我是跟著這個小夥計從寧家出來的，你還要狡辯？你回去告訴你家主子，別仗著寧家家大業大，就欺負我們這些小農戶！」

待雲開和丁異抱著蘆葦畫走了，其他客人們也失了興致。

「都捨得八貫買泥了，還不能添幾貫去換塊白雲嗎？走吧，咱去日升雜貨看看是不是一模一樣。」

見留不住客人，這掌櫃只得回府請示主母該如何收拾殘局。待這話由婆子傳到江氏耳朵裡時，江氏差點氣得吐血。「蠢貨！誰讓他這麼幹的？」

婆子回道：「掌櫃的說別家也是這麼幹的。」

「別家能跟咱們比？立刻讓他把店裡的假畫撤了！」江氏怕的是這事傳到名聲大過天的丈夫耳朵裡。

但是，已經遲了，這件事碰巧被出去採買的寧家小廝聽到，回報給了寧適道父子知道。寧適道臉色黑沈，他正想透過雲開和丁異交好劉清遠，讓他替兒子寫封書信給國子監祭酒，讓兒子能入京城的國子監讀書，江氏竟做出如此上不得檯面的事拆他的臺！

「你親自帶人去一趟富姚村賠罪。」

寧致遠離去後，寧適道入內宅責罵江氏。「把那蘆葦畫鋪子立刻關了，我寧家乃是書香門第，做人做事應坦蕩磊落，若是妳日後再敢行奸商之事敗壞門風，莫怪我不講夫妻情面！」

江氏沒想到事情這麼快就傳到老爺耳裡，又被他當著婆子丫鬟的面如此訓斥，心裡害怕又委屈，頭暈眼花地癱軟在床上，一時竟說不出話來。

寧若素急了。「爹，娘還病著，哪顧得上鋪子的瑣事？鋪子賺了錢，又不是給娘用，為何出了事，爹卻怪在娘頭上！」

「素兒！」江氏慌忙制止女兒。

寧若素替娘親委屈。「女兒說的哪點不對？爹爹寫字要用最好的筆墨紙硯，買前人字畫不惜重金，有人前來求助您也樂善好施，可爹想過沒有，咱們家的錢要從哪裡來？若不是娘……」

「住口！」江氏眼見著寧適道的臉變黑，有氣無力地罵道：「跪下！」

寧若素跪在寧適道面前，腰桿挺直，不覺得自己有錯。

寧適道怒極反笑。「原來在妳們母女眼裡，我竟要靠著一個內宅臥病在床的婦人養活？」

江氏強撐著下地，跪在寧適道面前。「老爺息怒，若素年紀還小不懂事，不曉得家裡能有今日，全賴老爺運籌帷幄，妾身做的不過是日常雜事罷了，店鋪的事是妾身用人不當……」

看著搖搖欲墜的妻子，寧適道強壓下怒火。「日後妳安心養病，好了便教養好若素，府內府外的瑣事無須妳再費心操持。」

江氏恍若通體涼透，直接暈倒在地。寧適道看也不看一眼，大步離去。

知道自己惹了禍的寧若素，惶恐無依地坐在娘親身邊，不曉得該如何是好。江氏被救醒後也實在無力再哄女兒。「妳且回自己的小院閉門思過，什麼時候想明白了，什麼時候再到妳父親面前告罪。」

寧若素六神無主地出了娘親的院子。

來找恩師的曾九思見小師妹跑出來，心裡疼惜著。「師妹，妳這是怎麼了？」

「九哥哥！」寧若素立刻淚如雨下。「九哥哥……」

見到小師妹傷心成這樣，曾九思的心似是被人狠狠揪住，疼得厲害。「莫哭，可是師娘？」

寧若素點頭又搖頭，眼淚如斷了線的珠子。「是素兒沒用，幫不上娘親還給娘親添亂，害她被爹爹罵。」

事關恩師，曾九思不好再問。「妳還小，照顧好自己便是為父母分憂了，恩師最是疼愛妳，待恩師消了火，妳再去認個錯就好，莫哭。」

九哥哥跟娘親都這麼說，她也只能如此了，寧若素哭著掛起一抹笑。「素兒知道了，九哥哥不必管素兒，素兒會好好的。」

曾九思點頭，看她回了自己的院子，才不安地去書房尋恩師，不曉得他叫自己過來有何事。

他走進書房，見恩師正面無表情地潑墨作畫，也不敢開口打擾，垂手靜候一旁。恩師的潑墨山水在青陽素有高名，世人都說觀寧山長的畫才知什麼叫看山是山，觀水是水。但是，曾九思覺得若單論畫，師父比逝去的師娘還差了一點點，聽說恩師的畫技，便是跟他隱居在望春山的岳父學的。

寧適道落了筆，與曾九思道：「若雲因病在別院去了。」

曾九思頓了幾息才反應過來，站起身彎腰行禮。「人死不能復生，恩師節哀。」

寧適道點頭。「若雲已去，你與她的親事便不作數了，讓你父母再幫你尋一門當戶對的親事，待你成親之日，為師替你們主婚。」

曾九思彎腰行禮，心知他與師妹絕無可能了。

果然，恩師又道：「若素自小便把你當兄長看待，你們師兄妹雖情同親兄妹，但若素已大了，男女大防不可不守，便是致遠也要如此，你可省得？」

曾九思心苦若黃連。

「嗯？」寧適道不悅了。

「學生……明白。」

曾九思失魂落魄地出了書房，心裡似是被挖空了一塊，難受得緊。因走寧家後門回青陽書院更近，曾九思穿過寧家的花園時，躲在假山後的寧若素，偷偷招小手。「九哥哥，爹爹叫你過來做什麼？」

曾九思知她待自己的心，更不忍在師母臥床、師妹無依時把恩師的話講給她聽，只得道：「恩師考校我的課業。師妹找我有事？」

寧若素委屈巴巴地拉住曾九思的衣角，把安雲開跑到鋪子無端取鬧，害得娘被爹責罵奪了管事權，導致娘親傷心暈倒的事講了一遍。

曾九思皺起眉頭，這安家小姑娘，怎地這麼能鬧騰！

「九哥哥，素兒出不去，你幫素兒教訓安雲開一頓，讓她不要再來欺負我娘，行不行？」寧若素的小手拉住曾九思的衣角，搖啊搖的。

曾九思點頭。「我先去打探一番，再做計較。」

曾九思回到書院後，一面派人回去給爹娘送信，告訴他們寧家大姑娘寧若雲「病死」之事；一方面派人追查安雲開的所作所為。

打聽消息的小廝很快回來，把實情跟曾九思一講，曾九思也為難了。曾家乃是商賈之家，曾九思耳濡目染地也曉得一些商業行規，若真追究起來，師母的鋪子做得確實是過了，難怪會被安雲開當面責難，此事他還需斟酌。

雲開抱著畫回到姚富村，先去作坊尋爹爹。

待聽女兒把事情講了之後，安其滿也十分生氣。「寧家做事，真是太不講究了。」

「就是！」雲開氣呼呼道。

這時山子進來通報說寧致遠來了，安其滿問閨女。「怎麼辦？」

雲開道：「讓他進來，女兒倒要聽聽他想講些什麼。」

安其滿指了指裡屋。「妳和丁異到裡屋去，不要露面。」

雲開點頭，拉著丁異進了裡屋，隔著門簾偷看著。

一會兒，寧致遠被人領了進來，只見他一躬掃地，言道：「寧家致遠前來賠罪，還請安坊主寬恕寧家用人不當，失察之過。」

聽到人家是來道歉的，而且態度還這麼好，安其滿也不好說什麼，只能客氣幾句請人家坐下說話。

寧致遠把他母親身體不好，對鋪子管事疏於約束，才讓他敢不顧行規，為所欲為之事講了一遍。「家父得知此事後大怒，已撤了管事問罪，特讓致遠前來向您請罪。」說完，又是一躬掃地。「寧家此舉，實在是有辱斯文。」

人家都這樣說了，安其滿也只得客氣幾句。寧致遠稱讚安其滿術業有專攻，在蘆葦畫上的造詣堪稱大家，而後才起身告辭。

丁異和雲開在裡屋聽得直來氣，覺得寧致遠的解釋未免太避重就輕了，然而他們出來後，安其滿道：「聽這意思，寧家父子是真的不知情，這事我再與白少爺商量吧。」

雲開也只得點頭。

雲開帶著丁異回了家，剛到門口就聽到楊氏的大嗓門，正跟她娘親講著自己在城裡大鬧寧家鋪子的事，到了楊氏嘴裡，自己就不是只取走了一幅畫，而是砸了一家大店面！

「二弟妹妳是沒瞧見大姊兒那架勢，五、六十的婆子都比不了，老厲害了！」楊氏激動得直噴唾沫星子。「再說妳都有丁異這麼好的女婿，現在青陽城裡都傳遍了，咱老安家的人這回可算出名了……」

門外的雲開都忍不住氣笑了，就聽楊氏又道：「弟妹啊，妳看我說了這老半天，那怎麼一點反應也沒有嘞？妳倒是說句話啊！」

「大嫂想讓我說什麼？」梅氏淡淡地道：「我的閨女什麼樣我心裡清楚，難不成由著大嫂說幾句胡話，我便跟著跳腳了？」

雲開露出貝齒，和丁異邁進家門。

楊氏見到雲開回來，一點也不覺得不好意思，反而立刻興趣十足地追問：「大姊兒，我聽說妳跟人打起來了，快給咱講講怎麼回事唄？」

「伯娘聽哪個人說的？」雲開反問道。

楊氏的四白眼轉了轉。「街上的人都這麼說，我哪分得清哪個是哪個。」

雲開冷笑。「大伯娘的消息真快，一個時辰前的事您就得了信兒了，難怪現在生意那麼好！」

「那是！」楊氏不以為恥，反以為榮，她現在找到了生財的門道，就是幫大戶人家的婆媳婦們打聽事、跑跑腿，不管是幹什麼，不管是用什麼法子，只要差事辦妥了就有錢拿，主家滿意了，一出手就是沈甸甸的銀錠子，比她苦哈哈地下地幹活、割草餵豬強多了！

跟這種人說話簡直就是浪費時間，雲開開始打發人了。「大伯娘這麼厲害，怎麼會不知寧家大少爺寧致遠，為了啥事拎著禮品來村裡，去給我爹賠不是呢？」

「什麼？我去看看！」楊氏立刻跳起來，帶著孩子跑了。

「以後她來了，不用開門。」雲開加了一句，才讓祥嫂關了大門。

梅氏趕忙問雲開。「到底怎麼回事？」

雲開把事情經過講了，又道：「爹剛還叮囑我不要把這事跟娘講，沒想到大伯娘先過來嚷嚷了。」

「你倆沒錯，不過以後要看是什麼場合，沒有丁異跟著，開兒不要把事鬧大了，容易吃虧。」梅氏叮囑了一句，又與丁異道：「你和開兒這樣出雙入對的，也是讓人說話，不如咱們將你倆的親事先定下來？」

丁異自然大喜，二話不說先跪下給梅氏磕了個頭，然後起身衝著雲開傻笑，轉身就跑了。

梅氏愣了，呆呆問雲開：「妳說丁異幹啥去了，不會沿街跑一圈吧？」

「應該是去作坊給爹磕頭了。」雲開扶額，丁異這樣會不會把爹爹嚇壞了？等給爹爹磕完頭，他應該會直接回去找他師父了。

雲開捂住臉，他就這麼高興嗎？娘的話都還沒說完呢！

果然，第二天一大早，神醫和丁異已經穿得整整齊齊的出現在安家門前。劉清遠給丁異梳了頭，束了腰帶，腰間還掛了一塊玉，這番打理過，丁異跟觀音菩薩身邊的童子一樣好看，雲開的眼睛忍不住在他身上打轉。

待到進屋落坐後，劉清遠笑呵呵地道：「雖說兩孩子還小，咱們也不過草帖訂親請客，但我這當師父的為了徒兒的終身大事，怎麼也該過來一趟才是。」說完，他狀似無奈地拍了拍一直傻笑的徒兒的肩膀。「否則我這徒兒怕是沒心思拿起搗藥杵了。」

安其滿和梅氏也忍不住笑了，經過了這麼多風風雨雨，他們也沒了拆開兩個孩子的想法了。

至於丁二成，以後再說吧，丁異總能想到法子安置他的，沒見才十歲的丁異就已經把丁二成安排得妥妥當當了嗎？

「這兩孩子也許真是三生石上定的姻緣，自一見面就分不開了。」梅氏笑道，那個時候開兒剛到家，人還迷迷糊糊的，便跟丁異隔著一個牆頭兩邊坐著，一坐就是大半天。

雲開想起那隻時常伸過來給她送鳥蛋的小手就想笑，什麼三生石上的姻緣，明明就是鳥蛋姻緣才對。

安其滿見閨女這樣，再次感嘆女大不中留。「現在也不急，等雲開及笄後再過兩年，咱們再操持著把他們的親事辦了。」

談到親事，雲開和丁異避到了裡屋。

「不會，被人，搶走了。」丁異握住雲開的小手傻笑。

「也就你還把我當個寶貝稀罕著……」雲開還沒說完，丁異就湊過來在她臉上啄了一口，笑成了小傻子，及笄後兩年，他們十七歲時就能成親了。

雖說僅是草帖訂親，但劉清遠還是非常正式地在安家吃了一頓飯，給了雲開和丁異一人一個雙魚珮。「你們兩個的事兒定下來，老夫也就放心了，老夫要帶著丁異去趟苗地鑽研那邊的醫術，快則半年歸來。若是你們有事，便讓白家給老夫送信。」

聽到丁異又要走，雲開很捨不得，但也知道這是難免的，好在還有半個多月，也夠他們收拾好心情，慢慢與丁異話別。

這半個月內，神醫讓人把治好傷的朵氏送到了外地安置，丁異也打聽清楚寧家對江氏的處置，江氏被關在內宅裡，無法再為難雲開，他算是能放心跟著師父走了。剛訂親就要分別，雲開站在路邊，看著他們一大一小騎馬遠去的身影，心裡是滿滿的不捨。半年後，等到春暖花開丁異歸來時，會不會又比現在高半個頭呢？

春去春來春復春，寒暑來頻。自少年與他師父四處行醫至今，已走過五個聚少離多的春夏，雲開已十五歲了。

雲開牽著妹妹雲淨的手，吹著熏風走在村邊的小路上，聽著妹妹嘰嘰喳喳地說著話，望著又長高的蘆葦叢思念不知在何方的丁異時，忽見村口奔來一匹英俊的棗紅馬，心激動地狂跳起來。

分別八個月，丁異回來了！

丁異也瞧見了村邊的雲開，離著還有十幾丈遠時他就拉住馬飛跳下來，大步地跑向她，比迎面的熱風還要快。

雲開也忍不住跑了幾步，遠處近處田裡做活的村人直起身，看著這一對，露出笑容，也有些人直直地愣著。

「雲淨，這是丁異哥哥，還認不認得？」許久後，雲開才想起叫妹妹讓她認人。丁異在家的時候少，雲淨年紀又小，怕是認不出他了。

已經五歲的小雲淨雖然記不得丁巽的模樣，但對這個爹娘和姊姊經常念叨的名字卻非常有印象，她上前拉住丁巽的衣袍，抬著小腦袋看著高大無比的哥哥，甜甜叫道：「丁巽哥哥。」

「噯。」丁巽彎腰把她抱起來，這孩子長得太快了，每次回來都像換了個人一樣，讓他覺得陌生。還是雲開好，每次回來都跟上次一模一樣。

丁巽看著雲開，笑道：「我回來了。」

「嗯。」雲開心裡酸得厲害，鼻子也酸得厲害。他一次比一次走得遠，一次比一次離開的時間長，也一次比一次高，自己都要抬頭看他了。

十五歲的丁巽比雲開高了半個頭，看著像個小夥子了。變了的是身高、聲音，不變的是他看自己的眼神。無論他走多遠、無論多久不見，每次回來依舊是那個人，沒有一點陌生感，就跟剛剛還在一起，只是轉了個身一樣。

雲開心裡踏實了。「神醫爺爺回來沒有？」

丁巽搖頭。「去了，京城。」

京城？那可是很遠的地方呢。神醫沒回來，丁巽怕在家裡也待不了多久，雲開小聲問：「你什麼時候走？」

「半個月。」丁巽也滿是不捨，若非他想雲開快想瘋了，做什麼都錯，師父也不會放他回來。看到雲開，丁巽才覺得自己心裡的草不再瘋長了。

裡，還好？」

丁異懷裡的小雲淨受不了這麼安生地待著，她扭著小身子。「哥哥，姊，淨兒要花！」

「好。」丁異把她放在地上，看著她去路邊摘野花，感嘆一句。「雲淨，長得好快。家

「嗯。」雲開輕聲道：「我娘又有身孕了。」

這可是大喜事，家裡又要添人口了呢，丁異開心地笑。「真好。」

「希望這次是個弟弟。」雲開說道。在這裡，家裡有男孩才算是個完整的家。

「會的。」丁異笑起來依舊傻傻的。早晚會有的，他和雲開……

看著雲開越來越漂亮的小臉，丁異忍不住靠近些，再近些，然後與她排排站，假裝看雲淨，手小心伸出，把她的小手握在手心裡，長長地吁了一口氣。

丁異的手指頭都有繭子了，薄薄的一層，摸起來就讓人知道他有多辛苦，雲開心疼了，小手不禁握緊丁異的，只這樣一個簡單的動作，丁異心裡就竄起一股酸麻，他花了好大力氣才沒有在這裡把她抱住。

不見面的時候想，見了面還是想，真不曉得要怎樣才好。

看這兩個小人兒在那裡一站就是化不開的濃情密意，村人輕聲議論著安家怕是要辦喜事了。

遠處水田裡握著一把秧苗的曾應夢看著另一邊失魂落魄的二弟，連氣都嘆不出來了。

明眼人都看得出來，丁異和雲開已經是板上釘釘的事了，怎麼二弟還是這麼死心眼地等

呢？

二弟都十九了啊，為了他的親事，爹娘吵了無數次架，每次吵架他都會被波及、挨罵，他怎麼這麼苦呢！

雲開和丁巽等雲淨摘夠了小野花，才牽著馬一起回家。

第二十三章

回到家，梅氏見到丁異歡喜得不行，連忙讓祥嫂去割肉，張羅著給他做好吃的。

丁異先去隔了一道牆的蘆葦畫作坊拜見安二叔。這五年下來，安家的作坊擴大了兩倍，安家也從舊宅搬到作坊隔壁新建的大院子裡。

安其滿見到丁異回來也樂得合不攏嘴。「今天晚上咱爺兒倆要好好喝兩盅。」

「是。」丁異見二叔一家身子骨都好好的，心裡也高興。

丁異回來了，村人都要過來串個門子。如今大夥兒已經知道村南的山裡住著神醫，知道安其滿家的小女婿是神醫弟子。交好神醫就等於多條命的道理，哪個不懂？只不過神醫師徒不喜被人打擾，所以大夥兒強忍著罷了。

忍著沒在人家小倆口親熱時過去打擾，已經很不容易了。現在他們回家了，正常的拜訪還是要的。

雲開看著村人一批挨一批地來，看丁異雖然沒什麼笑模樣，但也耐心周到地跟村人聊著，還伸手幫人把脈，說說該吃什麼藥。一點點看著他從一個可憐小磕巴變成現在這樣，她心裡滿是驕傲和欣喜。

曾應龍也跟著大哥過來了，丁異站起來，發覺曾應龍還是比他高，又不爽了。雲開看他那小眼神，就忍不住笑。

曾應龍和丁巽的目光同時看過來，雲開收了笑，客氣兩句便帶著妹妹退回裡屋，把場子讓給丁巽。

這幾年，她儘量不跟曾應龍接觸，有時半年都說不上一句話。但出門時，雲開還是會感到有道視線在自己身上偷偷地纏繞著，她回頭每每碰上曾應龍的目光，但人家都是坦蕩蕩的，這讓她能說什麼？也只能避著。

曾應龍在日升記已經做到了管事的位置，說話做事越來越穩當，模樣也沒長歪，給他說親的人都快踏破曾家的門檻了。只要有人能把門檻踏破，親事也就要成了，那時他這段傻傻的單相思也該結束了。

待到村人散了，家裡只剩下自家人時。梅氏很體貼地把雲淨領過去玩，雲開的屋裡便只剩了他們兩個。

這個新家不同於舊宅，一溜蓋了七間正房，爹娘住在最東邊，雲開和雲淨的臥室在西邊第二間。最西邊這間也是雲開的，由著她放些自己喜歡的東西。

丁巽和雲開便待在最西邊的屋子裡，跟前幾次一樣，兩人把分開這幾個月各自身邊發生的事講了一遍。也不急，慢慢地講，想到什麼講什麼，然後兩個人靜靜地坐著，看著彼此傻笑。

什麼也不幹，就是笑。

不過笑著笑著，丁異便想做點什麼了，他想抱抱。

雲開由著他。

他想親親。

雲開也由著他，反正他也只是親親小臉，只是想親近喜歡的人而已。

「師父說，去京城，要待，兩年。」丁異鬱悶，兩年啊，京城離這裡騎馬也得跑四、五天，太遠了。這就意味著接下來這段日子，他與雲開還是聚少離多。

雲開也捨不得。「為什麼要在京城待這麼久？」

「入世。」丁異簡單道。

師父說，如果能夠在京城那樣複雜的地方活下來，到哪裡就都能活下來，所以師父打算帶他在京城待兩年，如果他能順利過關，就可以出師，以後不用再跟著師父到處跑了。

也就是說兩年後，他們十七歲時，他就能跟雲開時時刻刻在一起了。

丁異緊了緊胳膊，又傻傻地笑了。雲開抬頭看他這模樣忍不住擔心，他這樣單純怕麻煩又不喜歡說話的性子，能在京城那個權貴集結的地方安生待兩年？

晌午吃酒時，不只有丁異和安其滿兩個，還有牛二、曾林、安其水和曾應夢幾家，婦人們帶著孩子一起來了。

這五年，真的發生很大變化。

曾林家的姑娘大妮兒嫁到青陽縣城裡，當了人家的媳婦，過起了自己的小日子；牛二家跟雲開同歲的二妞訂了隔壁村一戶殷實的人家；還有便是牛家和曾家的老人都過世了；郝氏有了個剛會走路的兒子，曾應夢也多了個剛會跑的女兒。

原來的小娃娃也長大了。曾林家十六歲的兒子曾桶、牛家十四歲的兒子和曾應夢家十一歲的兒子已經到外屋大桌上陪著父輩吃飯了。

裡屋炕上，雲開的妹妹雲淨和郝氏家七歲的女兒頭碰頭地說著悄悄話，雲開和訂了親的牛二妞一起做針線，梅氏跟幾個婦人湊在一處，嘰嘰喳喳地說著笑著。

往常各自忙碌的幾家人湊在一起，過年一樣地熱鬧。雲開左看看右看看，竟生出一股「歲月催人老」的感慨。

「你家老三的親事還不定下來？」曾林媳婦問梅氏，曾林家和牛二嫂家因為食肆生意，多在城裡待著，消息難免遲了些。

梅氏笑著搖頭。「雲淨她奶奶挑得精細。」

幾個婦人對了對眼神，安其堂去年考中秀才，算是有身分的讀書人了，厲氏想著給他娶富家千金，可人家哪裡看得上家境一般的安其堂。

「她三叔今年二十三了吧？」牛二嫂道：「真該成親了。」

過了十五歲就能成親，十七、八是成親的正歲數，二十三都要當爹了，這個歲數再挑媳婦可就真沒好的了。

「誰說不是呢？」梅氏也不好多說什麼，畢竟在厲氏眼裡，她的三兒便是公主都配得上。用厲氏的話說，就是「她兒子可是在青陽書院做事的」。

安其堂考上秀才後，自知再往上考也難了，便留在青陽書院做些雜事，不光吃住不用花錢，每月還有一貫的月錢，也算是體面了。

郝氏嘆口氣。「伯娘不著急也就罷了，我看其堂自己也不急，不曉得心裡是怎麼個打算。」

雲開沒有作聲，安其堂怎麼個打算，她心裡還真知道。安其堂暗暗喜歡著寧若素，只要這個心不死，他也不會看上旁人。偏生寧若素的一顆心都吊在曾九思身上，眼裡哪容得下樣樣不及曾九思的安其堂？

雲開嘆口氣，真沒看出來三叔還是個癡情的漢子。

她在嘆氣的時候，曾應夢的媳婦馬氏也看著她偷偷嘆氣，雲開這丫頭怎麼就看不上他們家小叔呢，若是她能相中了小叔，該多好啊。

這兩個成不了就得看小的，馬氏的目光落在五歲的小雲淨身上，這丫頭模樣也隨了她娘，乖巧漂亮，也是個討喜的，若是自己家歲餘能娶了雲淨……

二妞忽然靠到雲開耳邊嘀咕悄悄話。「應龍哥沒來啊？」

若非丁異回來，幾家人這樣的聚會，一定少不了曾應龍，這可是能光明正大接近雲開的機會。

雲開抿抿嘴，沒有吭聲。二妞又加了一句。「丁異越來越好看了，比應龍哥還好看。還是妳有眼光。」

雲開湊到二妞耳邊。「沒妳的家闊哥好看。」

王家闊是隔壁村王家的三小子、二妞的小未婚夫。

雲開一句話就把二妞說得不好意思了，放下針線小拳頭招呼了過來。「叫妳欺負我，叫妳欺負我。」

雲開笑著求饒，一屋子人看過來，幾個婦人都笑了。

牛二嫂問梅氏。「要我說，趕緊把大姊兒跟丁異的親事定下來得了。」

郝氏就忍不住笑了。「還訂什麼親，直接訂日子成親得了。」

一屋子人又笑了起來，二妞逮著機會，開始笑話雲開。「還笑我，妳看著，丁異可比家闊哥著急，一定先把妳娶回去！」

雲開忍不住笑。「那咱就打賭，誰先成親，就給另一個繡嫁妝！」

「妳算了！就妳繡的那水鴨子，也就丁異覺得好看！」二妞吐槽。

想到雲開的繡活，一屋子人大笑，被眾人嘲笑的雲開弱小又可憐地看著娘親。

梅氏嘆氣。「這幾個丫頭我是一樣教，若說偏心肯定也是偏心開兒一些，怎地別人都學得比她好呢？」

還真是，曾大妮兒、牛二妞、安如意、安如祥和雲開都跟著梅氏學繡花，其他人都有模有樣的，只有雲開的，在這些人看來實在是沒法說。

「如意的親事怎麼樣了？」喜好作媒的牛二嫂問道。

梅氏搖搖頭，如意跟三弟的情況差不多，高不成低不就的。

二妞又湊到雲開耳邊。「如意還惦記著應龍哥嗎？」

雲開搖頭。「我不知道，好久沒見到她了。」

這幾年，雲開家和安其金家刻意疏遠，有什麼要送的東西也是讓祥嫂或山子去，雲開很少跑腿了。而安如意因為到了成親的年紀，越來越少出門，兩人是真的碰不上了。

這一頓晌午飯一直吃到了後半天，眾人散了後，陪著喝了幾杯酒的丁異又坐了一會兒，也要回藥谷了。雲開把他送到院門外，又送到蘆葦地邊，才依依惜別。

待丁異走了，雲開轉身要回家的時候，曾應龍忽然竄出來，把她嚇了一跳。

「半個時辰後，我在蘆葦地等妳，有話想跟妳說。」曾應龍低聲道，聲音裡有幾分哀求。

雲開剛要拒絕，曾應龍又加了一句。「妳不來，我就一直等妳。」說完，曾應龍大步走了。雲開叫他，他也不肯回頭。

雲開不去也曉得他要說什麼，若是去了才更說不清楚呢。要不讓爹替她去一趟？

雲開搖頭，決定返回家中，還是讓他等吧，等得心涼，他就會清醒了。

這一幕被各在東西牆角躲著的兩個小姑娘看在眼裡，各自有了打算。

半個時辰後，天漸漸黑了，曾應龍坐在蘆葦地中的大石頭上，靜靜等著雲開。

這麼多年，從心熱到心靜，他也曉得自己早該死心了，可念著她已成了習慣，除了雲開，他心裡再也放不下別人。默默看著她長大，就像注視著一朵花，看著她發芽、長葉、拔節、長花骨朵……現在花兒馬上要盛開了。

她的美好一點點地印在心裡，可她卻不屬於自己，這種痛苦讓曾應龍想瘋、想吼、想……掠奪。

娘罵他傻，爹嘆他癡，可他沒法子，只能這麼癡傻下去。這些年，他努力讓自己可靠成熟，可雲開的目光卻從來不落在他身上，她不肯看。丁異走了，她閉門不出；丁異回來了，她與丁異成雙成對。

今天丁異回來時，雲開奔向他的腳步，每一步都踩在他的心上；當丁異牽她的手時，他的心都要碎了。

不能再這樣下去，他想要做個了斷。雖然知道雲開不會出來，他還是靜靜地坐在越來越涼的石頭上等著，近乎自虐地等著。

四周已黑成一片，忽然蘆葦叢中沙沙作響，曾應龍看到一個人影出現在自己面前，曾應龍詫異。「妳怎麼來了？」

安如意咬唇。「你來做什麼，我就來做什麼。」

曾應龍愣了愣。「妳回吧，天黑了，別讓家裡人惦記著。」

「我不要。」安如意固執地走過來。「應龍哥，大姊兒不喜歡你，我……」

「好了，不要說了。」曾應龍站起來轉身就走。

安如意的眼淚唰地落下來，蹲在蘆葦地裡嗚嗚地哭了。曾應龍聽到她的哭聲，也覺得不好受。

等安如意哭夠了，曾應龍才走過去勸道：「快回吧，晚上一個姑娘出來不安生，回去讓妳二哥幫妳找戶好人家，好好過日子。」

安如意委屈極了。「我到底哪一點比不上大姊兒？你就……那麼喜歡她？」

我到底哪一點比不上丁巽，妳就那麼喜歡他，看也不看我一眼？

這本是曾應龍想問雲開的話，現在被安如意拿來問他，曾應龍忽然有點想笑，他總算體會到雲開的心情了，老天爺真是太會捉弄人了。

不是妳不夠好，只是我心裡有人了……

曾應龍不曉得該怎麼回答她讓她死心，只得默默轉身走了。過了許久，安如意自己哭夠了，終於站起來獨自回家。

在蘆葦地邊上的曾應龍見她回去了，又坐回蘆葦地的大石頭上，他比安如意還死心眼……

半圓的月亮慢慢落下，曾應龍掏出酒葫蘆喝了一口，辛辣的酒滑過咽喉，瞬間就找到了胃在哪裡。不冷了，卻激得他想流淚。

喝一口，再喝一口……

便在這時，蘆葦叢又沙沙搖晃，是雲開來了？

一個女子身影從裡頭鑽出來，曾應龍趕忙把酒葫蘆藏在身後，站起來的身子因酒而激動起來，搖晃了兩下才站穩。「大姊兒，我……我，妳……」

「雲開」低頭不說話，只是張開了雙臂。

曾應龍就熱淚盈眶，上前一步把她緊緊抱在懷裡。「大姊兒、雲開、開兒，我比丁異還喜歡妳，我……」

懷裡的小人兒也用胳膊抱緊了他，曾應龍身子一僵，話都說不出來了，心裡被突然到來的幸福盈滿，將他完全淹沒，他快瘋了，原來幸福就是這個樣子。

曾應龍小心翼翼地低頭，把臉壓在小人兒的頭上，忍不住哭了。

懷裡的小人兒忽然抬起頭親了一下他的臉頰，曾應龍渾身一顫，根本無法用腦子，他急切去找她的唇，就要印上去。

便在這時，忽然有人拿著火把走出蘆葦叢，曾應龍趕忙把人壓在懷裡。見到來的是丁異時，曾應龍更加摟緊了懷裡的「雲開」，以一種勝利者的姿態看著丁異。「你們還沒有成親，她不是你的。」

是我的了。曾應龍心裡從未有過的舒服。

丁異不說話，曾應龍懷裡的小人兒抬頭說道：「應龍哥，我不會和他成親的。」

曾應龍驚得把人推開。「如祥！妳怎麼在這裡？」

安如祥冷笑道：「應龍哥真是好記性，明明就是你把我叫過來的，你剛才還親我抱我呢，轉眼就想不認帳了？」

曾應龍嚇得酒醒，出了一身冷汗。「妳別胡說，我根本沒約妳！」

「那你抱我幹什麼！我要叫人了，」安如祥仰頭就大喊。「來……」

這時候叫了人來，就全完了！曾應龍慌亂地上前捂住安如祥的嘴，哀求道：「別叫，是我對不起妳。我認錯了人，如祥……」

安如祥打開他的手，繼續冷笑。「應龍哥占了便宜不想認？我告訴你，丁異看到了，你想不認也不行，我……」

「我沒，看到。」丁異乾巴巴地說了一句，聲音不小。

安如祥狠狠地瞪著丁異。「你到底是哪邊的，你想幹什麼？」

「我約應龍，妳來，幹什麼？」丁異小臉一繃，還是滿嚇人的。

曾應龍連忙道：「對，對，丁異約了我談事情，妳怎麼跑來了？天晚了，妳快回去……」

安如祥死死瞪著曾應龍。「想讓我走？沒門兒！你不娶我，我就吊死在你家門口！」

曾應龍摸不著頭緒。「如祥妳這是幹什麼？妳又不喜歡我，纏著我做什麼？我哪兒惹到妳了？」

「我姊喜歡你！」安如祥吼道：「就算我姊死了，你也別想娶別人！安雲開不行，安如意更不行！就是你們害死我姊的，是你們！」

安如吉六年前在盧安村南的樹林裡遇害了，當時他人都不在村裡，曾應龍皺眉。「妳怎麼會這麼想？」

「我就知道你們不會認帳，我姊死了，你們誰也別想好好活著！」安如祥不解釋，聲音裡全是恨意，讓曾應龍聽得發涼。

丁異嫌她麻煩，乾脆地問：「走，還是放倒？」

安如祥知道丁異的本事，丁異不改口，今晚的事是不成了，也只能便宜了姓曾的。「你們給我等著！」

曾應龍連忙道：「如祥，我不知道妳為啥這麼想，但我剛才真沒想占妳的便宜，妳別……」

安如祥哪肯聽，徑直走了。

曾應龍懊惱地抱頭蹲在石頭上，自己怎麼就昏了頭呢？雲開怎麼可能來，他怎麼會糊塗地親了如祥？那只不過是梳了跟雲開一樣的頭、身高也差不多的人而已，他怎麼就能認錯了呢？他明明那麼喜歡她……

若不是丁異來，他會把安如祥怎樣，曾應龍都不敢想。他抬起頭，見丁異將火把弄熄了。

揍。

「丁異，我……」

還沒等他說完，丁異一拳頭就揍過來，曾應龍也不躲，生生地挨了丁異一拳頭，他該揍。

「你沒想占別人，便宜，你想……占雲開，便宜！」丁異的聲音裡，全是怒氣。

曾應龍無可辯駁。「你……」

「雲開讓我來的，我不想，管你。你別，再讓雲開，為難。」丁異說完，轉身就走了。

丁異心裡也惱著。

若不是他在馬背上回頭，見到曾應龍與雲開說話，他也不會不放心地返回問一問；若是他不回來問一問，雲開就不會讓他過來跟曾應龍說清楚；若是他不過來，曾應龍今天就會著了安如祥的道，成了她的囊中物。

丁異但願自己沒過來。

可他也知道，若是曾應龍真被安如祥算計了，就算這事跟雲開無關，雲開心裡怕也會不舒服。

他不想讓雲開不舒服，所以才拉了曾應龍一把。

想到他剛才看到的情景，丁異發誓，如果這次之後曾應龍還敢打雲開的主意，他立刻把曾應龍廢了！

曾應龍狼狽地回到家裡時，爹娘屋裡的燈還亮著。

燈光下，正在做針線的趙氏見到兒子破了的嘴角和腫了的臉，驚得被針刺了手指頭。

「你這是怎麼了？跟誰打架了？」

躺著的曾前山也坐起來。「大晚上的，去哪兒了？」

曾應龍雙膝跪在地上。「娘，您明日找媒人到安家提親吧。」

「你這個孽障啊！」趙氏氣得眼淚都掉下來了。「人家根本就看不上你，你幹麼還上趕著讓人家作踐？你以為咱們去提親了人家就會答應？兒啊，你傻了啊……你這是要挖娘的心啊！」

曾前山問道：「你安二叔答應讓你去提親了？」

曾應龍搖頭。「娘幫我去其金叔家求親，兒想娶安如意。」

「誰？」曾家二老都不敢相信自己的耳朵，同聲追問。

「安、如、意。」曾應龍一字一頓地說，這輩子他注定娶不到雲開了，與其隨便讓安如祥鬧上門，還不如成全了安如意。

推己及人，安如意看到他們家去提親，應該很高興吧，曾應龍低下頭。

「兒啊，你說的，是真的？」趙氏顫抖著問。

以前，她還真看不上悶聲不響的安如意，不過經過這五年的折磨，莫說兒子娶安如意，就是他要娶誰家年輕的小寡婦，趙氏都會放著鞭炮去把人接回來，只要他別在雲開這一棵樹上吊死就行。

曾前山靜靜地看著兒子，見他不似琢磨明白了，便拉住激動得半夜就要去找媒婆的媳婦兒，問道：「你給爹娘說實話，到底發生了什麼事？」

第二天一早，曾家請的媒人去了安如意一家。與此同時，安五奶奶家的大門也被人敲響了，曾應龍被他娘帶來道歉。

安五奶奶見到曾應龍臉上的一大塊紫青色，嚇了一跳。「應龍這臉是怎麼了？」

趙氏一聽安五奶奶這樣問，就知道安如祥還沒把昨夜的事跟她娘說，心裡的石頭就落下了一半。「五嫂，我帶著孩子來給如祥賠不是了。」

怎麼牽扯到如祥了呢？安五奶奶懵了。

「如祥呢？」趙氏問道。

「她說不舒坦，躺著還沒起來。」安五奶奶讓趙氏坐了，曾應龍一聲不吭地站在他娘身後。

趙氏趕忙趁著安如祥起來之前，把事情給安五奶奶講了。「是這麼回事，丁異不是回來了嗎？昨晚他約我家應龍到蘆葦地裡談事兒。」

安五奶奶點頭，這麼說曾應龍臉上的傷是丁異打的，至於兩人為啥打架，村裡哪個不曉得？

「我這兒子是個實在的，早早就去等著，可丁異還沒來，如祥就到了。」趙氏語氣就有點衝了。「還梳著跟大姊兒一樣的頭髮，穿了一樣的衣裳，伸手要我家應龍抱她。」

「娘……」曾應龍趕忙打斷他娘，昨夜商量的時候可不是這麼說的，爹娘明明答應了不牽扯到雲開的，怎麼來了就變卦了呢！

「你給我閉嘴！」趙氏罵道。

安五奶奶立刻跳腳。「這怎麼可能？我家如祥昨夜不舒坦早早就睡了，你們可別瞎說，壞了我閨女的名聲我可跟你們沒完！別以為你家應龍是個香餑餑誰都稀罕，我家如祥可沒惦記他！如祥，妳個死丫頭，給老娘出來！」

廂房裡的安如祥根本就沒想到趙氏敢找上門來，正在匆忙穿衣梳頭。

廚房裡洗碗的郝氏也驚得不行，這可是大事，偏生其水不在家，這可怎麼辦？

待到安如祥進來時，見曾應龍已經跪在她娘面前了，便也在曾應龍身邊一跪。「娘，昨夜是他叫我出去的，他還摟了我，我已經是他的人了！」

「五奶奶，我真不知道是如祥，我當時喝糊塗了，但我就抱了一下，丁異就到了，不信您問丁異……」曾應龍趕忙解釋道。

「胡說，你還想親我呢，你還……」

還不等安如祥說完，安五奶奶一巴掌就招呼過去，恨鐵不成鋼地罵道：「妳個不知廉恥的死丫頭！」

趙氏見安如祥挨打，心裡總算舒坦了些。「五嫂，孩子還小呢，喜歡胡鬧也是常事，妳別動氣。要打也該打應龍，是我沒教好孩子，不該讓他小小年紀就喝酒，酒這東西真是誤事……」

「嬸兒別說這個，現在也不是掰扯兩個孩子誰對誰錯的時候，這事兒都出了，您說該怎麼辦吧？」郝氏問道，他們家早就相中曾應龍這個女婿了，只是曾應龍一直惦記著大姊兒才沒去提親，現在曾應龍都把二妹這樣了，這親結定了。

安五奶奶的想法跟兒媳婦差不多。

趙氏點頭。「不管怎麼樣，錯的也是我家應龍，所以我把人帶過來了，妳們想打還是想罵都成。」

郝氏跟婆婆對了對眼神，他們這意思是不想娶如祥了？

安五奶奶冷笑一聲，哪有這麼便宜的事！

郝氏乾脆明說了。「說起來，他們男未婚女未嫁的，不如咱們將錯就錯，把兩孩子的事定下來，咱們兩家一塊兒從盧安村搬出來，知根知底的，孩子在一塊兒也放心不是？」

趙氏嘆口氣。「論理說是該這樣，可如祥這閨女，我們家真不敢娶。」

「妳這是什麼話，我家閨女怎麼了，還配不上妳家應龍了？」安五奶奶又要開罵。

趙氏立刻抬手。「嫂子、姪媳婦，妳們別急，妳們且問問昨夜如祥為啥一個人跑到蘆葦地去，咱們再說怎麼辦。」

「不管是為了啥，都這樣了！」郝氏嘟囔一句。「如祥，別怕，怎麼回事就怎麼說。」

安如祥沒想到曾家真的不打算娶她，只捂著被娘打得火辣辣的臉，狠狠瞪著曾應龍，不娶自己他就誰也別想娶，她非得把曾應龍弄得身敗名裂不可！

如祥這模樣不對啊，按說她大半夜的跑去私會情郎，現在該含情脈脈才對，怎麼她看著曾應龍跟看著八輩子死敵一樣？

郝氏婆媳倆皺起眉頭，就聽趙氏說道：「如祥覺得她姊如吉的死是我家應龍害的，她說我家應龍是她姊的，不能娶別人，她要讓我家應龍一輩子沒好日子過！」

說著說著，趙氏就抹起了眼淚。「五嫂，咱們摸著良心說話。如吉去了我們心裡也不好受，可這事怎麼能栽在應龍頭上？那時候應龍在鎮上的鋪子做活，根本不在村裡啊，如今這是為了啥啊？」

安五奶奶和郝氏也被問懵了，低頭問安如祥。「如祥，妳說怎麼回事？」

安如祥惡狠狠地指著曾應龍。「就是因為他，我姊才會和安如意吵架分開走，如果她們不分開走，我姊就不會死！都是他和安如意害的，就是他們害的！」

她的恨意濃得要把人淹死，郝氏呆呆站著回不過勁來。「如祥……妳怎麼會這樣想呢，誰跟妳這樣說的？」

「我說錯了嗎？」安如祥眼裡都是瘋狂。「我姊被人糟蹋死了！我姊死得那麼慘，他們憑什麼能好好活著？」

老淚橫流的安五奶奶捂著心口說不出話來。

趙氏也被安如祥嚇到了，這丫頭以前就要強，跟她娘一樣嘴皮子索利，大夥兒還說她定是個能持家的媳婦，可安如吉去了後，安如祥跟換了個人一樣，不出門不說話，誰想到她竟還抱著這樣瘋狂的念頭。

「五嫂，妳說這樣的兒媳婦，我們敢娶嗎？」趙氏語重心長地問：「她嫁到我們曾家，會好好過日子嗎？」

安五奶奶無言以對。

「如祥知道丁異約了應龍，知道我家應龍心裡惦記著大姊兒，就趁著天黑我兒喝多了酒，穿上大姊兒的衣裳，梳了大姊兒的頭，跑到蘆葦地去伸手抱我兒。」趙氏說著便起了火氣，真是不要臉！

「她這是為了啥？我們應龍沒長眼幹錯了事，妳們怎麼打怎麼罵都成，別的咱沒得商量。」

安五奶奶已經說不出話了，郝氏也無言以對，安如祥跳起來罵道：「你們要是敢不娶我，我就吊死在你們家門口，讓你們誰都娶不成！」

趙氏手指頭都哆嗦了。「妳們聽聽、聽聽，她這樣是瘋了啊！」

安五奶奶也哆嗦了，知道這樣下去肯定沒戲，不只嫁曾應龍沒戲，嫁誰都沒戲。「把她拉回屋裡去！」

郝氏趕忙過來拽人，卻被安如祥在手背上抓了一道子，疼得哎喲一聲，這下也急眼了，硬拖著安如祥就往廂房裡走。「祖宗啊，妳可別鬧了，再鬧下去就真完了。」

待安如祥被拖進去後，安五奶奶的臉色難看得滴水，趙氏卻安了心，語重心長地道：「五嫂，咱們兩家幾十年的老交情了，如祥這孩子也是我看著長大的，看她這樣我能不心疼？嫁人不嫁人的先不說，咱得先把這孩子心裡的疙瘩解開，她要是這麼下去，嫁到哪家也過不上好日子……」

待趙氏帶著兒子回家後，曾前山趕忙問道：「怎麼樣？」

趙氏點頭，然後又嘆了口氣。「如祥真是魔怔了，五嫂那樣我看著也難受，天道不太平，造孽啊。」

可不是造孽嗎？若是天道太平，就沒有兵亂，如吉就不會死，他們這半截身子入土的人就不用遠離故土，搬到這人生地不熟的村子裡討生活。以前在盧安村當里正時，村裡哪個人見了他們不得陪著笑臉？現在他們在這裡，要給人陪笑臉！

曾前山看著悶聲不響的二兒子。「應龍，吃一塹長一智，既然想通了，以後就跟如意好好過日子，知道不？」

曾應龍慢慢點頭。

不承想，去安家提親的連媒婆過來了卻說：「人家不同意！」

趙氏皺了眉，自己的兒子看得上如意是他們的福氣，他們還不同意了？

曾前山倒覺得這事兒正常。「提親這事就沒一次成的，麻煩連嫂子多跑兩趟，等孩子們的親事成了，喜錢一定少不了您的。」

連嫂子的眉頭皺得能夾死蒼蠅。「不是那麼回事！安家老嬸子說了，她家三兒是秀才，閨女得往高裡嫁，不能再嫁給泥腿子；她家大嫂還說，想娶她家小姑子也成，得先給五十兩銀子的禮金，再在城裡給他們小倆口買個院子，單門獨戶地過日子！」

「什麼？」趙氏跳了起來，村戶人家娶媳婦，能給十兩銀子的禮金已經是數一數二的好人家了，他們老安家是什麼家門，竟然張口就要五十兩，還要在城裡買單門獨戶的院子？

當他們家安如意是金雞嗎，買來就能生金蛋？

「這樣金貴的媳婦我們曾家可娶不起！」本來就對這門親事不滿意的趙氏氣呼呼地道：「連嬸子，幫我們去隔壁王家莊的王慶輝家提親，我們求娶他們家二姑娘！」當他們家多稀罕這個兒媳婦不成！

「就是！」馬氏也嘀咕了一句。「再說前前後後發生了這麼多事，咱們再娶安家的姑娘也是個麻煩。」

的確是這麼個理，兒子因為安雲開瘋魔了幾年，安如祥又因為她姊想害應龍，現在應龍再去娶安如意，簡直就跟安家的閨女們幹上了！趙氏也覺得不好。

曾前山卻道：「連嬸子，娶媳婦是大事，咱也不急於一時，等我們找著中意的，再麻煩您跑一趟好了。您放心，我兒子這媒人錢今年您一定能賺上。」

丈夫都這麼說了，趙氏也不好多說什麼，連媒婆見此便說了幾句吉利話走了。

曾前山把媳婦和兒媳婦支出去，只把兒子留在屋裡，直接問道：「你心裡到底怎麼想的？」

曾應龍茫然地搖頭。「啥也沒想，我這腦袋裡空空的，啥也想不起來。」這以後的日子還那麼長，他要怎麼過下去？不能娶雲開，他整個打算都空了，以後要怎麼活？

這哪裡是想開了，是死心了啊！曾前山心疼兒子，什麼大道理也不說，只是給他拿了幾塊碎銀子，輕聲道：「出去走走吧，去哪兒都成，什麼時候想開了什麼時候再回來。」

曾應龍覺得自己也該出去走走。他接了銀子轉身走了出去，迷迷糊糊地就走到雲開家門前，鼓起勇氣，敲了敲雲開家的大門。

見到曾應龍這烏眼青的樣子，安其滿連忙問：「這是出啥事了？」

曾應龍扯著嘴角，扯出一絲難看的笑來。「二叔，我要走了。」

「出門辦事，啥時候回來？」安其滿覺得曾應龍這樣很不對勁，裡屋的雲開猜測曾應龍是讓丁異給打了，暗暗後悔讓丁異過去。

「我也不曉得啥時候回來。二叔，我能跟大姊兒說幾句話不？」曾應龍抬起頭，很認真地說。「我娘要去給我提親了，年底之前我就要訂親娶媳婦了。」

安其滿愣了，梅氏趕忙問道：「這是好事，訂的哪家？」

「也說不好是哪家。」曾應龍的心像是被針扎一樣難受，又問梅氏。「二嬸，我能跟大姊兒說兩句話不？說兩句話我就走。」

安其滿看著媳婦兒，曾應龍這樣，他心裡也不好受，梅氏點了頭。

曾應龍站在雲開面前，雲開見他不說話，就指了指桌上。「應龍哥，吃糖。」

曾應龍聽話地抓了幾個，穩穩地攥在手心裡。六年前雲開第一次與他說話，就是端著糖塊站在他面前，脆生生地說了一句。「應龍哥，吃糖。」

那次他慌得把糖掉在地上，讓她笑得眼睛都彎了，那是她在自己面前笑得最歡的一次，如今，他卻難受得說不出話。

看他這樣，雲開心裡也不是滋味，更不知道該說什麼。

曾應龍也是，想問的話一句也問不出來，最後，他握著硌手的糖塊站起來。「我走了。」

雲開點頭。

曾應龍走到門口，忽然回頭問了一句。「大姊兒，我能不能……抱抱妳？」

雲開搖頭。

曾應龍見此，便直接道：「那我走了，妳照顧好自己，臉上的東西以後要抹均勻了，別讓人看出蹊蹺來。」

雲開趕忙伸手捂住自己的小臉，是她早上起來塗得不好露出馬腳了？真是太大意了！

見她這樣生動有趣，曾應龍笑了。「今天塗得很好，只是有時候這裡……」

他總是默默看著她，她臉上的細微差別別人看不到，卻瞞不過他的眼睛。曾應龍伸出手指摸了摸她耳前溫潤細膩的肌膚。「妳會塗得比較少，跟其他地方的色兒不大一樣。」

雲開不好意思地低下頭。「多謝應龍哥。」

曾應龍收回手，轉身邁入了三月暮春的豔陽裡，陽光刺得他想流眼淚。

不想剛出門，卻迎面碰上了一臉慌張、眼睛紅腫的安如意。

安如意沒想到會在這裡碰到曾應龍，她羞澀又緊張，不曉得該說什麼。

曾應龍低聲說了句。「我走了。」

安如意見他如此，心慌了。「應龍哥要去哪裡？」

「四處走走，過些日子再回來。」曾應龍低聲道。

安如意慌得拉住他的衣袖。「我不要禮金也不要小院。那些都是我娘和嫂子提的，應龍哥，我、我只想嫁給你就好。」

曾應龍安撫地拍了拍她的肩膀。「妳娘和大嫂也是為了讓妳過好日子……」

「不要！」安如意急得又要哭。

曾應龍心裡難受得緊，腦子也是亂得想不出主意，只得道：「莫慌，若是妳真想嫁我，我不會再娶別人的。」

安如意的心這才定了，放開他的衣袖，看他一步步地走遠後，才轉頭對上雲開帶笑的小臉。安如意臉上羞赧，低頭問道：「大姊兒，妳爹娘在家不？」

雲開點頭。「在呢。」

安如意走了進來，雲開跟在她身邊道：「恭喜小姑。」曾應龍終於想通了。

安如意低著頭。「還不曉得能不能成呢。」

安其滿聽安如意說完，便皺了眉頭。「大哥怎麼說？」

安如意搖頭。「大哥還沒回來，二哥，我不想嫁到什麼讀書人家或者城裡的商戶家讓人瞧不起，我想……同意這門親事，二哥幫幫我。」

安其滿點頭。「妳放心，這事二哥不會不管。方才應龍也說了會娶妳，他主意正，定了就不會反悔。待到大哥回來後再叫上三弟，全家人一起商量妳的親事。應龍有本事，嫁給他，妳以後的日子錯不了。」

梅氏也笑了。「我家妹妹是個有福氣的。」

安如意心裡卻慌得很，她曉得她娘現在手裡沒有銀子，大嫂也想乘機訛曾家一把。

待到安如意走了，梅氏才嘆道：「應龍若是真能娶了如意，安下心來過日子，也是樁好親事。」

前提是他能過了自己心裡的坎，踏踏實實地跟如意過日子，否則就是毀了自己也毀了如意。「曾家怎麼會突然跑到大哥家提親呢？」

這件事，不光梅氏想不明白，全家人都想不明白。不過待丁異來了，就誰都明白了。

聽丁異講完事情的經過，一家人半天說不出話來。雲開只覺得，老大一盆狗血從天上潑下來。

這都什麼跟什麼！

「還好昨夜開兒沒出去，否則還不曉得亂成什麼樣子。」梅氏後怕著。「這件事你做得對，就該這樣。若是如祥的算盤真打成了，毀的不光是應龍，還有她自己，曾家容不下這樣的兒媳婦。」

「丁巽，如祥這個樣子還有得治不？」安其滿問道。

丁巽搖頭。「心病，還得心藥。她自己，想開才成。」

雲開覺得安如祥這個情況應該屬於偏執成狂了，想解開她的心結可不容易。

正說著，安五奶奶就來了。安五奶奶知道這事瞞不過安其滿一家，也就如實說了。

知道趙氏這早上就帶著曾應龍上門認錯後，雲開不得不說，這一早上真真是熱鬧。

「丁巽，幫如祥看看成不？」安五奶奶哀求道：「她若是這樣下去，一輩子就毀了啊。」

丁巽抿唇。「五奶奶，我治得了病，治不了，心。」

安五奶奶的眼淚就掉下來了。「這可怎麼辦啊？你的神醫師父呢，他能治不？」

丁巽搖頭，安五奶奶絕望，難道如祥這輩子就得一直在家裡當個老姑娘？

丁巽與雲開用目光交流過後，便道：「有個人，興許成。」

「誰？」安五奶奶眼裡又升起希望。

「化生寺，懷讓大師。」丁巽直接道：「他，佛法高深，最擅，這個。」

丁異和雲開與懷讓大師這些年持續有來往，隨著安五奶奶把如祥送了過去，懷讓大師果然將她留下來。

了卻了這些事，丁異和雲開輕鬆許多，在化生寺內找了棵清涼無人的老樹下坐著歇息。

雲開低聲道：「你昨晚那樣做，我很高興。」

丁異抿抿唇。「想抱。」

雲開臉羞紅了，低聲道：「這是在外邊，讓人看了多不好。」

「沒人。」

雲開只好匆匆地抱了抱他，丁異卻伸手抱住不讓她離開，低聲道：「我不想，管他。」

「我知道。」雲開翹起嘴角，丁異想什麼她知道，她想什麼丁異也知道，就算自己不願意的，但知道對方想，他們就會去做。

這種踏實感，幾年來不曾變過，這輩子應該也不會變了。

丁異輕輕地貼了貼雲開的秀髮，才把她放開。「以後曾應龍，再找妳，藥倒他！」

「嗯！」雲開用力點頭，丁異這幾年醫術越發精進，她手裡的好藥越來越多，轉手藥倒一圈人也不在話下。

兩人不再言語，只是這樣靜靜地看著松樹枝上跳躍的光線，便覺得美好。

安如祥的心病還沒有進展，丁異卻到了離開的時候，雲開看著他離去的背影滿是不捨，這一別又要半年多。

不過丁異不在的日子，雲開也並不枯燥，她與父親研究新畫，照顧妹妹和娘親，聽著過來串門子的郝氏、馬氏和牛二嫂她們說著村裡發生的趣事；看著厲氏、楊氏和趙氏為了曾應龍與安如意的親事來回折騰；與閨密牛二妞一起做針線，或是去城裡轉悠著吃零嘴、買頭飾。

這日，兩個小姑娘又趁著安其滿到日升記交蘆葦畫時，到日升雜貨閒逛。若論規模和物品的豐富程度，日升雜貨就像是古代的綜合商場，裡邊收盡天下百貨，若是認真逛，逛一天也不成問題，兩個小丫頭隨意轉悠著，待上了二樓時，見到帶笑招呼客人的曾應龍，兩人都愣了。

此時的曾應龍眼神明亮，沈穩幹練，見到雲開和二妞，他與客人說幾句話便走了過來，笑問道：「妳們倆來買東西？」

牛二妞看看雲開，笑嘻嘻地道：「應龍哥，是我想買首飾盒，有沒有精緻又便宜的？」

「這是開始準備嫁妝了？」曾應龍打趣著，帶著她們向下走，熟門熟路地領到首飾盒櫃檯前，耐心等著牛二妞挑好了後，才問雲開。「大姊兒想要什麼？」

兩個月不見，曾應龍開朗不少，看她的目光也平靜了。雲開很是開心。「我就是陪二妞過來轉轉，不買什麼。應龍哥什麼時候回來的？」

「前些日子去了外地的日升記分號，今日剛回來，待會兒一塊兒回家？」曾應龍笑道。

走了這一趟，能放下的都被他放下，不能放下的也被他深深壓在心底，只是沒想到回來就遇到雲開，心底那點小情緒又開始翻騰起來。不過還好，他已能控制自己。

「好啊。」雲開大方應了。「我爹在後院交貨，待會兒咱們一塊兒坐我家的牛車回去。」

曾應龍應了後又去忙碌，牛二妞碰了碰雲開的肩膀，說起悄悄話。「我怎麼覺得應龍哥跟以前不一樣了呢，見到妳也不會直直地發呆了。」

雲開翻翻白眼。「都是過去的事了，不要亂說，讓人聽見不好。」

「對對，應龍哥要當妳的小姑夫了呢。」二妞捂著嘴笑了起來。

雲開也忍不住笑了，曾應龍回來了，他與安如意的親事也該定下來了吧。

曾應龍歸來，特別是在他明確跟娘親說了一定要娶安如意當媳婦兒後，趙氏又請連媒婆到安家提親，厲氏也不提什麼在城裡買一套院子的事了，但還是咬定要五十兩的禮金不鬆口。

連媒婆心裡罵安家折騰人，嘴上應得滿滿地去回了曾家。

且不說趙氏怎麼罵，安如意從裡屋出來也不幹了。「娘！女兒說了不要那麼多禮金，您……」

「閉嘴，閉嘴，閉嘴！妳不要禮金老娘要，老娘還要用錢在城裡買院子呢。」

見娘瞪起三角眼，安如意是真的怕，但她還是壯著膽子問道：「娘要城裡的院子做什麼？」

「妳不要的東西，還管那麼多幹什麼？」厲氏心裡自然有她的小算盤。

她那點主意哪能瞞得過天天在家的親閨女？安如意小聲問道：「是為了我三哥嗎？」

見娘親不吭聲，安如意就知道自己猜對了，她委屈地咬著唇。

為了妹妹的親事，安家兄弟三人湊到了一處。穿著、氣質越來越像寧適道的安其堂先問了娘好，然後拱手道：「大哥、二哥。」

安其金和安其滿點頭。

「今天把你們哥仨都叫過來，就是為了你們親妹妹的親事。」厲氏一開口就讓人聽了不痛快。「曾家又來提親了，聽媒婆的意思，他們家還不願意出五十兩的禮金，你們說怎麼辦？」

楊氏立刻道：「曾家又來求親，就是他家應龍一定要娶咱們家如意不可，咱們都知道應龍是一條道走到底的倔脾氣，只要咱們咬死了，他們家一定出！」

安如意看著二哥，急得眼淚打轉。

安其滿問道：「若是曾家真出了這五十兩銀子，這銀子打算怎麼辦？是給二妹再添嫁妝，還是直接用這銀子壓箱底？」

「當然是添嫁妝了……」楊氏立刻盤算道：「我去買，我跟城裡各家鋪子都熟，我去買能便宜一大半！」

安其滿只看著娘親，楊氏只得訕訕地閉了嘴，以安其滿現在在村裡的威望，楊氏已不敢隨意在他們兩口子面前指桑罵槐地亂說了。

厲氏開口道：「你大嫂說得有道理。」

楊氏立刻咧開嘴角，但又聽婆婆說道：「當年壓在老大手裡給如意的三十兩銀子陪嫁，也該拿出來了吧？」

安其金沒吭聲，楊氏嘟囔道：「有曾家的五十兩挺夠的了，咱們這部分就不用出了吧？留著給您養老多好。」

如意的頭更低了。

厲氏瞪起眼睛，狠狠地道：「拿出來，別告訴老娘你們把這銀子給吞了！」

安其金立刻回屋取了三十兩銀子出來放在桌上。「自曾家跟咱們提親，如意的嫁妝銀子，兒子就預備著了，該給她的一文不少。」

楊氏看著銀子就心疼，這些錢大部分是她走街串巷幫大宅裡的夫人姑娘們跑腿辦事得來的。

厲氏立刻把銀子攬到面前，這些錢再加上曾家給的五十兩，該能給三兒買個不錯的院子了。「這些錢娘看著給如意添嫁妝，三兒沒成親不算，你們哥兒倆嫁親妹妹打算各出多少？」

「娘，當年可是說好了……」楊氏跳腳，梅氏不動聲色地聽著。

厲氏張嘴罵道：「閉嘴，閉嘴，閉嘴！」

「大姊……」小雲淨拉著姊姊的衣袖，低聲問道：「當年說了什麼？」

雲開搖頭示意她不要開口，省得引火焚身。看厲氏這攬著銀子眼珠子打轉的模樣，用腳趾頭想也知道，她又想乘機從兩個兒子身上挖錢了。

至於挖錢幹什麼？雲開的目光落在低著頭完全置身事外的三叔安其堂身上。這個，才真是厲氏放在心尖上的親兒子！

「一般人家嫁姑娘，十兩銀子就夠體面了，咱們出三十兩銀子，再加上曾家給的五十兩銀子，八十兩銀子的嫁妝放在咱們這十里八村的也是頭一份，不少了。」安其金不願意再出。

安其滿也覺得有道理。「兒子跟大哥的意思一樣。」

四、五年不和的哥兒倆，在這時又穿同一條褲子了？厲氏氣得咬牙。「好啊，好啊，好啊！你們真是親哥兒們，好哥兒們！老二家的，妳怎麼說？」

梅氏安詳地道：「兒媳聽大姊兒她爹的。」

厲氏氣呼呼地喘著。「好啊，你們一個個的都翅膀硬了，不拿老娘當回事了是不？不拿你們的妹妹當回事了，是不？」

還不待厲氏說完，安如意就開口了。「娘如果非要曾家出五十兩銀子的禮金，女兒就到化生寺絞了頭髮當姑子去！」

厲氏瞪大眼睛，雲淨忍不住說道：「小姑，化生寺不收尼姑，妳得去尼姑庵才行，我爹說青陽北邊的山裡有尼姑庵呢。」

眾人。「……」

厲氏狠狠瞪了雲淨一眼，罵梅氏道：「妳教出來的好閨女！」

從小沒跟厲氏生活在一個院子裡的雲淨一點也不怕厲氏，她奇怪地問道：「奶奶，雲淨怎麼了？」

「閉嘴！」厲氏抄起茶杯，碰上雲開冷冰冰的目光又放下，冷哼一聲，她怕這死丫頭一把藥粉把自己藥倒了丟人。

雲開不問別人，只問三叔安其堂。「三叔覺得，咱們該給曾家要五十兩的禮金嗎？」

眾人的目光都落在安其堂身上，一直低著頭的安其堂這才抬起頭。「娘，兒子也覺得不該，十兩已是不少了，要太多不會讓如意更好過。」

「兒也這麼覺得。」安其滿附議。

聽到婆婆要親自給安如意辦嫁妝，自己拿不到什麼油水的楊氏才不讓婆婆乘機撈錢。「兒媳婦也這麼覺得。」

說完，她還看著安其金，安其金只得道：「兒也這麼覺得。」

孤立無援的厲氏哭了起來。「好啊，老娘這樣是為了誰，啊？是為了我自己嗎？我都是半截身子入土的人了……」

聽她又來老一套，安其金先不耐煩了。「行了，化生寺大師不是說了您能長命百歲嗎？您這麼鬧也不怕讓鄰里笑話！」

厲氏立刻跳腳。「怎麼樣，怎麼樣，怎麼樣？這就嫌老娘丟人了？這麼多年老娘就是這麼過來的，你有種把老娘扔出去！」

雲開和雲淨立刻護著大肚子的娘親退到一邊遠離戰場，回到家裡，安其金哥仨意見一致，厲氏再鬧騰，這事也不能隨了她的意。

「如意算是稱心如意了，不曉得他三叔的親事又要怎麼辦。」梅氏嘆口氣，老三的眼光忒高了些，這麼下去怕是娶不到好媳婦了。

第二十四章

定下安如意的親事後，安其堂也不想在家裡多待，立刻回了青陽書院。

「其堂哥哥……」

安其堂見心上人來找他，止不住地歡喜。「二姑娘。」

十四歲的寧若素低頭擰著小帕子。「素兒想出去一趟，其堂哥哥可以陪素兒一起去嗎？」

見她這般模樣，安其堂嘆息一聲。「背著妳父母出來的？」

「好不好？」寧若素最知她怎樣能打動人，半抬著小臉，可憐巴巴地望著安其堂。

安其堂果然心軟了。「妳想去何處？」

寧若素立時眉開眼笑。「想去謝家巷門口那家書肆。」

「去尋曾九思？」曾家便住在謝家巷內。安其堂又怎會不知寧若素的心思，只是寧山長已擺明了不想將女兒嫁入曾家，而曾夫人也在四處給兒子說親，曾九思與寧若素已是不可能了，再去又有何用？

寧若素低著頭。「素兒多日不見九思哥哥，想去。」

寧致遠娶妻後到京城讀書求學，曾九思雖未進京，但也不再日日來書院讀書，躲在家中苦讀，以求下一次科舉時出人頭地。

寧若素咬著殷紅的唇。「其堂哥哥陪素兒去，好不好？」

「為何一定要去？」安其堂問道。

「因為今日是九思哥哥的生辰……」寧若素濃密的睫毛飛快地眨著，她還得到消息，曾夫人請了好些其他府的夫人和姑娘到曾家去作客，叫她如何能放心！

「妳不請自去，只會讓人看輕了，妳先回去，若是九思下次來書院，我再通知妳，可好？」安其堂再勸。

不好！寧若素端著一張小臉，氣呼呼地走了。安其堂心裡不好受可又放不下，只得放下書，獨自去謝家巷口的茶社守望著，怕寧若素少不更事，真的來此。

不想寧若素還是來了，不過她還算懂得深淺，沒有偷跑出來，而是坐著家裡的馬車來的。既然她能坐馬車來，也就是說她過了寧夫人那一關。

寧夫人也期望曾九思做她家女婿？

安其堂心裡緊張著，比讀書、比家世、比模樣，他樣樣不如曾九思，若是寧夫人幫著女兒籌劃，他怕是沒什麼希望了。

戴著圍帽的寧若素也進了茶社，尋了雅間，等著僕從請曾九思來。

如今已是後晌，曾家的生日宴已經散了，長身玉立、面色微紅的曾九思正在送客，得了寧家僕從的傳話後，他想了想，還是來了。

見到曾九思也進了雅間，安其堂的心像被貓抓一樣難受，見兩個人久久不出來，他心裡更難受！

約莫過了半個時辰，寧若素先從雅間裡跑出來，快步走出茶社。她戴著圍帽看不清臉，但安其堂還是從她的動作看得出來，她被曾九思惹哭了。

安其堂起身欲追上去，從雅間內出來的曾九思卻喚道：「其堂兄，請留步。」

安其堂停住轉身，見曾九思抬手請他進雅間，他稍微猶豫便過去了。

兩人雖然都是從南山鎮搬到青陽縣的同鄉，又同在青陽書院讀書，但其實連點頭之交都算不上。

少時的影響下，雖然同為秀才，但安其堂站在曾九思面前還是自慚形穢。曾九思也從未將這個寒門出身的窮秀才當作朋友看待。若說安其堂在他眼裡跟旁人有什麼不同讓他記住，便是因為兩點：一是安其堂總被素兒指使著跑腿，二是安其堂有個刁鑽的傻妞姪女。

不過今日曾九思想與安其堂好生聊一聊，他不能讓安其堂毀了素兒的未來和自己的前途。

「其堂兄以後有何打算？」曾九思與他無客套的必要，開門見山地問。兩次考舉人不中，曾九思已不是那個孤高自傲的少年，在為人處世方面越發地向父親曾春富看齊。

所以，安其堂現在不屑與他為伍。「無甚打算。」

見他如此牴觸，曾九思乾脆問道：「其堂兄有求娶師妹之心？」

師妹？安其堂心中苦笑，曾九思拜寧山長為師，若素是他的師妹卻不是自己的，不過……「其堂確有此心。」

安其堂這樣大言不慚地講出來，曾九思自然上火，但還是壓著性子勸道：「你們二人的年歲實在不般配。」

「寧山長和夫人也差了九歲。」安其堂反駁道，他與寧若素之間的年齡差距是他無法忽視但又不想正視的事實。

「那是因為師母是恩師的續弦。」曾九思又問：「你可知九思為何與師妹漸行漸遠？」

安其堂搖頭。「你的事，我如何知曉！」

「因為恩師對師妹的將來另有打算。寧致遠去京城求學，恩師正為師妹在京中尋一門好親事。」曾九思坦言道。

恩師在為寧致遠的前程鋪路，寧家在青陽算得上是大戶，但到了京城連條小魚都算不上。寧致遠一方面要苦讀入仕，另一方面也要有人幫他疏通關係。將女兒高嫁，為兒子的前程做鋪墊，恩師的打算明眼人都看得出來，正因為看得出來，曾九思才避而不見寧若素。他心中不甘，卻也只能遵從。

恩師連他曾九思都看不上，更何況是這個對寧致遠的前程沒有半分用處的窮小子！

真是癡人說夢！

寧山長的打算，安其堂自然是知曉一二的，不過現在不是還沒定下來嘛，只要寧若素沒有許配給人家，他就有機會。

曾九思見他仍不死心，話說得更重了。「其堂兄想娶師妹，不過是看中她是山長之女罷了。討我恩師歡心有許多種方式，你又何苦選這走不通的路？」

安其堂敏感的自尊心受到了打擊，他猛地抬起頭。「你為何跟我說這些？」

「因為我不想你壞了恩師的大事。」曾九思坦然道。

安其堂冷笑。「依我看，你是不想壞了自己的大事吧？你怕惹怒了山長，無人再提攜你。」

若說寧家在京城還算條小魚，曾家就連小蝦也算不上了。曾九思坦言道：「不錯。九思的將來的確需要恩師提攜。」

安其堂氣惱道：「你這樣將素兒置於何地？」

「其堂兄直呼在下師妹的閨名不妥吧？」曾九思道：「兒女親事本就由父母作主，九思便是有求娶之心，恩師無此意，自然該絕了心思才對。九思這樣做，有何不妥？」他已不再是幾年前那個心中尚有情愛的年紀，如今曾家越發式微，他身為長子，當然要以振興家門為重。

「你……你……」安其堂氣得說不出話來。

曾九思道：「其堂兄已及冠，大丈夫行事當無愧天地，若你還被兒女情長所累，將來該如何撐門定居，如何對得起辛苦供你讀書的家人？」

安其堂拍案而起。「我的事，無須你操心！」

曾九思不驕不躁地道：「那曾某的事也請其堂兄不要再干涉，你這樣下去只會壞了師妹的名聲。」

安其堂覺得曾九思是自己得不到若素，也不許他靠近，偏又拿出這樣一大堆冠冕堂皇的道理來唬他，虛偽得很！

他不欲與他逞口舌之快，轉身離開茶社，回了書院寢室後，心情仍難平復。

不想這時，寧若素又來了。

寧若素的眼睛紅紅的，看起來尤為可憐，在他面前嬌滴滴道：「其堂哥哥，你再幫幫素兒，好不好？」

幫妳做什麼，幫妳去叫曾九思，好讓他再羞辱我？安其堂怒而不語。

寧若素咬唇看著他。「其堂哥哥生氣了？」

「素兒，我明日去向山長提親，妳可想嫁我為妻？」安其堂不管不顧地問道。

寧若素眼裡盡是慌亂。「素兒心裡只有九思哥哥……」

「可他為前程拋棄了妳！」安其堂帶了十足的火氣。

寧若素雙目空洞。大哥去了京城，娘親同意了爹爹的主意，想帶她去京城尋一門好親事，可她自記事起心裡便只有曾九思，根本看不上娘親說的樓夫人家的內姪！

九思哥哥不是拋棄了她，而是父母不同意，所以他不敢有違禮數而已。

「其堂哥哥，現在連你也看不起素兒，覺得素兒……下賤，是不是？」

安其堂擰眉。「我沒這麼說。」

「可你就是這麼想的。」寧若素聲音裡透著冰冷和倔強，還有少許的瘋狂。「其堂哥哥去向我爹提親，我爹不會同意的，素兒也只視你為兄長，沒有想過其他。」

安其堂聽了身體冰涼，待他回神後，面前早已沒有了寧若素的身影。

寧若素跑去找正在整理行裝準備北上的娘親江氏，哀求道：「娘，女兒不想去京城，不想嫁人。」

身體已無大礙的江氏溫和笑道：「京城繁華人才濟濟，咱們先去看看，若是尋不到妳覺得稱心如意的，娘會再為妳定奪。」

寧若素眼裡蓄起委屈的淚花，爹爹這幾年越發不看重娘親，娘親求子無路後只得將希望押在自己身上，希望給自己尋一門好親事，好藉此恢復她在府裡的尊貴地位。

連娘親都不向著她了，寧若素心灰意冷，返回自己的小院閉門不出。

寧適道和江氏攜愛女北上的日子越發臨近。這日，寧家擺酒與眾親友話別，寧家高朋滿座，歡聲笑語。

寧適道子嗣稀薄，年近四旬卻只得一子一女，是以前廳由弟子曾九思幫他待客。坐在靠近門口末座的安其堂，看著跟在寧山長身邊春光滿面的曾九思，心中不平，一來二去的不免多吃了幾盞酒，神情開始恍惚。

便在這時，有人在安其堂耳邊低聲道：「安夫子，角門處有人尋您。」

安其堂喝了一碗茶，穩住腳步走向角門，角門處站著的婆子他並不認得。這婆子見安其堂過來，便蹲了蹲身子行禮。「安夫子，您看這荷包可是您的？」

的確是自己的。安其堂摸了摸腰間，也不知是何時掉的。

「我家夫人請您過去說話。」婆子見他認了，臉色便不大好看了。今日寧家宴客，後院二姑娘院落的後門處卻被瞧見遺落了這個男子的荷包，這成何體統？

安其堂自然光明磊落，徑直隨著婆子走了。

大堂內的曾九思見安其堂暈乎乎地跟著婆子進了角門直奔內院，心下便覺得不妥，於是急忙擺脫幾個同窗的糾纏也跟了過去，只是遲了這幾步，便尋不見安其堂的身影了。

曾九思擰起長眉，轉身往大堂走了幾步，卻又毅然回頭直奔寧若素的閨閣而去。

他得不到寧若素，卻也不能便宜了那個窮小子！

夏末花草繁盛，曾九思對寧家後宅又非常熟悉，他藉著花草的遮掩，避開人群繞近路到寧若素的小院門前，只見院門開著，院內無人，他擰起眉頭，總覺得哪裡不對勁，莫非……

「啊——」屋內忽然傳出寧若素驚恐的叫聲。「快來人啊——」

果然這色膽包天的畜生要對師妹行不軌之事！曾九思快步進院，用力踹開房門，卻被眼前的情形驚呆了。

只見寧若素被屏風壓在地上，只露出兩條雪白的小腿，屏風後是冒著熱氣的浴桶！非禮勿視，曾九思臉色一紅，轉身不敢再看。

寧若素看不到是什麼人進來，只得喊著：「小桃，快把屏風搬開，我被壓到了，好痛。」

聽了師妹可憐的呼喊，曾九思稍微遲疑，決定關好房門去叫人，但他一邁步進屋拉房門時，卻好巧不巧地踩在一塊滑溜溜的東西上，狼狽地摔進屋內，撲倒在寧若素的小腿上！

寧若素痛得驚呼，曾九思正頭昏眼花中，只聽到寧若素的嚶嚶哭泣聲，待他爬起身正要出去時，卻見師母帶著幾個人進來了。

見到自己的女兒衣不蔽體地與曾九思糾纏在一起，江氏的臉都黑了；不光她的臉黑了，跟在她身後的幾個夫人臉色也變了，尤其是打算為自己的姪兒作媒的樓夫人。

曾九思趕忙爬起來跪地解釋道：「師母，九思……」

不待他說完，江氏的巴掌狠狠打在他的臉上。「畜生！」

「娘——素兒好疼——」寧若素聽到娘親的聲音便知道自己的計謀成了，她還趴著，臉上掛著得意的笑，聲音卻哭得越發委屈。

江氏的腦袋嗡嗡作響，慌亂之下先請幾位夫人出去吃茶，又命人將女兒身上的屏風搬開，見女兒的額頭見了血、胳膊也傷了，顧不得其他，趕忙道：「快去傳郎中！」

待丫鬟、婆子把女兒攙扶起來更衣躺在床上後，江氏才由內室出來，審問仍跪在地上的曾九思。「你為何會在素兒的房中，素兒是怎麼受傷的？」

曾九思低著頭，低聲道：「弟子在門外聽到師妹房中傳來痛呼聲，便進來查看，不想卻踩到東西滑倒，然後師母便來了。」

江氏氣得發抖。「你不在前廳招待客人，跑到素兒院外做甚？」

曾九思百口莫辯，只得低頭不語。

得了消息的寧適道跑過來，一腳將曾九思踹倒在地。「你做的好事！」

「老爺，現在該如何是好？」江氏也慌著，剛才跟她在一起的鄧夫人、趙夫人等還好說，但樓知縣的夫人那裡怎能圓得過去？這門剛有點眉目的親事算是黃了。

「先瞞著，之後再打算。」寧適道也無計可施。

這樣的事情怎麼可能瞞得住，也就不到兩盞茶的功夫，內院作客的夫人姑娘們都曉得了此事，看著提前離去的樓夫人，大家心裡明瞭，寧家這次北上，怕是走不成了。

果然，兩日後寧適道又出現在青陽書院內，臉色還十分難看。

至於寧若素和曾九思的事情如何處理，還無人知曉，似乎一切又回到了原來的樣子。誰也沒注意到，青陽書院的安其堂默默辭了差事，收拾行李返回家中。

厲氏見到兒子拎著書本和包裹頹然而歸，驚訝地想問清楚情況。「好端端的差事，辭了做甚？」

因寧若素和曾九思之事被折騰得筋疲力盡的安其堂，一語不發地進了自己的屋子，用被子蒙頭不動。

消息靈通的楊氏卻知道些內情，她跑到安其堂的屋門口，很氣憤地問：「三弟是不是摻和進寧家二姑娘與曾家大少爺的事兒裡了？」

被子裡的安其堂眉頭皺得死緊。

見三弟不吭聲，靠在門框上嗑著南瓜子的楊氏冷哼一聲。「果然是那個小賤蹄子！她算計曾九思，把你也算計了進去，好個不要臉的……」

還不等楊氏說完，安其堂猛地撩開被子坐起來。「滾！」

楊氏被嚇了一跳，手裡的瓜子也落在地上，怒吼道：「叫啥！你有力氣衝大嫂叫，怎麼不去衝著寧家人叫？孬種！」

安其堂氣得胸膛不住起伏，楊氏還嘴上不饒人唸個不停。「你也是個傻的，好好的書院先生你不當，偏要打寧家姑娘的主意，人家哪是咱們高攀得起的……」

楊氏巴拉巴拉地說不停，聽了個稀裡糊塗的厲氏拉住楊氏喝問道：「到底怎麼回事？」

「兒媳婦不過是捕風捉影地聽人說了幾句閒話，三弟不說，咱哪知道怎麼回事？」楊氏也氣惱，三弟的差事丟了，家裡就少一個進項、多了個吃閒飯的，簡直是煩人。「二十幾的人竟然被一個十幾歲的小姑娘算計了，你真是……」

「閉嘴，閉嘴，閉嘴！」厲氏一巴掌抽在兒媳婦身上。「老娘看妳是欠抽，三兒還輪不到妳這賤嘴的婆娘來教訓！」

「他是輪不到兒媳婦來教訓，那您倒是教訓啊，倒是問啊！您要是能管住他，會出這樣的事嗎？」楊氏跳了腳。

安其堂忍無可忍，不理會他娘和大嫂的大呼小叫，大步逃出這是非之地。

看著下了雨泥濘的街道和扛著農具來往的村人，聽著狗吠雞鳴和吵鬧，他覺得自己已無法再適應這個地方。

他不該在這裡，他該在鋪著青磚、種著青松翠柏的書院裡，聽著朗朗讀書聲！

他大步走向村南，能幫他跳出這個地方的也只有二哥了，便是豁出臉面去求，他也要哀求二哥再幫他這一次。

安其滿一家正坐在堂屋吃葡萄和梨子。今年雨水大，梨子水多味兒好，但葡萄卻酸得厲害，家人吃了都覺得倒牙，只有懷著身子的梅氏覺得葡萄滋味正好。酸兒辣女，安其滿正美滋滋地想著自己要有兒子了，突然看見三弟穿著新布鞋踩著泥濘而來，不禁愣了。

雲開也從鄧雙溪那邊得了消息，她不動聲色地打量著三叔身上已經皺了的衣袍，心中了然。

安其堂在門口的草墊子上蹭了蹭腳下的泥，有些侷促地打招呼。「二哥，小弟有些事想跟你說一說。」

梅氏趕忙招呼道：「三弟什麼時候回來的？快進來坐。」

安其堂完全沒有了往日的活力和底氣，他低著頭走進屋內，胡亂地應了二嫂的話，便望著如救命稻草般的二哥。

「你們聊，孩子們大概也累了，我帶孩子們先進去躺會兒。」梅氏體貼地帶著兩個閨女站起來，端著水果進了裡屋，好讓他們兄弟倆自在些說話。

此時安其滿跟進裡屋拿了一雙自己的舊鞋，藉機低聲問梅氏。「若是三弟要的錢不多，咱們就給了？」

梅氏點頭。「你作主就好。」

安其滿到了外屋，把鞋放在安其堂面前。「穿這個，別涼了腳。」

安其堂刹那間就熱淚盈眶。「二哥……」

安其滿覺得不對勁了。「你這是怎麼了，出啥事了？」

安其堂抽抽鼻涕，一邊換鞋一邊道：「我被青陽書院趕出來了。」

「什麼？」安其滿驚得站起來，裡屋的梅氏也捂住嘴。

「寧山長給留了幾分臉面，讓我自己提出不想在青陽書院幹了。」安其堂恍若溺了水的人一般，呼呼地喘著。「明明不是我的錯！是曾九思那個混蛋，是他做錯事，寧山長卻遷怒到我的頭上！」

「到底怎麼回事？你說清楚。」安其滿擰起眉頭。

「八月初三那日，山長在家擺酒宴客，打算與眾親友話別北上。小弟得幸被山長請至家中吃酒，酒吃到一半時寧家的婆子說在內院裡撿到了小弟的荷包，說要帶小弟進去問話，小弟跟了進去，誰知沒等到問話，卻得到……得到曾九思趁著酒宴跑到寧二姑娘閨房欲行不軌之事，被寧夫人撞破的消息！」

安其滿倒吸一口冷氣，屋內梅氏手中的葡萄也掉在地上，滾到堂屋。

「寧山長大怒，重罰了曾九思後遷怒小弟，這才把小弟趕了出來。」安其堂憤憤難平。「小弟冤枉，小弟真不曉得自己的荷包是怎麼跑到寧家內院裡的，可寧山長竟是不聽小弟解釋！」

安其滿皺眉。「不對，這裡邊還有事，你再想想！」

安其堂低聲道：「還有就是，寧山長曉得了小弟有求娶寧二姑娘之心……」

「什麼？」安其滿驚得跳起來。「你、你怎麼會……」

安其堂低頭。「我知道二哥想說小弟癩蝦蟆想吃天鵝肉。」

安其滿半天才坐下。「娘知道你回來了不？」

安其堂點頭。

東院裡想必已經亂成一鍋粥了，安其滿嘆口氣。「回來就回來吧，你現在是秀才了，沒了這份差事，咱們可以再找別的，實在不行在村裡開個私塾，也能把日子過下去。」

安其堂的眼淚落在腳下乾淨的鞋子上。「二哥，我沒出息，讓你失望了。」

「你能考上秀才，怎麼會沒出息？」安其滿搖頭。

安其堂心裡稍稍暖了些。「二哥，小弟想到外地去謀生，小弟有個同窗好友在登州，他家條件還算殷實，在登州開了私塾，還有書肆等鋪子。小弟想去投奔他，尋個事情做。」

登州離這裡可不近，安其滿有點不想讓三弟去。「在這裡做也是一樣的。」

安其堂搖頭。「小弟想離開一段時日，再者小弟回家不是光彩事，這樣留在家中也怕惹人非議，耽誤二妹的親事。」

安如意正在跟曾家議親，若是真傳出什麼風言風語確實不好辦。安其滿其實也知道三弟出去是為了躲避老娘和大嫂，便點頭。「你出去散散心也好。」

「小弟想即刻動身……」

安其滿愣了愣，才道：「好好跟娘說，別讓她老人家著急。身上可還有銀錢？」

安其堂不好意思地搓搓手。「只有五兩……」

五兩銀子足夠他趕到登州，但若是想安頓下來，怕是不夠了，安其滿進屋，梅氏已經裝好了碎銀子，低聲道：「這是三十兩。」

安其滿感激地握了握妻子的手，才又回到堂屋。「這些碎銀子你拿著，雖說出門靠朋友，但也不能真的處處靠著人家。考秀才時二哥陪你去過一趟登州，這路上還算太平，怎麼過去你也知道，財不露白，你把錢分幾個地方藏好了……」

待安其堂走後，安其滿進屋，一家人面對面地不知道該說什麼。

雲開起身道：「娘，我想帶著雲淨去二妞家玩會兒。」

梅氏也正有些不方便孩子們聽的話想跟丈夫說，便點了頭。「讓妳爹送妳們過去。」

雲開趕忙搖頭。「我們穿木屐過去就好，不會摔倒的。」

待把妹妹放在二妞家，雲開獨自來到出村的小樹林邊上等著。不一會兒，安其堂果然拎著兩個大包袱出來了，他身後還跟著不斷哭罵的厲氏以及一大幫子看熱鬧的人。

雲開閃身躲到樹後，便見安其堂快步走到村口，甩手把包袱揹在身上，朗聲道：「母親留步，男子漢大丈夫志在四方，兒到了登州後再給母親送信回來。」

說完，他轉身毫不留戀地往前方走去，背影一片決然。

「兒啊——好端端的青陽書院夫子你不當，幹麼非要去登州！」厲氏扶著村口的石磨盤，哭得聲嘶力竭。

若不是萬不得已，他怎麼會走？安其堂面帶愧色，只想逃脫這個令他尷尬的境況。

待轉過路口看不到老娘的身影後，安其堂才轉身站定，一躬掃地，低聲道：「母親放心，兒此去不出人頭地，絕不還鄉！」

「三叔要如何出人頭地？」雲開從樹後繞出來，直接問道。

沒想到雲開竟在此，安其堂一臉不自然地問道：「大姊兒在此做甚？」

「等著三叔啊。」雲開徑直道：「雲開想問三叔，你現在可還喜歡寧家二姑娘？」

安其堂依舊面有痛色。「我與寧二姑娘只是點頭之交，幾年下來不過是有過幾面之緣、說過幾句無關痛癢的話罷了，大姊兒不要多想。」

「我多想了，還是三叔少想了？」雲開見過笨的，但真沒見過安其堂這麼笨的。「三叔的錢袋是怎麼跑到寧家後花園裡去的？」

這也是安其堂百思不解的地方。「應是不小心遺落了。」

「為何三叔被人帶進內院問話的同時，曾九思也在寧家內院，還去了寧若素的閨房？」雲開一連串地問道：「曾九思那麼聰明的人，怎麼會無緣無故闖進寧若素屋內，還狼狽地摔倒在地，又巧到剛好被寧夫人帶人進來撞見了？若說一件事是巧合，這接二連三的都是巧合，誰能信？」

安其堂的腦袋裡亂七八糟的。「如果不是巧合，那這是怎麼回事？」

「我又沒親見，怎麼知道是怎麼回事？」雲開回道：「不過三叔想想，這一連串的事情發生後，是誰得了好處、又是順了誰的意？」

安其堂的眼皮跳了跳。

「前面的事已經過去了，三叔要吃一塹長一智，不要再被人隨便哄了去。」

「大姊兒，回去跟妳爹說，讓妳小姑先成親，不必為了等我空度日月。」安其堂這時，終於想起了妹妹。

雲開氣笑了。「我是什麼身分？我開口有人聽嗎？大丈夫要走就走得乾乾淨淨，別什麼事都讓我爹幫你收拾。」

安其堂被唸得啞口無言，他不想被一個小丫頭看不起，於是轉身又返回村中。

看著三叔回去了，雲開也轉身要回家。

「安姑娘果然是伶牙俐齒。」樹後忽然有人開口說話。

雲開翻手扣住丁異給她的防身藥，回頭見一身青衫的曾九思站在樹林中，面無表情地看著自己。

雲開緊了緊手，雖說這廝模樣比曾八斗生得好，但他這幾年越發陰鬱了，還不如有點傻氣霸道的曾八斗讓人覺得舒服。

「你在這裡幹什麼？」

曾九思回憶著自己究竟是哪裡得罪了她，讓她每次見了自己都是橫眉立目的。「妳來做什麼，曾某便來做什麼。」

雲開不想與他多說話，抬步就走。

曾九思卻不打算這麼放她走，追上去問道：「妳究竟為何勸回妳三叔？真的是為了妳小姑和妳父親，還是因為憎恨我師妹？」

雲開轉頭，莫名其妙地看著曾九思。

曾九思自顧自地說道：「果然跟我師妹有關，妳莫不是為了幾年前那點小事，一直記恨到現在吧？」

雲開更莫名其妙了。「我為了什麼，跟你有關係嗎？」

「曾某不過是問問罷了，姑娘何必動怒？」曾九思不悅。

他這模樣倒是與他爹曾春富越來越像了，雲開追問道：「曾大少爺躲在我們村邊的小樹林裡等我三叔，是怕他出去後破壞寧若素的名聲，還是想問明白他是不是夥同寧若素算計了你？」

曾九思俊雅的長眉漸漸皺起。

雲開說完不再理他，轉身就走。

曾九思在後邊喊道：「為何寧家的事，妳會知道得這麼清楚？」

雲開轉身笑得一臉神秘。「你想知道？自己查啊！」她不光清楚寧家的事，寧家的店鋪買賣這些年一家挨一家的倒了，也是她跟鄧雙溪幹的。雲開翹起嘴角，爽！

曾九思轉了轉手中的扇子，安雲開的確猜對了，他來就是想知道在他與師妹的事情裡，安其堂究竟扮演了什麼角色。

「大哥，我知道傻妞為啥知道！」曾八斗從樹後跳出來，又將曾九思嚇了一跳。曾八斗見此嘿嘿笑著。「這就叫螳螂捕蟬黃雀在後，怎麼樣，嚇壞了吧？」

曾九思用扇子敲了二弟的腦袋。「說！」

「傻妞的大伯娘在城裡做間人生意，走街串巷的當然知道不少事，而且她還是個有名的大嘴巴，她知道的事自然全村人都知道了。」曾八斗得意洋洋地道。

曾九思點頭，又問道：「你來此做甚，又去找安姑娘玩？」

曾八斗皺起胖臉。「她說男女有別，早就不跟我一起玩了，我就是閒著沒事過來轉悠轉悠。」

這小子小小年紀，居然曉得惦記女人了，曾九思笑道：「既然喜歡就回去稟了娘，把她娶回家做妾便是。」

曾八斗嘟囔道：「大哥以為我不想啊，可傻妞心裡只有小磕巴，你二弟我一點戲也沒有。如果硬娶，她會用藥折磨死我的……」

曾九思拉著沮喪的弟弟往回走，疑惑道：「這安姑娘貌不驚人還脾氣古怪，你為何會相中她？」

「我就是喜歡她這樣有脾氣有腦袋的，帶勁兒！而且，她長得多好看啊……」曾八斗說著說著臉就紅了。「她就是因為長得太好看，才在臉上糊了一層泥巴。」

曾九思回憶著安雲開的五官，卻只記得她那雙晶亮透澈的大眼睛，便問道：「你是如何發現她糊泥巴的？」

「我有啥不知道的？」曾八斗得意洋洋的。「雲開比寧若素好看多了！」

怎麼可能比他的師妹好看，自己這傻二弟不過是情人眼裡出西施罷了。曾九思快步往回走，只想弄明白師妹是不是算計了自己，害得自己被師父嫌棄。

該他的事，他就自己解決！安其堂返回家中後，跟娘親說了自己還沒有訂親的想法，理應讓小妹如意先成親，自然是惹得老娘一陣哭罵，不過他已經鐵了心，任厲氏怎麼哭鬧也不肯改變主意。

然後，安其堂又換了身乾淨體面的衣袍，叫上二哥一起到曾家，與曾前山和趙氏商量妹妹和曾應龍的親事，讓他們早日完婚，無須等著自己成親後再成親。

曾家急著娶兒媳婦，自然點頭答應。至此，該做的事都做了，安其堂覺得肩上輕鬆不少。

安其滿看著三弟，心裡擔憂又欣慰，想再勸勸他。「去二哥院裡吃飯？」

安其堂搖頭。「二哥，我這次真的要走了。」

安其滿皺眉。「這麼急？」

「嗯。既然決定了走，自然是越快越好，我待在家裡……心裡難受。」

安其滿聽了也沒說什麼，送他出了村。安其堂卻沒如他所講的直接去碼頭，而是返回青陽書院門口的書肆裡等著，寧若素的丫鬟很喜歡吃隔壁點心鋪的點心，若是他運氣好應該能等到人。

他今天運氣真的很好。

寧若素院裡的丫鬟出來買東西時，他立刻上前攔住。「小桃姑娘。」

小桃見是他，厭惡地皺起眉頭。「你怎麼在這裡？」

安其堂拱手。「煩勞小桃姑娘請二姑娘到望春雅築一趟，安某在二樓梅間等她，想與她話別。」

小桃更不高興了。「不可能！我家姑娘才不會去與一個男子私會！」

「安某今晚便要離開此地，只想臨走之前跟二姑娘道個別罷了。」安其堂彎腰低聲道：「若是二姑娘一個時辰內不來，妳們做的那些事我便去講給寧山長和曾九思聽！」

小桃嚇得面無人色，見她這樣，安其堂已經明白了幾分，心中一陣難受。

半個多時辰後，二樓梅字號雅間被人撞開，兩個婆子氣勢洶洶地衝進去卻不見人，疑惑道：「是這間嗎？人呢？」

店夥計也覺得奇怪。「明明就在裡邊沒出來啊，小的也不曉得他去了何處。」

看著婆子氣哼哼地走了，躲在斜對面雅間的安其堂心裡一陣難受。事已至此，他還有什麼不明白的。

她真的利用了自己算計曾九思，大姊兒一眼就能看明白的事，自己卻像傻子一樣看不透。不只算計了自己，寧若素竟然連來跟自己道別都不肯，反而雇了幾個惡婆子給自己難堪。

自己這幾年的付出，到底算什麼？

安其堂渾渾噩噩地走出望春雅築，暗跟著婆子到了一個偏僻的街角，見她們站在一輛馬車前說了幾句話，領了銀子喜笑顏開地走了。

寧若素在這車裡？

安其堂有心衝過去當街攔住馬車問個明白，可事到如今再上去問只是自取其辱罷了。

安其堂靜靜地站著，看著馬車從自己面前緩緩駛過，馬車過去後，寧若素撩起車簾，望著安其堂的背影冷笑一聲。「真是個惹人生厭的傻子！」

寧若素轉過頭來，臉上的笑容還未收回，在車簾垂下的瞬間直接撞進了曾九思的目光裡，再也笑不出來了。

曾九思站在路邊面無表情地看著她，心中第一次對他的小師妹升起一股厭煩的情緒。厭煩她與別的男人有瓜葛，厭煩她算計自己，害得自己被恩師責罵。

他手一揮讓馬車停下，上前問道：「師妹，與師兄到望春雅築吃茶，可好？」

又是望春雅築？寧若素搖頭。「九哥哥，素兒不太舒服，咱們改日再吃茶，好嗎？」

等了一會兒，聽不到曾九思的回話，寧若素挑開車簾，錯愕地見他已跨馬離去，根本沒給自己拒絕的機會。

寧若素惶惶不安地跟著來了望春雅築，見曾九思選的竟是方才安其堂訂的梅字號雅間。這是巧合還是刻意的，他要做什麼？

雅間內的字畫、桌椅、茶具都以雪和梅為題，佈置得清幽雅致，她同樣雅致的九哥哥坐在這裡真是再合適不過。

不管他如何生氣，這個男人已是自己的未婚夫婿了。寧若素靜下心來，端起可愛又憔悴的笑容，坐在曾九思對面，脆生生道：「素兒幫九哥哥泡茶，好不好？」

曾九思抬頭深深地看著對面幾乎是自己看著長大的師妹。

被他這樣看著，寧若素先是羞澀，後是慌亂，再是垂淚。曾九思只是靜靜看著，若是他所料不錯，師妹下一步要說她與安其堂不熟，所有這一切都是丫鬟做的吧，她以前做錯事怕被責罵，都是這麼開脫的。

果然，寧若素嚶嚶哭泣道：「素兒也不想的，素兒只是來買水粉，小桃說安其堂想要與我話別，可素兒覺得不妥沒來這裡，他在路邊攔車素兒也沒理他，小桃知道他平素常糾纏我，所以才找婆子給他個教訓，九哥哥你別生氣……」

曾九思聽不下去了，抬眼看著一旁垂首不語的小桃，師娘親自給師妹選的丫鬟，豈會如此不知深淺？是自己太縱容師妹了，所以讓她覺得自己可以隨意欺瞞？

「小桃。」

「奴婢在。」小桃屈膝行禮。

「宴會那日師妹在房中摔倒，妳說當時妳去針線房取衣衫未歸。去針線房只有花園紫菊邊一條直路，妳留姑娘一人在房中，應是很焦急地走這條路才對，為何我沒碰到妳？」

曾九思沒有問方才的事，而是直接問起宴會那日的情形，小桃有些措手不及，但還是沈著應對。「奴婢是先去了夫人院裡才去針線房，所以沒碰上少爺您。」

「夫人陪著客人在花廳飲茶賞菊，妳去夫人院中做什麼？」曾九思追問，沒有懷疑師妹之前，他自然不會多想，現在這些細節簡直是昭然若揭了。

小桃不慌不忙地道：「因為啟程在即，姑娘的大部分衣裳已經裝箱抬到夫人的院裡。奴婢先去夫人院裡找衣裳沒找到，才去針線房取前兩日讓繡娘改的那一套。」

寧若素滿意地翹起嘴角，這些都是她們提前商量好的，豈會有紕漏。

「什麼衣裳？」曾九思掃了一眼暗笑的寧若素，接著問。

「是……」小桃猶豫了一下，不好意思地道。「裡衣和秋衫。」

「師妹的貼身衣物，可以從針線房拿來直接穿戴？」曾九思慢悠悠地問，寧若素羞澀氣憤地抬起頭。

小桃跪下回話。「是奴婢疏忽，把姑娘的貼身衣物裝箱又尋不到，才出這樣的紕漏，委屈了姑娘。」

寧若素見小桃都認了，嘴角又微微翹起，眨著無辜的大眼睛望著曾九思。

曾九思不再問小桃，直接對寧若素道：「妳這丫鬟的確比妳機靈。可妳方才的幾番神色變化，已道明了實情。」

寧若素委屈地撇著小嘴。「素兒不明白九哥哥在說什麼。」

「事到如今師妹還要對我說謊？」曾九思痛徹心腑地站起身。「既然如此，九思這就去稟明恩師請他和師娘徹查此事，為九思洗去這平白擔上的好色無恥之名！」

見他轉身就走，寧若素慌了，立刻伸手拉住曾九思的衣袖。「不要，九哥哥，不要！」

曾九思的心也像是被她的手抓住了，疼得說不出話。他深吸一口氣，吩咐跪在地上的小桃。「出去！」

小桃慌忙起身到雅間外，與曾九思的小廝一同守門。

雅間內，寧若素嚶嚶切切地哭求著。「九哥哥……」

多年的情誼仍在，曾九思的心豈會不疼，他嘆息一聲。「師妹做這樣的事，可把父母、九思放在心裡？」

「素兒心裡只有九思哥哥，只想嫁給九思哥哥！」寧若素立刻表明心跡。

曾九思皺眉。「妳如此欺瞞算計我，可有一分尊重？夫妻攜手共度一世，若連尊重與信任都沒有，哪還有情意？」

寧若素的心跟著他的話一顫。「素兒不是沒想過其他方法，只是都行不通。爹娘不同意，九哥哥不肯娶我，你要我怎麼辦？」

曾九思看著她委屈又倔強的小臉，冷聲道：「沒有辦法妳便毫無顧忌地踏入歧途，算計安其堂，讓他背井離鄉，再找惡婆子讓他難堪退縮，有朝一日我不稱妳的心意了，妳是不是也會這樣對我？」

寧若素用力搖頭。「不會，素兒不會，素兒自記事起就喜歡九哥哥了，在素兒心裡九哥哥比爹娘、哥哥還重要！」

「我一直懷疑一件事。」曾九思忽然問道：「我的未婚妻、妳的姊姊寧若雲，本來好端端地待在小院裡，怎麼會突然走失？」

只這一句話，寧若素便變了臉色。

「看來，跟妳是真的有關了？」曾九思心更涼了。

寧若素抽抽小鼻子，眼淚瞬間滑落。「素兒以為九哥哥早就該問這話了。因我喜歡你，早就聽過府裡的丫鬟婆子這麼議論，這話果然傳到九哥哥的耳裡了嗎？」

曾九思不再多言，徑直回了家，見二弟正在書房裡搗鼓他的瓶瓶罐罐，便過去問道：「又得了好東西？」

曾八斗獻寶一樣地指著面前的小瓶子。「這是能讓人鼻子好幾天聞不到味道的藥，哥鄉試時用上，就不會覺得難受了。」

曾九思上科鄉試時隔壁房內的秀才上吐下瀉地折騰兩日，鬧得極愛乾淨的曾九思寫不出文章才名落孫山。曾八斗一直把這事記在心裡，自知曉雲開有這等好藥後，央求了數次才把這藥弄過來。

「用什麼換的？」曾九思輕聲問道，這才是真正為自己好的家人，他心中有些酸澀。

曾八斗不好意思地撓撓頭。「不值一提的小東西。大哥把這瓶子收好，別跟其他藥混了。」

曾九思把藥收起來，又問道：「你覺得若素如何？」

曾八斗抬起頭看著一臉認真的大哥。「怎麼了，大哥跟那小丫頭吵架了？為了啥？」

有些話放在心裡，卻是說不出來的，曾九思抿抿唇。

「娘早就說過寧若素不簡單，宴會那天的事一定是她算計你的。不過她既然一門心思地想嫁到咱家來就是心裡有大哥，也沒啥不好。」曾八斗揉了揉鼻子，要是雲開肯這麼算計著嫁給他，他高興還來不及呢。

娘竟然這樣說？曾九思心中不是滋味。「你可聽到了什麼閒言碎語？」

「哥！」曾八斗忽然跳起來，將曾九思嚇了一跳。「我剛才是不是揉鼻子了？怪了，還能聞到味兒啊，莫不是這藥有問題，還是得待會兒才有用？我出去轉轉，找家賣臭豆腐的去！」

看著急匆匆跑掉的二弟，曾九思無奈地笑了。爹想讓自己走仕途光耀門楣，讓二弟守住家業，可二弟這樣子哪像是能守業的？

不過他們現在也沒有多少家業可守了。南山鎮的戰亂雖已平息，但田地破壞殆盡，他們家的田莊五、六年內緩不起來，爹在青陽開的鋪子也是平常，只能維持生計而已。他們現在可以說是入不敷出，若不是家底殷實，怕是已撐不住了。

這也是那日宴會的意外發生後，很多人從未想過師妹算計他，而是他想攀住寧家求前程的原因。可他就算要依靠寧家謀前程，卻從未想過這麼攀附！

曾九思握緊手裡的瓶子，心中難受得緊。

曾八斗跑到大街上晃了一會兒，終於發現自己的鼻子聞不到味兒了，他興高采烈地跑到賣臭豆腐的攤子前聞了半天，然後又買了一盒臭豆腐拎到富姚村去找雲開。

這個紈褲子弟把臭豆腐往雲開面前一放。「請妳吃！」

雲開真是無語了。「你怎麼答應我的？」

「少爺我是說拿了藥後就個把月不出現在妳面前，那也得從明天開始算啊。」曾八斗臉皮極厚地在雲開家牆頭上一趴。「妳嚐嚐，別看聞著臭，吃著還挺好。」

「不要！」雲開轉頭。

「雲開，我跟妳說，我哥今天好像跟寧若素吵架了呢。」曾八斗一邊吃臭豆腐一邊看著雲開，果然見她看過來，心裡就是一陣得意。

「我哥問我覺得寧若素怎麼樣，」曾八斗得意地道：「我又不傻，當然不會說我不待見寧若素，怎麼說她也是我沒過門的嫂子啊。不過我娘說……」

與雲開說了許多話，曾八斗才心滿意足地跳下牆頭走了。梅氏從屋裡走出來，低聲與閨女道：「要我說這事真沒準兒，寧家二姑娘算計了曾大少爺，連妳小叔也算計進去了。她一個小丫頭，哪來的這麼多心眼呢，怕不是她娘教的吧？」

雲開扶著娘親慢慢地在院裡走著。「怕不是，寧山長夫婦已經收拾好要去京城了，應該是寧若素自己的主意。」

「曾家娶了這樣的兒媳婦，也不知是福還是禍。」梅氏念叨道：「曾夫人也不是省油的燈，這婆媳兩個湊在一起有得鬥了。」

雲開也翹起嘴角，曾九思現在知道了寧若素算計他，以他那自視甚高的性子，怕兩人之間的情意已大不如前，寧若素就算嫁給他，日子過得也不會舒服。

這兩年寧若素和江氏沒少找雲開的麻煩，雲開當然不想她收了曾九思的心多個強有力的幫手，再轉過頭來對付自己。

寧若素回到家時，江氏已沈著臉坐在她的閨房裡。「去哪兒了？」

寧若素不敢說自己去見安其堂，只低聲道：「九哥哥約女兒去吃茶。」

「啪！」江氏一拍桌子。「說實話！」

寧若素低頭不語。

「妳真是好大的膽子！妳曉不曉得那些婆子最是嘴碎，妳找她們做事，不是自毀名聲嗎！」江氏怒其不爭地看著女兒。「不過是個窮秀才罷了，他再折騰能折騰出什麼事來，最多被人說幾句癩蝦蟆想吃天鵝肉罷了。有妳這樣給自己招黑的？」

寧若素咬唇，若不是怕他說出什麼，她何至於如此。

「妳以為，娘當真能讓他站到妳爹面前胡言亂語？」江氏嘆口氣。「素兒，妳太讓娘失望了，娘這些年是怎麼教導妳的？」

寧若素眼裡迸出熱淚。「娘！」

江氏揮手讓丫鬟婆子退下。「說吧，都發生了什麼事？」

寧若素走到母親身邊，緊緊挨著她坐下，才低聲道：「九哥哥懷疑女兒在宴會那日算計了他。」

江氏冷哼一聲。「難道妳沒有算計？」

寧若素咬唇。「娘……」

「他又不是傻子，早晚會曉得妳算計了他，妳放下身段多哄哄他就是。九思一直將妳放在心上，過些日子他消了氣便好。」

「可是……」

江氏不耐煩地道：「九思怕的不過是妳爹生氣罷了，妳已與他訂親，妳爹再氣也不會不管他，這點他能琢磨明白。所以只要妳爹還是山長，妳哥再做了官，曾九思就會敬重妳，曾家也不敢為難妳。」

「不是的，女兒想說的不是這個。」寧若素湊到母親耳邊。「九思哥哥忽然問女兒，當初寧若雲走失是不是與女兒有關。」

「什麼？」江氏驚呼一聲站起來，又立刻捂住嘴坐下，一陣心神不寧，咳嗽了幾聲。

寧若素趕忙起身幫娘親順氣，低聲道：「女兒圓過去了，不過看九思哥哥的模樣，似還是有懷疑，娘，女兒要怎麼辦？」

江氏把事情在腦袋裡過了一遍，只有兩點她不放心，其一是隨著寧致遠夫妻在京中伺候的傻妞的乳母容嬤嬤，第二便是富姚村的安雲開。

這容嬤嬤不曉得為何入了寧致遠的新媳婦蔡氏的眼，被蔡氏帶到京城，所以江氏不能把容嬤嬤如何；安雲開雖然不是寧若雲，但她的存在總讓江氏覺得不安。

「曾九思今天怎麼會發現妳去見安其堂？」江氏問道。

寧若素搖頭。「應是趕巧吧。」

「世上就沒有趕巧的事。」江氏卻不信。「讓人去查，看他是不是早就起了疑心，一直跟著安其堂。」若是他一直跟著安其堂，那麼他會有此疑惑應是聽人說了什麼，至於聽誰說的，就顯而易見了。

安雲開那死丫頭！

寧若素咬唇。「娘，咱們手裡哪還有可用之人……」

這兩年家裡的管家權被爹的兩個得寵侍妾把持著，她們母女的人手和用度一再被削減，甚至已經到了窘迫的地步。

江氏想起這個也覺得剜心。「立刻派人給妳舅母送信，就說娘身子不舒服，想請她過來說說話。」

第二十五章

夫人送信要見娘家人，家裡人自然不敢攔著。

江氏第二日便見到了自己的大嫂鄧氏，鄧氏見到江氏時便憐惜地道：「妳這是怎麼了，臉色這麼難看？」

江氏握緊大嫂的手，默默垂淚。寧若素在一邊低聲道：「我娘處處被家裡的兩個姨娘壓著，心裡實在難受。」

「莫胡說！」鄧氏斥責寧若素道：「妳爹是正人君子，怎麼會做出寵妾滅妻這等有違倫常之事！」

寧若素委屈地咬唇，江氏的心也涼了一半，但還是握住大嫂的手道：「是我教女無方，嫂子莫怪。」

鄧氏嘆息一聲。「妹妹，今時不比往日，嫂子……也實在無法。」

江家是書香門第，但近三代雖出了三個進士，卻並無一人位列三甲，而且江家現在官位最高的一位堂叔仕途不穩，去年才被聖上申飭，官降三等貶到南部做地方官。今日的江家自然要夾緊尾巴做人，韜光養晦培養族中弟子成材，以圖東山再起。

若非如此，寧家怎會如此慢待無子傍身的江氏！

江氏垂眸，一臉苦澀。鄧氏也憐她處境艱難，勸了幾句後才道：「妳是正妻，只要妳行得正坐得直，妹夫還是會敬重妳。便是他寵愛小妾又如何？哪個男人不是如此？妳也該放寬心，好好哄著妹夫，待那小妾生了兒子後，妳把孩子抱到自己房裡來養著，不就什麼都有了？」

江氏輕輕點頭。「大嫂說得是，是妹妹鑽牛角尖了。」

鄧氏拍拍江氏的手。「妳身子不好，也該好生調養才是，妳哥從南邊請過來兩個廚子，我送一個於妳，再撥給妳兩個婆子，妳且安心把身子養好，才是正經。」

江氏驚喜地抬頭，原來大嫂明白自己為何請她過來。

鄧氏又拍了拍江氏的手，一切盡在不言中。寧若素歡喜地抱著鄧氏的胳膊撒嬌。「舅母最好了……」

鄧氏點了點寧若素的頭。「妳這傻丫頭，真是糊塗，曾九思有什麼好的，也值得妳這樣做！」

又是一個看明白的，寧若素羞紅臉低下頭。

鄧氏嘆息一聲。「女人嫁人後的依仗，一是自己的孩子，二是嫁妝，三便是娘家人給撐腰。妳爹給妳去京城尋一門好親事，妳嫁過去後與致遠相互扶持著，多好的事，偏讓妳這笨丫頭給破壞了，妳爹能高興才怪！」

寧若素嘀咕道：「素兒不想嫁給自己不喜歡的人。」

鄧氏嘆了口氣。「什麼喜歡不喜歡的，還是太年輕了，不懂得女人這輩子的難處。」

寧若素不解地抬頭，連安雲開那樣的鄉下丫頭都曉得要嫁個自己喜歡的男人，為何她寧若素不可以？女人的難處不就是得不到心上人的真心喜愛嗎？

她不信自己嫁給九思哥哥後，得不到他的喜愛！

「夫人！少爺回來了！」婆子歡喜地進來報信。

江氏和鄧氏俱站了起來，鄧氏笑道：「致遠回來了，妳還愁什麼？」

寧致遠雖然不是江氏親生的，卻十分孝順江氏，從來不會違背她的意思。寧致遠歸來，江氏的日子便會好過了。

寧若素歡快地跑出去。「素兒去迎接哥哥！」

待她跑到二進遠時，就見大哥帶著大嫂緩緩走來，寧若素驚呼一聲，捂住小嘴。

寧致遠的妻子蔡氏以手輕輕托著後腰，肚子已明顯大了起來，她竟有了身孕！

「哥哥，大嫂懷孕這麼大的喜事你竟然不跟我們講！」寧若素緩過神來，歡喜地跑上去，輕輕扶住大嫂。「娘若是見了，一定開心極了。」

不同於女兒的歡欣鼓舞，江氏見到兒媳蔡婉如懷孕，面上雖然有著得體的笑意，心裡卻只有苦澀。

她嫁入寧家十五年只得一女，只比她小十歲的繼子媳婦懷孕了，若是她一舉得男，定會位置穩固，自己在府裡的地位怕是更不保了。

婆婆去世後，江氏曾努力討好丈夫，讓他停留在自己房中多次，她的肚子卻一直沒有消息。自己這輩子只能看著繼子的臉色過日子，好在這些年自己待他一直不錯，寧致遠待她也是真的孝順。

江氏心酸又歡喜地拉著蔡氏的手笑著。「有什麼想吃的儘管告訴廚裡，千萬別委屈了自己，妳現在是雙身子的人。」

蔡婉如羞澀地低著頭。「兒媳記下了。」

江氏含笑抬頭看長子。「可見過你父親了？」

近兩年越發沈穩的寧致遠搖頭。「父親在書院中還未歸來。」

「你且去尋你父親，」江氏打發他離去。「娘正有些體己話要與婉如說。」

寧若素在旁邊捂著嘴偷笑。

寧致遠含笑彎腰稱是，便去書院尋父親。

寧適道見到兒子歸來，自是欣喜不已，再聽到兒媳有了五個月的身孕，更是笑得合不攏嘴。「既然有了身子，是該回來吃一吃家鄉飯、喝一喝家鄉水，你在家中安心讀一年書，明年底再去京城也不遲。」

兒子已過了鄉試，現有國子監祭酒蔡大人親自指導他的經書學問，三年後的會試十拿九穩，在家中讀一年書，待孩子生下來後再去京中也無不可。

「是。」寧致遠也是如此打算的，待父子落坐後，寧致遠問起父親為何突然改變行程不進京了，他本來是打算等父親進京為妹妹相看婆家後再一起歸來的。

寧適道暗嘆一聲。「家門不幸，出了醜事。」

待聽完妹妹與曾九思的事，寧致遠的眉頭深深鎖起。「父親如何打算？」

「還能如何！也只能將錯就錯了。」寧適道本想給女兒定一門能幫得上兒子的好親事，如今她的名聲已損，說什麼都晚了。

寧致遠也是無可奈何。「妹妹嫁給九思，也算是一對佳偶。父親不必為難，若是想與樓夫人家接親，再從族中挑一位堂妹便是。」

父子倆聊了片刻便同歸寧府，府中一掃前幾日的陰霾，歡笑聲不斷。

待回到自己的院子後，見妻子已經歇下了，吃了幾盞酒的寧致遠把容嬤嬤叫到書房裡。「院裡不足的東西讓府裡置辦，府裡沒有的便到街上採買，萬不可讓夫人受了委屈。」

容嬤嬤低聲道：「少爺不知，如今府裡是老爺的兩位姨娘管著。」

父親樣樣好，只是在男女之事上糊塗了些，家裡的姨娘就有四位，且個個不是省油的燈。寧致遠厭煩地皺起眉頭。「那就不必回府裡了，缺什麼直接去府外採買，萬不可讓姨娘們接近這院子。」

見自己一點少爺便明白了，容嬤嬤欣喜地福身。雖說姨娘們算計不到少夫人頭上，可也保不住哪個姨娘為爭風吃醋，嫁禍其他姨娘而暗害少夫人和孩子，所以還是小心為上。若是當年少爺待大姑娘有這份心，夫人就不敢任意拿捏大姑娘，硬生生地把她關成真正不知人事的傻子了。

第二日，容嬤嬤和少夫人的大丫鬟水荇坐馬車到街上採買廚房裡要用的傢伙，待進到日升雜貨總店二樓後，容嬤嬤盯著前邊那個高䠷的少女不動，把水荇看得莫名其妙。「容嬤嬤認得這個小姑娘？」

沒有不對而是太對了，這模樣活脫就是年輕時的夫人啊！容嬤嬤搖頭。「沒事，只是看著有些眼熟，是老婆子認錯人了。」

雲開聽見聲音，轉眸看了一眼，發現了容嬤嬤在身後，暗道她不是跟著寧致遠去京城了嗎，莫非寧致遠回來了？

「大姊兒？」曾應龍回頭喚道。

管他寧致遠回沒回來，跟自己有什麼關係！雲開應了一聲快步走上去，看著曾應龍面前的漆桶。「就是這個？」

「對，這新來的透明漆黏性可大了，沒什麼氣味也不怕潮。」曾應龍低頭跟雲開介紹著，避開她精緻的小臉。

雲開低頭嗅了嗅。「看著不錯，小姑夫，幫我拎一桶放到車上去，若是好用下次再找你多買幾桶，作坊的漆用得快著呢。」

曾應龍的臉立刻紅了，低聲道：「我和妳小姑還沒成親呢。」

「訂了親就是小姑夫了。」雲開笑咪咪的，曾應龍和安如意的親事訂在年底。

曾應龍默默提起木桶幫雲開拿下去，雲開又買了娘親和妹妹要的東西才往樓下走。到樓下時，早就等著她的容嬤嬤快步走過來。「可是安雲開姑娘？」

雲開點頭。

「老奴五年多前曾在寧府與姑娘見過一面，不知姑娘可還記得？」容嬤嬤道。

雲開反問道：「妳總盯著我看做什麼，莫不是要說我像妳家大姑娘吧？」

容嬤嬤淚眼婆娑地看著雲開不動。

這婆子當年為虎作倀，幫著江氏關著寧若雲，還教了不少蠢道理好讓寧適道更討厭她，怎地現在倒在自己面前裝出一副忠僕的模樣？

「寧山長的女兒寧若雲已經病死了。婆婆若再說我是她，就是見鬼了。婆婆這麼惦記寧家大姑娘，想必跟她感情很好吧？既然如此，妳不如每日晚上早些睡，看寧大姑娘會不會入妳的夢與妳團聚？」

若大姑娘真的死了，入夢也是找自己算帳的，容嬤嬤猛然回神，嚇得一哆嗦。

就知道是這樣！雲開不再理她，逕自拿著東西去找與白雨澤談生意的爹爹一起回家。

日升雜貨要什麼有什麼，來了這裡便不需再去別的店鋪轉悠，容嬤嬤一下買齊了少夫人小廚房裡要用的東西，恍恍惚惚地坐車回到寧府。

蔡婉如正在歇息，容嬤嬤命人輕手輕腳地收拾好東西便坐在院門口發呆。

那位就是她家大姑娘啊，若不是大姑娘，怎麼會對她有隱隱的怒意，都是她不好，她當年幫著江氏把大姑娘關成了傻子，那可憐的孩子……

「唉……」容嬤嬤嘆了口氣，轉頭卻見竹林那邊露出江氏的身影，忍不住嚇得打哆嗦。江氏一直想除了她這根眼中釘，若非她在少爺院裡盡心盡力地伺候，又入了少夫人的眼，怕是墳頭的草都長得老高了。

容嬤嬤擦去額頭的冷汗時，江氏已帶著人到了寧致遠的小院門口，面容和藹地問道：「婉如歇下了？」

「是。」

江氏又問道：「少爺看中了妳就是妳的福氣，妳要幫少爺守緊門戶，若是婉如和她肚子裡的孩子出一點差錯，我唯妳是問！」

容嬤嬤連忙行禮表態。

江氏盯著她已見白髮的腦袋，低聲道：「在主子面前多嘴不懂規矩的奴才伺候不了多少時日，什麼該說什麼不該說，自不用我教妳。若是讓我知道妳做了什麼擾少爺安心讀書、擾婉如安心養胎的事，雖然我現在不管事，處置一個奴才還是行的。」她傾身低語。「你們一家的賣身契，還在本夫人手裡。」

容嬤嬤連忙跪在地上。「奴婢明白，請夫人放心，奴婢一定盡心盡力伺候少爺和少夫人。」

江氏看著她慌亂的模樣，滿意地轉身離去。寧若雲死無對證，便是這老刁奴說什麼也無人相信，且再留她些日子。
江氏的陰狠容嬤嬤最是明白。她腿軟腳軟地從地上爬起來，呆呆坐在院子裡望著旁邊快開敗的紫薇花發呆。紫薇是先夫人最愛的花樹之一，這幾株紫薇還是先夫人在世時種下的，如今夫人已成黃土，這紫薇樹也蔚然成蔭。
但他們這些當年跟著夫人的老人，府裡卻只剩她一個，還做了對不起夫人的事……
若她死了，哪有臉去見夫人！想到方才安雲開質問自己的話，容嬤嬤突然傷情，老淚橫流。
「少爺！」
有丫鬟給歸來的寧致遠行禮，容嬤嬤聽見聲音，慌忙背身擦掉臉上的淚，也跟著福身。本來心情正好的寧致遠見容嬤嬤這樣，心裡便是一顫。「出了何事？」
容嬤嬤沈著地搖頭。「少爺放心，少夫人無事。是回鄉後老奴想起田莊裡一年不見的兒子，有些想家了。」
此乃人之常情，寧致遠點頭。「待婉如在府中安穩下來，妳回去住一段時日吧。」
回田莊了焉有命在！容嬤嬤慌亂地點頭，打算拖一日是一日。
待見到少爺輕手輕腳地回屋去看睡熟的少夫人，又笑得一臉滿足地出來，去了書房後，容嬤嬤心情十分複雜。
她權衡再三，終於一咬牙進了少爺書房。「少爺，老奴有幾句話想跟您講。」

寧致遠見容嬤嬤如此鄭重，便示意書僮退到門外守著。「何事？」

「老奴方才去日升記買東西時，見到了富姚村的安雲開姑娘，她……的模樣與夫人簡直是一個模子裡刻出來的，少爺……」容嬤嬤老淚橫流，當場跪地。「那就是大姑娘啊！」

寧致遠騰地站起來。「妳胡說什麼！雲兒已經病逝了！」

「少爺！」容嬤嬤往前爬了兩步。「大姑娘病逝沒病逝，您心裡也明白。若安姑娘真是大姑娘……」

「妳不是親眼看過她胳膊上沒有胎記嗎？安姑娘也還記得她小時候的親人，再說雲兒……哪及得上安姑娘的一半聰慧。」提到尋不回來的胞妹，寧致遠心中亦有愧疚。

「為何安姑娘胳膊上沒有胎記，老奴也不明白，不過她就是大姑娘！」容嬤嬤言之鑿鑿。「少爺，若她真是大姑娘，您不把她尋回來而是任由她在農家院裡長大、嫁人，夫人的在天之靈如何安息？」

還不待寧致遠答話，容嬤嬤接著道：「大姑娘兩歲時頭被砸破了，在右後腦的部位裡留了一條半寸長的細長疤痕，胎記可能隨著大姑娘長大而消失不見，但那疤痕不會。若安姑娘是走失的大姑娘，她的頭皮上一定有疤痕！

「少爺，大姑娘本就不傻，只是反應比旁人慢了一些，她經過這一番磨礪開了智，也不無可能啊，少爺！」容嬤嬤一個連一個地磕頭。

寧致遠坐回椅子上靜默片刻，才輕聲問道：「我妹妹當年到底是怎麼走失的，她好端端地為什麼從院子裡走出來？」

容嬤嬤目光閃躲。「少爺先去認一認安姑娘是不是大姑娘吧，當年是因為老奴疏忽，大姑娘才走失的。」

她這話寧致遠才不信，但出於一種直覺，寧致遠也覺得安雲開就是他的妹妹，去試一試也無妨。

至於如何試，寧致遠自有辦法。

第二日，在餘生酒樓宴請青陽的好友，曾九思自然在受邀之列，不只他來了，曾八斗也來了。

「恭喜寧大哥，要當爹了。」曾八斗有模有樣地過來與寧致遠寒暄。

寧致遠點頭微笑。「一年不見，八斗又長高一截，再過兩年便能及上你哥了。」

因為雲開和小磕巴的緣故，曾八斗也十分在意自己的身高，聽了寧致遠這話他立刻咧開嘴笑了。「為了長高，八斗每天多吃一頓飯，還跑跳蹦高呢。」

青陽縣尉的兒子王天鵬哈哈大笑。「八斗，我看你豎著沒高多少，橫著卻寬了半尺！」

曾八斗嘿嘿地笑。「就算我豎著只長了一點兒，也比王大哥高了。」

王天鵬。「……」

樓知縣家的公子樓余書也笑了起來。「天鵬，哈哈——」

曾九思抬頭敲了二弟的腦袋。「胡鬧，還不給王大哥賠罪！」

曾八斗挺直腰桿，樂呵呵地道：「王大哥，是小弟不會說話，息怒。」

本就身材不高的王天鵬眼睛一轉，笑道：「我不生氣。前一段日子神醫弟子丁異回來了，聽說他比你還高了？」

說起丁異，曾八斗就十分來氣！

那小磕巴明明比他還小一歲，明明前幾年還是個能讓他隨便欺負逗悶子的小豆丁，可眼見著就長高了，親眼見他追上自己，又超過自己，他心裡的鬱悶可比雲開大多了。

雲開是姑娘，本來就不該比男人高，可他是男人啊！

曾八斗哼了一聲。「小爺我後發先至，早晚會超過他！」

這還能後發先至？寧致遠搖頭失笑。

曾九思皺起眉頭。「又亂說話，你在誰面前還敢自稱小爺？」

這群人論身分地位，曾九思和二弟最低，二弟真是太不給他省心了。

王天鵬哈哈笑道：「九思莫怪他，少爺我就喜歡八斗這個天不怕地不怕的勁兒。你爹能教出你們兄弟倆南轅北轍的性子，也真是不易了。」

曾九思無奈地搖頭。「家父家母為了二弟，也是操碎了心。」

爹對他和二弟的要求完全不同，他是要走仕途當官的，必須謹言慎行，建立好名聲。但是二弟不一樣，二弟是要繼承家業的，爹認為二弟必須能說會道，能跟任何人做好朋友，同時還得能鎮得住人，讓手下的僕人和田莊的農戶怕他。
所以，他爹不只教二弟怎麼與人打交道，也刻意培養他跋扈的性子，讓他任性妄為。小時候曾九思還不明白，但這兩年，他越發覺得父親的做法是非常正確的。
二弟雖然讀書不成器，卻交了不少朋友，在四鄰間雖有惡名，但也不是十分招人怨恨，若有機會再跟著爹爹學做幾年生意，至少在此道上走得一定比他曾九思要長遠。
曾九思看著胡吃海塞的二弟，溫柔地笑了。
寧致遠今日請客，本就是奔著曾八斗來的，所以他與樓佘書和王天鵬聊了一會兒後，又將話題引到曾八斗身上。「我在京中見到了丁異，他跟著神醫開館看診，聲名漸起，且看他待人接物已判若兩人，著實讓人刮目相看。」
曾八斗好奇問道：「他不磕巴了？」
寧致遠點頭，玩笑道：「說話比常人略慢，卻也不磕巴。話說起來，我瞧著他的模樣倒與九思有幾分相似，比你更像你哥的親兄弟。」
「哼！」曾八斗哼了一聲。「我哥就我一個親兄弟，我爹也就我們這兩個兒子，他算個什麼東西！」
曾九思笑著搖頭。「你明明與丁異是好友，為何嘴上總是胡說八道的。」
「才不是呢。」曾八斗嘟囔一句，其實他也不明白，自己是怎麼跟小磕巴和傻妞從仇人變成好友的，反正他就是喜歡跟他們一起玩。雖然他們倆還是不待見他……

曾八斗呵呵地笑了，寧致遠又問道：「有丁異這樣的好朋友，心裡也該安穩些。愚兄還聽聞丁異與安雲開姑娘已訂了親事，可是真的？」

「才沒有呢！他們只是從小一塊兒長大，所以感情好一些罷了，我也是跟他們一塊兒長大的，感情也很好。」曾八斗立刻反駁。

「哦——」王天鵬拉長聲調，樓余書也笑了。

「八斗喜歡那安姑娘？」

「才沒有呢！」曾八斗嘴裡澄清著，臉卻不由得紅了。

寧致遠又問道：「對了，愚兄有一個朋友的妹妹不小心被刀劃傷，身上留了一個傷疤，八斗可知丁異有去疤的藥？」

曾八斗點頭。「他有，藥效好著呢，就是用起來有點疼。」那滋味他記憶猶新……

「若是有這樣的藥定能賣出大價錢，特別是閨閣女子身上帶傷的，一定會不惜重金買來。」王天鵬道。

樓余書也動了心思，他的妻子鄧氏幾年前曾不小心從車上摔落，摔傷手腕留了傷疤，若是能幫她拿到這樣的藥就好了。

寧致遠接著道：「天鵬言之有理。俗話說近水樓臺先得月，安雲開姑娘手中想必也有此藥了？那她雖生在鄉下，也不怕被草葉樹枝劃傷了。」

「白玉無瑕啊！」王天鵬念叨一句。「能被小神醫心心念念記著的姑娘，是怎麼個模樣？」

「她才不是什麼白玉呢，又黑又醜！」曾八斗可不想讓王天鵬這個好色的惦記上雲開。

「她身上有沒有疤咱不知道，但她的後腦勺就有一個傷疤！」

寧致遠如遭雷擊，一動也不動地坐在凳子上，失了魂兒。

「哦——」王天鵬淫笑道：「人家姑娘髮髻中的傷疤，你是如何見到的？莫非……」

曾八斗跳起來。「我才沒有偷看！是她自己不束髮出來放鴨子，然後圍帽掉了，我和丁異才看到的！」

「丁異也看到了？」寧致遠慢慢回神。「若是如此，他怕是已經幫安姑娘把傷疤去除了。」

「才不會，上次我見到丁異時他還在研究方子呢。」去除傷疤要先把那一塊的頭髮刮了，再在傷疤上抹藥，女兒家的頭髮哪是能輕易動的，再說丁異也捨不得雲開受這份罪……

曾八斗越想越覺得心裡煩躁，跳起來就往外走。「各位大哥慢慢吃，小弟先行一步。」

他走後不久，屋內的局也就散了。見寧致遠腳步匆匆地離去，曾九思慢慢皺起眉頭，寧致遠今天很不對勁，似乎對丁異和安雲開的事十分在意。

這兩個人與他之間有什麼關係？莫非他想走神醫劉清遠的路子謀些好處？

不論他要幹什麼，曾九思都要提醒自己的二弟，莫被人當棍子用。曾九思匆匆歸家，去尋二弟曾八斗。

寧致遠回到家中，把自己關在娘親的房間裡，靜靜看著屋內的擺置，心思翻騰。娘親死時他已經七歲，已經能記事了。他記得娘親坐在這房裡給妹妹做小衣裳，還問他好不好看；他記得娘親生妹妹時難產，生下妹妹後身體一日不如一日，不到兩個月便病逝了；他記得娘親最後那段日子，總是看著妹妹哭，總是說對不住他和妹妹，還讓他和爹好好照顧妹妹。

娘親死後，他卻看也不想看妹妹一眼，因為在他眼裡，娘親就是因為妹妹才死的，他，恨她！

寧致遠知道不只自己對妹妹有這種怨恨的念頭，父親也有。所以他們很少關心妹妹，只把她交給母親親自選的乳母容嬤嬤照看。

容嬤嬤是母親從娘家帶過來的丫鬟，後又是母親給她選了門好親事，所以母親對她十分信任。容嬤嬤也對得起母親的這份信任，她平安把妹妹帶過週歲。江氏嫁進府中後，父親理所當然地把照顧妹妹的責任轉到了江氏的頭上。

見江氏看顧妹妹盡心盡力，他和父親更把這副擔子完全卸下來，對妹妹更是不聞不問。江氏也知他們不喜妹妹，所以很少把她往他們面前抱，漸漸地，他們都忘了家裡還有個妹妹。

待妹妹長到兩、三歲時，他們發現妹妹竟是個傻的，看到她更是心煩。父親索性將她關在院子裡不讓她出來，父親從未踏進過小院，他也是偶然念起，才去看過幾次。見到妹妹衣食無憂，他也就安了心，覺得自己對得起母親臨終的囑託。

一個傻子，有吃有喝不就好了，還能怎樣？放出來給寧家丟人嗎？

後來妹妹走失了，父親派人四處查找無果，便將消息壓了下來。已經幾個月沒去看妹妹的寧致遠才驚覺自己忽略妹妹至斯，心懷愧疚地派人查找半年有餘，不想妹妹卻如泥牛入海，杳無音信。

誰承想，他的妹妹就在離他們不遠的地方，活得好好的！

寧致遠明白了為何自己總對只見過幾面的安家丫頭念念不忘，也明白了為何安雲開對他總懷有明顯的敵意，她一定覺得是家裡人嫌她丟人，所以故意把她扔了。

她恨他這個對她漠不關心的大哥，恨父親，恨寧家所有人。她狼狽地被人賣到南山鎮，若不是遇到好心的安其滿夫妻，也不知能不能活命……

想到自己與雲開相遇時針鋒相對的一幕幕，他心中十分難受。她一定以為自己只關心若素和江氏，對她毫無感情。她是怎麼變得不傻的？還是說……她本來就不傻？

寧致遠在屋內來回走動，越想越覺得難受，索性命人把容嬤嬤叫來問個清楚。

「有關妹妹走失的事，妳仔細講來，不得有一絲一毫的隱瞞。」

容嬤嬤小聲問道：「少爺，那安姑娘……」

寧致遠點頭。「頭上有傷疤。」

容嬤嬤先是震驚，然後淚流滿面，俯地無聲痛哭半晌才道：「蒼天有眼啊，姑娘還活著，一定是夫人在天之靈保佑，才讓姑娘活著……

「姑娘走失那日是八月十五，夫人叫奴婢過去拿姑娘的中秋分例，並叮囑奴婢要照顧好姑娘的衣食，還說天氣漸涼，讓奴婢給姑娘添衣裳……」容嬤嬤絮叨著。「可奴婢拿了東西回小院時，卻發現姑娘不見了。」

這話寧致遠幾年前就聽過，便接著問道：「妳可還有什麼隱瞞的？」

容嬤嬤緩緩抬起頭。「少爺，姑娘其實並不是那麼傻，她能懂得道理，能聽明白話，是……是奴婢無能，教不好她，奴婢愧對先夫人……」

容嬤嬤又俯身抽泣。

寧致遠皺起眉頭，妹妹是傻子這件事他是深信不疑的，現在忽然有人跟他說妹妹不傻，他怎麼也不能相信。

如果妹妹不傻，怎麼會兩歲多了還不會說話？

如果她不傻，怎麼會撿地上的土塊吃，連筷子都不會用？

如果她不傻，怎麼只會傻笑，問什麼都不答？

如果她不傻，為何會變成這樣？

寧致遠渾身一顫，不敢再往下想。他揮手讓容嬤嬤下去，獨自在書房裡待到天黑。

待妻子蔡氏進來時，寧致遠看著她隆起的小腹，想著若是他的孩子如妹妹一般，在被親人忽視的角落裡孤單長大……

寧致遠心如刀絞。

蔡氏看著丈夫心魂不定的模樣，擔憂地問道：「你這是怎麼了，怎地燈也不點呢？」

寧致遠把頭輕輕貼在妻子的肚子上，一言不發。

蔡氏體貼地不再追問，只是靜靜地陪著丈夫。許久，寧致遠才問道：「妳看母親如何？」

「母親待妾身很好。」蔡氏小心回道，寧家是書香門第，長幼尊卑有序，她怎敢妄言。是啊，江氏很好，待他很好，待妹妹也很好，待所有人都很好。寧致遠抿抿唇，心中亂做一團麻，理不清，剪不斷。

第二日，寧致遠將這件事告訴了父親。

聽到自己的女兒還活著，就是那個跟妻子模樣氣質都很像的安雲開時，寧適道跌坐在椅子上，久久不能發出一言。

兒子的話他一點也不懷疑，出於本能，寧適道知道那就是他的女兒，他的親生女兒。

「丁異善醫術，妹妹臉上的病黃色，應該也是塗上去掩人耳目的。」寧致遠輕聲道：「兒覺得她一定記得當年事，記得……我們。而且，父親，妹妹可能一開始就不是傻的。」

「她是咱們看著長大的，怎麼可能不傻？」寧適道自然不信。「許是後來得了什麼機緣才開了智。這個不孝女！既然她記得家，為何不回來？」

寧致遠垂頭不語。

認回來？寧適道眼睛一轉，忽然有了喜色，不是正愁著若素與曾九思訂親後，京城樓夫人家那邊的親事接不上了嗎？正愁著族內沒有上得去檯面的待嫁女兒嗎？若是認回若雲……

寧適道猛地站起來，在屋中來回走著，主意漸漸成形。「既然尋到了她，自然是要帶回來的。」

「可咱們已經對外宣稱妹妹病逝了，要如何帶回？」寧致遠問道。

寧適道微笑。「說是遠房同族的女兒，帶過來認作義女便是。為父的女兒、你的親妹妹，自然要帶回來認祖歸宗好生教養，讓她衣食無憂，怎能任她在鄉下受苦？」

「妹妹怕是不肯回來。」寧致遠苦笑道：「安家待她不錯，家裡也有使喚的丫鬟婆子，算不得吃苦。」

「人往高處走，只要咱們肯認她，她自然明白哪邊更好，會乖乖回來的。」寧適道信心十足。「你先去問一問，坐實了她的身分再說。」

坐實了妹妹的身分？

寧致遠站在富姚村外，中秋時節，濃墨重彩的綠色襯出好一派秋收景象。他的胞妹寧若雲穿著一身農婦的衣裳，頂著大斗笠帶著妹妹在地裡撿稻穗。

寧致遠看得心疼，偏她還笑得那麼開心，她就喜歡這樣又累又髒的日子？不怕她的手被磨粗、臉被曬黑？

揮舞著鐮刀的石落輝先發現了寧致遠，石落輝與大禾最是能幹，現在跟著安其滿在外邊到處跑，見的人自然多了些。

「東家，寧山長家的大少爺。」石落輝跑到安其滿身邊，低聲道。

正在割稻子的安其滿直起腰，用脖子上的汗巾擦著臉上的汗水，大步往田邊走去。「寧少爺，您怎麼有空過來？」

寧致遠含笑揖禮。「寧某此來，有幾句話想與安姑娘說，可使得？」

「這有啥使不得的。」安其滿笑著，本以為寧致遠是來找三弟，不想卻是來尋他家大姊兒的。「大姊兒，到這兒來，寧少爺要跟妳說幾句話。」

不只安雲開，村中田地裡幹活的幾十號人都直起腰望過來，寧致遠抽抽嘴角，強自鎮定。

寧家人找自己肯定沒好事，雲開還是聽話地拎著籃子快步走過來，徑直問道：「寧少爺有話請講。」

這麼多隻耳朵聽著，要他如何講得出口？寧致遠看著雲開明亮的眼睛，低聲道：「安姑娘，在下可否到妳家中稍坐？」

雲開搖頭。「我娘懷著身孕，正在家安胎。您若是不方便說話，請到這邊坐。」

看著雲開指的路邊樹下的大石頭，寧致遠默默想著那邊與這邊到底有何不同。

「在下看姑娘正忙著，也不便多打擾。在下的妻子也懷了身孕，近兩日來孕吐得厲害，所以在下想向姑娘求藥。」寧致遠隨口道，至於相認的話，不宜在此處說。

旁邊支棱著耳朵的安其滿一聽是這事，也就放心了，轉身去田裡繼續割稻子。雲開搖頭道：「我不是郎中，不會治病也不會開藥。」

「姑娘的母親也懷孕了，丁異應該為妳準備了這樣的藥吧？」寧致遠追問道。

雲開再搖頭。「我娘胃口好得很，用不著。」

寧致遠上前一步，低聲道：「雲兒就這麼恨哥哥？」

雲開疑惑地看著寧致遠。「你說什麼？」

寧致遠笑道：「容嬤嬤認出了妳，妳就是我家六年前走失的妹妹，寧若雲。」

這一日還是來了！雲開面上氣憤異常。「寧少爺，飯可以亂吃，人可不能亂認。」

「我這麼說，自然有我的憑據。」寧致遠看著不遠處狠狠盯著自己的毛頭小子，低聲道：「若是不想驚了妳的養母和養父，三日後午時城中聽風樓見。妳若是不來，我便帶人再來尋妳。」

說完，寧致遠轉身離去。雲開皺緊眉頭，怒氣升騰起來，想揍人！

「姊，」妹妹雲淨舉著一個水牛牛跑過來。「看我抓到了什麼？」

雲開頓時一改臉色，笑咪咪地道：「娘怕這個東西，不許帶回家去。」

「好——」小孩子不知道害怕，雲淨拎著水牛牛的觸角，來回晃悠著玩。看著無憂無慮的妹妹，雲開抿抿唇，絕不可讓寧家人打擾她的生活！

三日後，雲開央著二妞陪她進城買繡線。跟著雲開有牛車坐，還有她家的僕從和丫鬟保護著，牛二妞自然開心。

兩人進城轉了半日，時近晌午時，雲開與二妞到聽風樓用飯。飯後，雲開擦擦嘴，借著尿遁跑到隔壁雅間去見寧致遠。

不想雅間裡除了寧致遠，寧適道也在。

雲開皺起眉頭。

「妳肯來，就說明妳知道自己的身分。」寧適道的語氣裡含著指責，又有那麼幾絲激動。「既然如此，為何不回家？」

「我的家在富姚村，還能去哪裡？」雲開靜靜地道：「你寧家的女兒不是病死了，為何又強拉著我？」

寧適道有幾分尷尬。「那不過是遍尋不到妳，才對外說的說辭罷了。當年妳……」

「山長，我對你家的事情不感興趣，你們真的認錯了人。」雲開淡繃著小臉道：「我來，是要告訴你們不要去打擾我娘養胎、打擾我爹做生意，否則別怪我不客氣！」

「妳這……」寧適道立刻怒了。

寧致遠拉住父親，勸雲開道：「雲兒，大哥知妳與安家人相依為命幾年已有了感情，可我們是妳血脈相連的血親，妳可知尋不到妳的這幾年，我們是如何過的？大哥為了找妳……」

雲開轉身就走。

寧致遠揚聲道：「妳要如何才肯認家門？」

雲開轉頭笑了。「寧少爺，我好奇得緊。你們這樣生拉硬扯地要認回已經死了的女兒，是為了什麼？莫非是因為您家的二姑娘意外與曾大少爺訂親，你們選不出人來到京中聯姻鋪路，所以打算硬拉個『女兒』出來？」

寧適道臉上有幾分驚色，寧致遠連忙搖頭。「不是，我們就是想尋回妳，不要讓妳在外邊繼續受苦。」

雲開冷笑。「那你們繼續找，我還忙著，不奉陪了。」

她轉身就往外走，寧適道又怒拍桌子。寧致遠好不容易等到了雲開，怎麼可能放她輕易離開，他急切上前欲拉雲開的胳膊，再與她訴說思念之情，不想雲開一甩胳膊，寧致遠就慢慢倒了下去。

「妳對妳哥做了什麼？」寧適道大駭，快步上前，見自己的兒子已昏倒在地，喚也喚不醒。

「幹了什麼？藥翻他嘍。」雲開輕描淡寫地道。

「妳……」寧適道一時竟找不到合適的詞來罵這個不孝女。「隨手就藥翻妳的親哥，妳怎敢如此恣意妄為，難道妳不知普天之下尚有王法、禮教？」

「王法？山長無憑無據地強認別家女兒為你死去的女兒，是守了哪條王法？」雲開咄咄相逼。「禮教？寧少爺不顧男女有別，衝過來拉扯我的衣衫，是遵哪家的禮教？」

寧適道怒道：「妳頭上有傷疤，就是我的女兒！」

「頭上有傷疤的人多了，難不成全是你的女兒？」雲開反唇相稽。「你家女兒不是胳膊上有胎記？我有嗎？」

「妳那是被藥掩去了！」寧適道怒道：「妳與神醫弟子交好，什麼事做不到！」

「真是欲加之罪何患無辭。」雲開本想過幾年她與丁異成親了，再翻過手來收拾江氏母女的，不過現在寧適道找上門來，她哪會由著他們欺負。「我聽說，你家女兒兩、三歲時因不能言，就被山長認為是個傻子，怕她損了山長家的聲譽，所以將她關在院子裡，一關就是八年？」

寧適道驚得瞪大眼睛。「真真是信口雌黃！」

「山長說的都是對的，我說的都是信口雌黃！」雲開怒極反笑。「那我還聽說，你家長女從小到大就沒幾次走出過巴掌大的院子。她缺衣少食，若是不按著她乳娘教的傻道理行事，就會挨打挨餓，也是假的了？我聽說你家夫人表面對你的傻女兒和善，背地卻嚇唬她、欺負她，也是假的了？您寶貝的二姑娘脾氣不順了就會跑到小院欺負你的傻女兒，也是假的了？」

「妳從何處聽說的？」寧適道心中掀起滔天巨浪，若雲的事在寧家向來諱莫如深，怎可能傳到外邊去？雲開一定是他的女兒，才能知道這些事。不過，她說的都是真的？

「天下沒有不透風的牆，山長出去打聽打聽，青陽哪條街、哪個巷沒有你家的閒話？」雲開以憐憫的目光俯看蹲在寧致遠身邊的寧適道。「我還聽說你家二姑娘看中了你家傻女兒的夫婿，所以你夫人暗中把你的傻女兒騙出去交給人販子，這也一定是假的嘍？」

「胡說八道，妳胡說八道！」寧適道怒極，站起來抬手就要抽雲開的耳光。

雲開小臉一仰，冷冰冰地看著他。

寧適道看著這與夫人肖似的容顏，揚起的手怎麼也落不下去，強壓惱怒道：「這都是道聽塗說，妳不可當真，我的長女體弱多病，所以多在房中不外出走動。寧家世代書香，斷不會做出此等有違倫常之事。」

看著雲開依舊以毫無感情的目光看著他，寧適道竟沒來由地心虛轉開頭。

「我不過是聽了幾句閒話，你就要打我。你的兒子威脅我說如果我不來見你們，他就要鬧到我家去，讓我娘不能安心養胎，這就是你們的家教？」雲開的聲音裡含了怒火。

「他不過是情急之下，隨口一說罷了……」寧適道無力地解釋道。

「隨口一說？」雲開打斷他的話。「寧山長飽讀詩書，不會連『己所不欲勿施於人』都不懂吧？我安雲開把話放在這裡，如果你們敢去打擾我的家人，我至少有一百種藥，足可在神不知鬼不覺之下，讓你們求生不得，求死不能！」

雲開說完話，轉身就走。

「妳不許走，妳哥……我兒的解藥呢？」寧適道表情急切。

「待他睡夠了自然會醒來，如果你等不及，就一瓢涼水澆在他腦袋上。」雲開說完，抬袖子看著守住門的兩個僕從，這二人嚇得跳開。

雲開開門，從容離去。

雅間內，寧適道讓人把兒子抬到榻上，他則坐在一旁沈思，臉色越來越難看。待外邊行人稀少後，寧適道才命人揹著寧致遠匆匆下樓，坐馬車回到寧府。

蔡婉如見到被人揹回來的丈夫，嚇得花容失色，待聽說他只是累極昏睡後，才稍稍安心。

容嬤嬤曉得少爺今日是去見雲開了，見他被人揹回來就知認親的事沒成，這可如何是好？她還想以此將功贖罪呢！還不等她想出法子，送少爺過來的小廝就帶她去了老爺的書房。

寧適道看著跪在自己面前的容嬤嬤，一言不發。容嬤嬤被這壓抑的氣氛折騰得喘不過氣來。

「將若雲在小院中的日常，詳細講來。妳若敢有絲毫隱瞞……」

還不待寧適道說完，容嬤嬤立刻磕頭道：「老奴不敢……」

許久之後，容嬤嬤才說完，之後俯身大哭。「老爺，夫人當時以老奴一歲的兒子要脅，老奴求告無門，只能聽夫人的話。老爺，老奴不是不知恩圖報，若不是老奴，大姑娘活不到八歲啊。老奴自見到雲開姑娘後，這幾年夜夜噩夢，老奴自知罪孽深重，請老爺責罰！」

寧適道鐵青著臉，一句話也不說，只揮手讓人把她帶下去。

許久之後，寧適道起身走出書房，回了正院，江氏見老爺來了，驚喜地站起來行禮。

寧適道不讓她幫著寬衣，更不接她手中的茶，只站在房中面無表情地看著她。

若老爺問話或發脾氣，江氏還知如何應對，可他這樣，江氏心裡越來越沒底，完全不知道他得了什麼消息，又想幹什麼。

寧適道看著面前的女人，越看越厭煩，越看越心冷，甚至連與她對質的心思都沒有。待寧適道走後，江氏如爛泥一般癱軟在地上，覺得大事不妙。

可偏偏她被剪去了所有耳目，打聽不到外邊的消息，不曉得老爺為何如此動怒。

如今能依賴的，也只有女兒了。被婆子扶起來的江氏虛弱道：「派人去把二姑娘叫過來。」

婆子剛出門又轉頭回來了。「夫人，老爺讓人封了院門，不許奴婢出去。」

江氏一陣頭暈眼花。老爺這是把她軟禁了！這可如何是好？

寧適道不只軟禁了江氏，連寧若素也關了起來，要她安心在房中讀書、繡嫁妝準備出嫁。

接連兩個大消息，讓寧家內宅眾人噤聲無語。

寧適道站在書房裡，望著去世妻子的畫發呆時，見兒子走了進來，他轉頭問道：「身體可有何不適？」

黑暗中父親的身影異常蕭索，寧致遠看得心疼。「兒身體無事，讓父親擔憂了。」

寧適道輕輕搖頭，落坐後把雲開所說的話，一一講給兒子聽。

寧致遠聽完久久不語。

「從前兒去小院看過幾次雲兒，也遇到過素兒去欺負她，兒斥責了素兒，但……」寧致遠有些難以啟齒。「兒覺得若雲是個癡兒，總會讓人多少有些輕視，再說……素兒也只是小孩子的把戲……兒哪裡知道……若雲她……不傻，她都看在眼裡、記在心裡……她……到底是怎麼長大的……」

聽了雲開跟父親說的那些話，寧致遠還有什麼不清楚的，若雲把以前的事記得清清楚楚，所以才會這麼恨他們。

那畢竟是他的親生女兒，寧適道不是不難受，不過他並不自責，而是氣，氣自己竟娶了江氏這樣的毒婦，也氣若雲。「她又不是不會說話，為何不告知為父？若是她說了，難道為父會不管她，任由她被人欺負？」

「她不是沒跑出來過，也不是沒找過父親，但是父親肯聽她說話嗎？她兩、三歲時，就被扣上了癡兒的帽子了，父親會信她說有人虐待她，還是相信江氏？」寧致遠心如針扎。

寧適道皺起眉頭。「雖說如此，但為父也不能休了江氏給家門抹黑、給你的前途添堵。

為今之計也只能忍了！」

科舉考試需要家世清白、家風清正，若是家中出了繼母殘害嫡女的醜事，寧家如何立於世人面前？寧致遠還怎麼能去考進士，三甲更是無望。

所以，這件事只能瞞著。想明白了這一層的寧致遠，也做不到為給妹妹出氣就不要自己的前途，於是他更加愧疚了。

父子兩人陷入沈默。

許久之後，寧致遠才道：「娘的在天之靈……」

寧適道與寧致遠的生母乃是結髮之情，他做的十幾首悼念亡妻的詩作在海州廣為流傳，為他博得了不少好名聲。想到髮妻，寧適道也心生愧疚。「那依你之見，該如何是好？」

寧致遠也為難。「雲兒對咱們的恨一時半刻怕是難以消除，不如……讓她繼續留在安家吧。」

這怎麼使得！寧適道很是不願，若是再讓她住下去嫁了人，還跟他們有什麼關係！不過想到雲開對他的恨意，想到她那千奇百怪的藥物，他也不得不認了。「容嬤嬤再也留不得。」

「兒子明白。」

容嬤嬤說得可憐，但若不是她為虎作倀，雲開也不會對他們父子視若仇敵，寧致遠也恨不得立刻殺了容嬤嬤給妹妹出氣。

主家處置一個老刁奴是輕而易舉的。

兩日後，容嬤嬤便因受了風寒去了。她的男人和孩子來領屍首時，寧適道給了他們十足的體面，親自安撫容嬤嬤的男人，又給了銀子讓他們將容嬤嬤厚葬。當然，這一切是因為容嬤嬤說過她為了保護丈夫和兒子的安全，從不敢把府裡的事情說給他們聽，寧家父子也多方探聽，曉得這父子倆並不知情，才讓他們得以活命。

這在寧家田莊管事的老實漢子寧忠雖然對媳婦兒的死抱有懷疑，但一時不曉得究竟出了何事，只能領了媳婦兒的屍首回去。

但回去後裝殮容嬤嬤之時，他竟在媳婦的鞋底夾層裡發現了一封書信。這不識字的男人讓讀過幾年書的兒子寧換唸過信後，父子抱頭痛哭。

「爹，咱們照娘說的辦！憑什麼他們主子勾心鬥角，最後擔罪的卻是我娘！」十四歲正是男孩子好鬥叛逆的時候，得知母親慘死，叫他如何忍氣吞聲。

寧忠雖然老實，但也不是沒腦子的無能之輩，否則當初寧致遠的母親也不會把容嬤嬤嫁給他，容嬤嬤也不會同意。

「孩子，別急，咱們就裝什麼都不知道，先消了寧家人的疑心，然後找好退路再說。報仇這事不急，日子長著呢，咱走著瞧！」

第二十六章

雲開在家等了幾日，不見寧適道父子找上家門，便知他們被嚇怕了，也就安下心來，繼續跟著父母和妹妹過平凡幸福的小日子，等著丁異的書信。

待進了臘月，娘親的肚子越來越大時，安如意成親的日子也到了。

曾家給的彩禮夠體面，安家出的嫁妝也不差，起碼在十里八村算得上頭一號的——當然這其中大部分都是安其滿出錢幫著置辦的，安如意自是對二哥感激不已。

成親這日，安其滿去送嫁，小雲淨也跟著去看熱鬧，雲開則留在家中守著母親。

梅氏笑道：「妳不去看看熱鬧？妳聽曾家請了兩個戲班子唱戲，咿咿呀呀的，定是打擂臺呢。」

雲開搖頭。「化生寺唱了那麼多場，女兒早就聽煩了。」

梅氏知道雲開放心不下她，安慰道：「女人生第一胎時艱險，後邊便順當多了，妳莫擔心。」

怎麼能不擔心呢？娘親這次的肚子比上次大了一圈。不過雲開也怕自己緊張的情緒感染了娘親，讓她跟著擔憂，便笑著說起閒話。「嗯，女兒在想小弟弟生下來後，會叫什麼名字。」

「妳爺爺雖然書讀得不多，但水的名字應該不差。」梅氏也憧憬著。

雲開抽抽嘴角。「大郎的大名叫安成才，弟弟不會叫安成林或安成家吧？」

梅氏愣了一下，忍不住笑了起來。

她們這邊說笑著，曾家那邊也是歡聲笑語。

安其金揹了妹妹上牛車，安其滿送她到曾家，出門的老三安其堂終究沒有回來。

待牛車到了曾家門口，一身緞子新袍的曾應龍接了安如意下牛車，牽她拜堂，又牽她進了新房。安如意坐在炕上後，懸著的心才算放下。安如祥沒來搗亂，婆婆沒有發火，應龍哥也沒有半路跑掉，她總算平平安安地成了應龍哥的媳婦。

蓋著喜帕的安如意從眼角餘光裡看著自己的兩個姪子和曾家的姪子在炕上滾來滾去，忍不住絞著手指羞澀著。

今夜是她與應龍哥的新婚之夜，想到她娘說的那些羞人的事，安如意的臉就發燒。

應龍哥，會喜歡她嗎？

交杯酒，同心結，喜婆子撒糖、撒花生，然後是鬧洞房。

曾家雖是外來戶，但曾前山好交朋友，曾應龍也能交人，是以來鬧洞房的人很多。安如意又羞又怕又開心，待屋內終於剩下他們兩個時，她則只剩了羞。

喝了不少酒的曾應龍吃了娘端來的醒酒湯，又給安如意去廚房找了碗熱呼湯麵讓她填補肚子。早就餓透了的安如意吃了整整一碗麵後，有些手足無措。

接下來，便是要……安歇了吧？

女子若是嫁給自己心愛的男子，洞房花燭夜便格外地讓她緊張和憧憬、羞澀，期待著與自己心愛的人同床共枕，期待著能和他長長久久。

安如意自然也是如此，在曾應龍收拾屋內的桌椅時，她摘了滿頭的髮簪，洗去臉上厚厚的妝容，稍事梳洗後，手腳無措地站在炕邊，不知是該幫曾應龍幹活，還是該讓他也歇了，明天再收拾……

曾應龍幫她解了圍。「妳累了一天，先上炕歇著。」

安如意下意識地回話。「應龍哥比我累，你也歇著吧。」

說完她才覺得不妥，臉上開始發燒。曾應龍笑了。「我是男人，這點累不算啥，妳先歇著。」

「女人一定要聽男人的話，讓他覺得有面子。」這是她娘教她的夫妻相處之道，安如意聽話地上炕，收拾乾淨棗兒和栗子等乾果，鋪好被褥，然後鑽進了自己的被窩裡。

曾應龍收拾了桌上的吃食，又把桌子移到一旁，清掃了地面後，心裡也有些發慌。

雖然事情已經到了這一步，但他發現自己竟然不想上炕。

曾應龍去裡間洗了手腳，回來熄滅了兩盞小蠟燭，又盯著剩下一根粗粗的紅燭看了半晌，才轉身上炕，脫衣躺進自己的被窩裡。

安如意緊張得都忘了呼吸，忐忑不安地等了好久，卻不見曾應龍過來她被窩裡，心裡不禁開始發慌。娘不是說男人這晚上都是猴急的嗎？怎麼應龍哥不過來呢，他是不稀罕自己，心裡還放不下……大姊兒嗎？

她的心越來越慌，如果應龍哥今天晚上都不碰她，她要怎麼辦才好？

不行，不能這樣下去！安如意心一橫，從被窩裡伸出小手，一點點地、堅定地伸進自己男人的被窩裡，摸索著拉住他的手。

曾應龍這才回神，發現自己冷落了新媳婦，他反手握緊安如意的手，暗暗告訴自己，不是說了要讓如意過上好日子嗎？如果他們今晚不在一起，明天她哪還有好日子過？

曾應龍放下心事，撩開自己的被子，鑽進安如意的被窩裡。

躲在窗外的曾應龍的娘趙氏凍著聽了半天，終於聽到屋裡有了響動，才放心地回到自己屋裡，哆哆嗦嗦地鑽進被窩暖和著。「成了！」

一直沒睡的曾前山也立刻放下心來，嘴裡則哼了一聲。「早就說沒事，就妳愛瞎操心，這都啥時候了，快睡吧！明天還老些事呢。」

安如意和曾應龍三朝回門時，梅氏也去了大伯那兒，見到小姑子一臉羞澀，跟曾應龍之間也有了那種夫妻才有的默契和眼神，梅氏才放下心來，跟郝氏等人逗著小姑說話，問她在曾家過得怎麼樣、做的飯婆婆愛吃不，婆婆都說了啥。

安如意紅著臉，一一說了。

雲開在邊上靜靜聽著，她聽得出來趙氏還算沒有為難小姑，否則小姑不會是這個模樣。

雲開又轉頭看了看外屋裡被他爹幾個人灌酒的曾應龍，心中替安如意開心，也替曾應龍開心。不管怎麼樣，這是一個好的開始，夫妻兩個只要沒有大毛病，又都一心過日子，以後就會越來越好。

待有了孩子，就真的安定下來了。

「說起孩子，二嫂的日子也快了，丁異也該回來了吧？」郝氏問道。

楊氏立刻支棱著耳朵聽著，梅氏淺淺地笑。「丁異上次送信回來沒說定日子，不過年前該回來了。」

大夏人重年節，除非有萬不得已的大事，否則過年時都會趕回家。

丁二成在這裡，雲開在這裡，丁異的家就在這裡，他一定會回來的。

雲開想到丁異快要回來了，嘴角就帶了笑。他這一走，他們又是好幾個月不見了，她想他想得厲害。

安如意等人見雲開露出笑模樣，忍不住笑了起來。楊氏嚷嚷道：「要我說啊，如意的婚事也辦了，三弟還不曉得啥時候呢，明年趁熱把大姊兒的婚事也辦了得了。」待到神醫弟子成了她的姪女婿，她的生意一定會更上一層樓。

正傻笑的楊氏被婆婆一掃炕笤帚抽在胳膊上。「說啥呢?!我家三兒怎麼就不知道啥時候？啥不知道啥時候？妳再說一句，再說一句，再說一句，看老娘揍不死妳！」

熱鬧著的屋子立時安靜了，外屋的說話聲也跟著一停。見在自己回門的日子裡，娘還這麼罵罵咧咧地不給她臉面，安如意心裡難受。外屋裡，安其滿又說起村裡的熱鬧事撐起場面；裡屋內，梅氏也笑道：「三弟出去歷練一段時日，回來後定會讓咱們刮目相看，到時說不得要雙喜臨門了。」

「哪雙喜？」安五奶奶好奇問道。

梅氏捂笑道：「三弟回來說讓妳幫他相看閨女成親，二妹懷了身子要給曾家添丁，這不是雙喜嗎？」

安如意不好意思地低頭，曾應龍待她並不冷淡，若是她的身子爭氣，應該很快會懷上孩子……

郝氏樂了。「要我說那就是三喜！二嫂不是要生了嗎？這一胎一定是兒子！」

「對，這一胎準是兒子！」安五奶奶樂呵呵道：「四嫂的二孫兒投胎來啦。」

提到孫子就歡喜的厲氏也有了笑模樣。「過兩天我去化生寺給菩薩多上幾炷香，求祂保佑老二媳婦這一胎平平安安的。」

梅氏也摸著自己的肚子，她已經有了兩個女兒，當然也期待著這一胎能是兒子。

有些人真是禁不得念叨，方才還說起丁異，待送了安如意和曾應龍出門後，安其滿帶著一家子回到家，就見丁異站在大門口。

「好傢伙！」安其滿忍不住驚嘆一聲。「丁異啊，你這是又吃了炮仗嗎？」

丁異又比走的時候高了一截！

丁異快步走到二叔一家面前，給二叔二嬸行禮，又摸了摸雲淨的小腦袋，才轉頭對著雲開傻笑。

雲開抬頭看著丁異，此時無須言語，只膠著的目光也足以讓對方知道自己的歡愉。

終於，又團聚了。

丁異回來了，數九寒天都沒那麼冷了。

雲開與丁異躲在自己的小屋裡圍著炭火，膝蓋碰膝蓋地說話。

丁異尤為開心。「師父說，過關了！」

雲開驚喜地問道：「是神醫說你的醫術過關，與人周旋的本事也過關了，所以不用去京城了嗎？」

丁異用力點頭。

「太好了，你好厲害！」雲開一跳老高，轉了好幾圈才又坐下。「那明年你要去哪裡？」

「這裡。」丁異笑彎了眼睛。

「什麼？」雲開又跳了起來。「再也不走了？」

「如果，妳想去哪兒，就去。」丁異開心地拉住雲開的小手，放在手心用力握著，有些涼，還是得給她再調理一番身體才是。

「神醫也不走了嗎？」雲開完全陷入狂喜中，幸福來得太突然了，讓她有些頭暈。

丁巽搖頭。「師父，去了，關外。」

關外？雲開歪著小腦袋，這裡的關外就不是大夏的疆土了，神醫爺爺去關外做什麼？

「師父說，他完成了師門任務，四處走走。」丁巽聲音低了些，顯然也是捨不得神醫。

雲開好奇問道：「師門？」從沒聽說過閒雲野鶴的劉神醫還是有師門的。

「師門，就我和，師父兩個。等我，收了徒弟，就三個。」丁巽慢慢地道，想到他也要像師父一樣四處尋找有慧根的人收為弟子悉心教導，他就頭疼。

雲開的嘴巴張了半天才合上，頗為感慨地拍了拍丁巽的肩膀，安慰道：「你師父是六十多歲才收了你為弟子，你也不急，過了五十歲再開始找，或者隨緣，這一生中看到哪個順眼就收哪個為弟子。」

師父說的那些囉嗦規矩，丁巽不想說給雲開聽，他只是想到師父是師娘去世後才開始四處尋找弟子的，心裡就沒來由地慌，便拉了拉雲開的手。「想抱。」

雲開小臉一紅，但還是乖乖地讓他抱在懷裡，她也好想他。

丁巽緊緊把人抱在懷裡，他的日子不能沒有雲開。

雲開在，他在；雲開死，他死。

「怎麼了？」雲開感受到丁巽的緊張，低聲問道。

丁巽搖頭。「家裡，怎麼樣？」

雲開這才把最近發生的事情講了一遍，尤其是安如意和曾應龍成親、安其堂遠走，以及寧家父子想把她帶回寧府的事。

丁異的手準確地撫在雲開耳後被青絲藏住的傷疤上。「他們，是怎麼知道的？」

雲開搖頭。「我沒問，或許是我大伯娘說的，或者是曾八斗說的。」

「曾八斗？」丁異的眉頭皺緊。

「咱們沒少跟他一起玩，他知道也不奇怪。」雲開一向懶得束頭髮，被曾八斗發現也不奇怪。

丁異點頭。「寧家父子，不用擔心。」

雲開把頭壓在丁異的脖子邊。「你沒回來時我都不擔心，你現在回來了，我更不怕了。」

丁異立刻眉開眼笑了。

「師父給了我，二十個人，和好些藥材、藥方、書。」丁異道：「年後，我在城中開醫館，二十個人，十個，留妳身邊。」

「我不需要這麼多人的。」雲開搖頭。

「聽話。」丁異搖了搖雲開的身子。

雲開無語半晌，嘀咕道：「怎麼倒過來了！」以前都是她要他聽話、哄著他的。

丁異滿足地笑了。「我，比妳大，比妳高。」

……

好吧，雲開辯無可辯，噘起小嘴。

丁異的喉頭一緊，順著心意親下來，與雲開的唇交纏在一處，許久才放開。

兩人一直聊到雲淨晚上過來叫飯，才去了堂屋。丁異回來，安其滿的心也跟著踏實了，梅氏的笑容也放鬆了些。待聽到他再也不走了的消息，一家人欣喜地笑得合不攏嘴。

「自己開醫館事多繁瑣，不如找個大醫館去當坐館郎中。」安其滿建議道，他現在也算見多識廣，開家鋪子勞心又勞力，丁異就算是神醫弟子也不過才十五歲。

丁異順從地點頭。「二叔說，哪個醫館好些？」

這孩子說話真是越來越溜當了，梅氏翹起嘴角，越看越滿意。

安其滿想了想。「濟生堂最好，濟生堂是白家開的，你師父跟白老東家有交情，白家做生意也靠譜。而且現在濟生堂的主事郎中劉增榮跟你們師徒也算是老交情了。」

劉增榮曾跟在神醫身邊學習過一段時間的醫術，也算是丁異的半個師兄，丁異點頭。

「好，等二嬸生了，就去。」

安其滿拍了拍丁異的肩膀，一切盡在不言中。

梅氏也是感動著，替丁異打算道：「既然在城裡坐館，住在山裡就不方便了，不如搬到城裡住吧？」

丁異搖頭，小心翼翼地問：「我想，在旁邊蓋房子，成不？」

梅氏驚喜，安其滿道：「主意倒是好，但旁邊都有住戶，怕是地方不夠。」

見二叔二嬸都不反對，丁異就咧嘴羞澀地笑了。「可以買。」

哎喲，這孩子出去兩年是攢了錢呢！一屋子人笑作一團。

因梅氏臨盆就在這幾日，所以丁異沒有回藥谷，而是留在雲開家的作坊裡過夜。待他到作坊裡見到長高了一截的石落輝時，不禁又想起了他的娘親。

他娘親被師父送到外縣一個民風淳樸的山村落戶後，中間丁異若得空仍會前去看他娘親，只是這一回前往京城路途遙遠，倒是半年未見了。雖說這幾年的分別讓他對朵氏的思念越來越淡，但丁異還是決定年前或年後抽時間過去探望一番。

偷偷地看，不打擾她的生活。

丁異回來十日後，臘月二十四，梅氏平安產下一子，喜極而泣的安其滿給了接生婆一大串喜錢，厲氏也高興地在院子裡轉圈，六斤八兩、全手全腳的大孫子！她終於有二孫兒了！

抱出來的弟弟跟妹妹一樣，也是一個握緊小拳頭、閉著眼睛張著小嘴嗚哇嗚哇大聲哭的小猴子。雲開替父母開心，因為這個小猴子可以延續安家的香火，有了他，爹娘的心總算安穩了。

待郝氏、牛二嫂幫著把產房收拾乾淨後，雲開和爹爹、妹妹爭著衝進屋裡，見到連頭髮都汗濕的娘親正滿臉慈愛地看著小弟弟，雲開和安其滿不禁都有些淚目。

梅氏抬起頭，看著丈夫和雲開笑。「開兒、淨兒，過來看看，這是弟弟。」

雲開應了一聲，看著靠著娘親的身子安靜下來的弟弟，問道：「娘，還疼不疼？」

梅氏搖頭。「疼過勁兒就不疼了。」

安其滿趴在炕邊，看看兒子又看看媳婦兒，激動得說不出話來。祥嫂小心地端了湯藥進來，雲開接過，安其滿扶起梅氏，輕手輕腳地餵她喝下丁異開的藥。「妳睡會兒。」

梅氏搖頭。「我不睏，我想再看會兒孩子，這孩子長得跟淨兒小時候不一樣。」

「嗯，臉盤大一些。」安其滿低聲道。

「男娃的臉盤當然比女娃子的大。」厲氏擠進來看著孫子，越看越滿意。「快，給我抱抱！」

梅氏的手緊了緊，最後還是鬆了手，安其滿小心抱起來，遞給老娘，厲氏嘴角都合不攏了。「哎喲，哎喲，哎喲！看這模樣，隨了他爺爺呢！」

雲開。「……」

見梅氏生了兒子心裡正不舒坦的楊氏瞅了一眼，哼唧道：「這孩子怎麼不哭了？」

雲開趕忙道：「許是餓了吧，該吃奶了。」

梅氏趕忙點頭，安其滿立刻把兒子又抱回來。「要吃奶了啊！好。」

手裡沒了孫子的厲氏心裡空落落的，雲開趕忙道：「奶奶也餓了吧，咱們出去吃點東西？」

楊氏眼睛一亮，趕忙擠去了廚房，厲氏剜了她一眼，暗道這婆娘就算日子過得好了，也改不了愛占便宜的死性！

見到丁異正坐在廚房裡用砂鍋熬東西，楊氏立刻擠過去。「丁異這是熬啥呢？給咱看看！」

說著她就要掀蓋子，丁異卻用燒火棍壓住砂鍋蓋，抬頭看著楊氏。在外行走四、五年的丁異，早已不是當初那個人人可欺的小磕巴，從心裡透出來的自信和沈靜，再加上他日漸響亮的小神醫名頭，都讓楊氏不敢亂動，陪笑著退後一步。

厲氏進來也問道：「在熬啥？」

「理氣止血，藥膳。」丁異這才說了話。

「哎喲，小神醫都會熬藥膳了。得空你給你爹也看看，我看著他身子可是一日不如一日了呢。」楊氏臉上帶著笑，眼神卻帶了刀子。

這意思是威脅丁異要把他回來的消息告訴丁二成了？

「大伯娘，妳是很久沒見丁二伯了吧？丁異回來後已經去看過他，還給他開了藥找人伺候著，怎麼可能一日不如一日！」欺負我家男人嗎？雲開不幹了。

楊氏訕訕地笑了。「忙著妳小姑的親事的確是有些日子沒見了。快，吃啥？餓了我了！」

雲開示意祥嫂上了吃食，又進屋去請郝氏和牛二嫂出來用飯。家裡添了男丁，每個人都喜氣洋洋的，牛二嫂問雲開：「妳爹這會兒怕是得多擺幾桌了吧？」
「怎麼也得二十桌了。」郝氏也笑道。
「這個得再算，人多熱鬧。」雲開笑咪咪地餵妹妹吃白片湯，家裡生意做得好，交往的人也就越來越多，這樣的大喜事當然是能請的都請過來熱鬧熱鬧。
楊氏忽然問了句。「妳爹說了要請妳大姑嗎？」
眾人一靜。雲開的大姑安如玉嫁到南山鎮上，出嫁從夫。安其滿他們搬出來時，安如玉當然沒有跟著一起出來，如意成親時給她送了信，她也只回了封書信和她親手做的一條百子千孫被面，沒趕過來。雲開對這個沒見過幾面的大姑實在沒什麼感情。
這樣的問題，雲開當然回答不了，她看著厲氏。「奶奶說呢？」
「信當然得送，妳大姑家裡有公婆，能不能來兩說，但也要讓她跟著高興高興。」厲氏眼皮也不抬。
「那我也給我大哥送個信，讓他們跟著高興高興！」楊氏樂呵呵地道。
雲開冷笑，楊滿囤能跟著高興嗎？跟著占便宜還差不多！不過家裡生了孩子是要給親戚們送信，這個她也攔不住。
「要我說，還是大姊兒運道好，嫁過去了沒婆婆，能自己舒坦過日子。」楊氏又樂呵呵地端著碗道。
她這話音一落，丁異忽然站了起來，將楊氏嚇了一跳。「幹啥，我說錯了？」

丁異冷冰冰地看著楊氏，指了指門口。

被一個孩子當著這麼多人下面子，楊氏怎麼下得了臺，她把碗重重一放。「這兒又不是你家，我憑啥走？這是我老安家的地方，不是你丁家的！哎喲，你這還沒當上門女婿呢，就要反客為主了？」

雲開也沈下臉。「大伯娘，我娘剛生孩子，我不想跟妳吵。大年節的妳平白咒丁異的娘死，還有理了？想說什麼回妳自己家關起門來說去，這裡是我家，還輪不到妳大呼小叫。」

厲氏也罵道：「讓妳咧咧！滾回去！」

楊氏被婆婆罵了，只得抓了兩個白麵饃饃，嘟嘟囔囔地走了。

牛二嫂和郝氏對對眼神，默默吃飯。誰能想到丁異對一個逃家走了多年的娘，還這麼念念不忘呢。

他娘待他比他爹也好不了多少，不過這轉念再一想，他爹那樣的丁異還給買藥、還讓人伺候著，他忘不了他娘也是說得過去了，這麼說來，丁異還真是個孝順的孩子，只可惜他爹娘不懂惜福。

待屋裡人都走了，雲開才問身邊的丁異。「什麼時候去看你娘？」

丁異什麼事情都不會瞞她，想去看娘的事自然跟她說過了。「先去濟生堂，再去看娘。」

二嬸平安生了孩子，他也該去忙活藥鋪的事了。

得知小神醫歸來的人不少，但敢上門打擾雲開一家的卻沒有幾個。因為小神醫的脾氣跟老神醫一樣執拗，你若犯了他的忌諱、惹了他不高興，便是把病人抬到他面前，他也絕不會低頭看一眼。

所以從楊氏那裡買了消息，得知小神醫的岳母已平安產子的人，對於他今日要進城尋醫館坐診的消息都振奮不已。

很快消息就傳開了，小神醫丁異要在白家濟生堂坐館，為青陽百姓診病！青陽百姓為此奔相走告，擊掌相慶。白家的當家人白建業和少東家白雨澤親自請丁異用膳，談妥了他坐館的豐厚報酬。

一個月坐診十二天，所取的報酬是病人的全部診金，還能任意取用濟生堂的所有珍貴藥材，丁異很滿意地走了。

白建業也因濟生堂多了「神醫」這塊金字招牌而興高采烈，迅速召集管事和夥計開會，立了條條嚴令不許他們惹丁異不高興，並將如何利用丁異的聲名，進一步發展白家醫館的差事交給了自己的兒子。

白建業拍了拍兒子的肩膀，很是感慨。「果然是莫欺少年窮。」

白雨澤也同感地點頭。幾年前他初見丁異時，丁異還不過是個安靜的鄉下孩子。若非白雨澤主動與安其滿攀談，又以禮相待，就沒有兩家日後的交往，丁異今日也絕不會主動到白家的醫館來當郎中。

白建業又叮囑道：「安其滿那邊的生意也不得鬆懈，好生著人照看著。不是說安其滿添了兒子嗎？讓人送份厚禮過去。」

「爹放心，便是沒有丁異這層關係，兒子也不會怠慢了安二哥。」因為安其滿的蘆葦畫生意，是白雨澤單獨做的第一筆生意，從開始到現在月月有進項，且一月比一月多，已經有了相當的規模。正是因為開了這個好頭，白雨澤的生意路子越走越寬，也得到了白氏族人的認可。

所以在他心裡是感激安其滿的，覺得安其滿是他生意上的福星。

丁異出了濟生堂後，到了他為丁二成買下的小院裡，見丁二成正抱著酒葫蘆就著炒黃豆一口一口地喝著，眉頭便皺了起來。

丁二成見到兒子回來了，打了個酒嗝，招呼道：「兒啊，過來嚐嚐，這酒好啊……」

丁異上前問旁邊伺候的僕從。「酒，哪裡來的？」

僕從心虛地低頭。「少爺恕罪，老爺讓小人買的，小人若不去，老爺便拿鞭子抽小人……」

丁二成呵呵笑著。「讓老子不喝酒，還不如讓老子去死。」

丁二成酒癮甚重，發起酒瘋來更不是個人樣，丁異對此印象十分深刻，也十分厭惡。他冷冰冰地道：「不可買烈性酒，每日也不可超過一兩。」

「老子是你爹，想喝就喝！」丁二成瞪著猩紅的眸子，晃悠著站起來。「你敢管老子，看老子抽不死你！」

丁異抬手就是一針，丁二成癱回椅子上呼呼大睡。丁異不再看他，只是吩咐僕從道：

「這藥你拿著，買了酒就摻上一滴。」

僕從立刻恭敬地接過。丁異轉身回了富姚村，去找他的雲開。

正在廚房裡為娘親熬魚湯的雲開見到丁異回來，笑得異常燦爛。「怎麼樣？」

丁異點頭。「成了。」

這是不高興了呢，雲開拍了拍身邊的小凳子，丁異立刻走過來老實坐下。

「你怎麼了？」

丁異低聲道：「去看我爹。」

如今精通醫術的他，早已知道自己不是丁二成的兒子，因為這個男人先天缺精，不可能有孩子。他既然不是丁二成的兒子，是誰的兒子便不言而喻了，丁異想到此處便十分鬱悶。

雲開把頭輕輕靠在他的肩膀上。「只要不短了他的吃喝就行，以後少去走動也沒人說你的不是。」按說丁二成這樣的，他完全可以不用管。丁異顧他，不過是基於一個父子的名分罷了。

「我明天，想去看我娘。」丁異低聲道。

真是讓人覺得糟心的父母，雲開點頭。「早去早回，我等你回來一起過年。」

想到過年，丁異的臉上立刻有了笑容。「明年，成親。」

雲開也笑了。「想成親？」

「嗯！」丁異大聲應著。

雲開翹起嘴角。「這事你和我爹娘商量，什麼時候都好。」

「真、真、真的？」已經很少磕巴的丁異，一激動又磕巴了。

雲開含笑點頭。早就認定了他，也不忍心讓他再一個人孤孤單單，早些成親住在一起也好。

丁異激動地站起來在屋裡轉了好幾個圈，然後在雲開額頭重重地親了一口，大步跑了。

雲開摸著自己的額頭，忍不住地笑。

這個傻傢伙，一定是去找她爹爹商量親事去了。

在作坊裡幹活的安其滿看著站在自己面前兩眼放光的丁異，滿頭的黑線。

丁異心急。「正月？」

安其滿。「……」

「二月，初二？」丁異又退一步。

安其滿無奈了。「你這孩子，怎麼也得等二叔回去翻翻老黃曆，給你們挑個好日子啊。到時候你把你爹請過來？」

丁異立刻點頭。「二叔放心，他，不會添亂。」

安其滿當然放心，莫說丁異現在有了本事，丁二成早就不敢管他。就是丁二成那破破爛爛的身子，還能活幾日？也就是沾了丁異的光，否則他墳頭的草早不知道多高了！

丁異一陣風地跑出去，不一會兒又抱著一本厚厚的黃曆，一陣風地跑進來，鬱悶無比地攤在安其滿面前。「三月，初三。」

安其滿低頭看了看，還真是只有三月初三這個黃道吉日最適合嫁娶納彩，便笑道：「三月初三好，也不差這一個月。」

差的，他跟雲開早點成親，就能拉著雲開的手，跟她一起出去遊玩了。不過三月也正是春光大好的時候，丁異抖擻精神。「二叔，我出門一趟。」

待丁異騎了一日的馬，趕到他師父為娘親安排的小村時，卻發現那小院早已人去院空，屋內桌上的浮土都積了厚厚的一層。

丁異派人到四鄰處打聽，才知他娘親在兩個月前已跟著一個外地來的富商走了。村人不曉得那富商是誰，也不知道他們去了哪裡。

走了！丁異抿抿唇，走了也好，起碼她能過上自己想過的日子。

雲開聽了後想法也跟丁異差不多。「只要你娘喜歡就好，她當年從廬安村逃出來，不就是要過她想過的日子嗎？不要再去找她了，好不？」

朵氏的路是她自己選的，她一次又一次地拋棄自己的孩子，那麼丁異也沒必要再去在意她是不是被人欺負了。

想到丁異每月寄給朵氏的信和銀錢，雲開就替他難受，離開竟然都不跟兒子說一聲，這後幾個月的錢，怕也是石沈大海了。

臘月二十八，正是買年貨準備過年的時候。濟生堂那裡丁異是過完年破五之後才去，安其滿此時正忙著作坊的生意，梅氏又在坐月子出不了門，採買年貨的差事便落在丁異和雲開頭上。

他們兩個也樂得去做。丁異只要跟雲開在一起，做什麼都開心；雲開是大半年沒怎麼出過門，早就想出去走走了，小雲淨也是如此。

於是，三人坐著山子駕的馬車，開開心心地進城採買年貨。豬肉、羊肉、大魚、乾果、點心、鞭炮、對聯、福字、年畫……從集市東走到集市西，東西一件件地裝進車裡，三個人臉上的笑容也越來越大。

「讓我看看。」雲開拿著她和娘親一起列的條子。「再去買幾塊新布就買齊了。」

這些新布是送給厲氏和安五奶奶等長輩的年禮，按著規矩，每人是五尺新布，雲開也打算給作坊裡的人一人買一塊布，到年底了，也該給他們發一些實在東西，讓他們高興高興。

待走到一家生意興隆的布莊門口時，雲開留下山子在外邊看馬車，她拉著雲淨，跟隨丁異進布莊挑布。布莊內人很多，雲開不願帶著妹妹跟人擠在一處翻看，便直接進了雅間。

敢進雅間的都是大買家，夥計笑容滿面地端茶進去伺候。

雲開坐下後吩咐道：「我要買八塊送給老人家的年禮布，再量出十四、五歲的男女做外袍的各五身，都要結實實用的好布，多取幾個樣子來瞧瞧。」

「得嘞，您稍待。」不問價錢就說要好布的買家夥計最喜歡，他立刻響亮地應了，轉身去取最好的布料。

丁異不懂這些，他只看著雲開非常在行地問這問那，就覺得滿足無比。

「就這四種，量好包起來。」雲開做事索利，很快選好了，又問雲淨。「想要什麼樣的？」

雲淨搖頭。「淨兒有新衣服穿，不買。」

看著乖乖的妹妹，雲開的心就軟得一塌糊塗，挑了塊素錦給妹妹做兩身舒適的裡衣，又指著夥計拿過來的天青色暗紋錦緞跟丁異道：「這個給你做一身新衣，年後去濟生堂時穿。」

聽到雲開要給他做新衣裳，丁異立刻笑彎了眼睛。三人抱著布料出雅間時，卻冤家路窄地遇到了寧致遠和曾九思。

寧致遠見到妹妹，不由自主地上前一步，丁異也立刻上前一步擋在雲開姊妹身前，冷冰冰地問道：「要幹什麼？」

寧致遠面帶笑意。「相請不如偶遇，咱們一起用午膳，可好？」

「我們還有事。」丁異不用問雲開，直接拒絕。

寧致遠點頭。「那在下可否與安姑娘說句話？就一句，可好？」

同。

曾九思看著低聲下氣的寧致遠，微微皺起眉頭，總覺得他待雲開的態度跟以前大不相

丁異回頭看雲開，雲開帶著妹妹向外走。「我與你沒什麼好說的。我們走。」

寧致遠追上去低聲道：「年三十祭祖，妳回來見見咱娘，可好？」

雲開的腳步一頓，一言不發地走了。

見雲開和丁異走了，曾九思才追上寧致遠，問道：「大哥與她說了什麼？」

曾九思已經與寧若素訂親，寧致遠現在是他的大舅哥，所以改了稱呼。寧致遠搖頭。

「她對我一直有些誤會，我只是向她道歉，被她拒絕罷了。」

他們之間會有什麼誤會？曾九思目帶疑惑，卻知趣地沒有多提，轉而道：「聽說丁異年後會到濟生堂坐館，大哥不如帶岳母去讓丁異診診脈？」

寧適道關了江氏，對外的說法是她身體不適需要靜養，跟當年關著寧若雲的說法一樣。曾九思去拜訪了兩次也不得見，偏寧若素又淚眼模糊地求他，他也很是無計。

寧致遠胡亂地點頭，看著安家的馬車已經走遠了，怔怔地發呆。後天，她會來嗎？

大年三十，雲開要收拾包餃子、挨家送年禮，接待送年禮的親朋好友，自然沒時間去寧家，而且她也沒打算去，寧家那地方，她這輩子不想再去。

不過，寧適道的夫人葬身之地她倒想去拜祭一番。畢竟那裡埋葬著傻妞的親娘，那個為了生下她賠上性命的親娘。

回家後，丁異見雲開心事重重的，便低聲道：「咱們，去看看？」

雲開點頭。「明年清明節的時候，咱們一起去看看。」

「清明不行，三月初一。」丁異提醒道。

他們三月初三成親，三月初一去不如成了親再去，到時他就名正言順了。

他還真是時刻惦記著，雲開忍不住笑了。「你記得倒清楚。」

「當然！」丁異得意洋洋的。「想要什麼？」

若不是從小一起長大，雲開還真不能理解他這簡練異常的說話方式是什麼意思。他這是在問她，成親時想要什麼禮物。雲開想了想。「想要一塊紅色的石頭，心形的。」

心形什麼樣子雲開早就跟他講過，喜歡撿些奇奇怪怪的石頭和樹枝的丁異立刻點頭。

「好！」

「沒有石頭，寶石也行的。」雲開怕他又去深山裡找。「還有兩個月，不急。」

「我有紅色的，磨一個。」丁異拉著雲開的手，在她手心裡畫著。「這麼大的。」

「跟鳥蛋一樣大？」雲開想起她第一次見到丁異時，他從牆洞裡伸過來那隻抓著鳥蛋的黑乎乎的小手，心裡甜蜜又酸澀。

丁異似乎也想到了同樣的事，他又在雲開的手心裡畫了個橢圓形。「再磨一個，鳥蛋，給妳。」

臘月三十，天公作美，下了一夜的雪。大家在子夜放新年第一聲爆竹時，滿村閃耀的紅光照亮了天上紛紛揚揚而落的大雪，讓人見了就覺得心情甚好。

瑞雪兆豐年，總是沒錯的。安其滿搓著凍得發白的手掌回到堂屋裡烤了會兒火，才回了裡屋，見被吵醒的媳婦兒正在給兒子餵奶，兩人相視而笑，暖意融融。

「滿哥，這新的一年咱們還要平平安安的。」梅氏低聲道。

「平平安安的。」安其滿應了一聲，上炕看著媳婦兒懷裡吃得香甜的兒子的小腦袋，他心滿意足。「這一年，咱們一家都沒病沒災，平平安安的。」

梅氏也點頭。「滿哥，現在的日子好得跟作夢一樣，擱在以前我想都不敢想。」

誰說不是呢？這一步步地走過來，安其滿也沒想到一家子的日子能過得這麼好。大哥那邊的日子不好不壞也過得下去，二妹嫁了人，三弟來信說在登州也過得挺好，這日子可不是在盧安村時能比的。

「不過這日子過得也真快，咱們的大閨女就快要嫁人了。」安其滿滿是失落，雖然雲開不是他們的親閨女，但也是他們的第一個孩子，是陪著他們夫妻從最艱難的時候一步步走過來的。可以說若不是雲開，他們也沒有今日，在他們夫妻心裡，雲開就是他們的親生女兒，甚至更貼心許多。

「嫁了人也是住在咱們家隔壁，出這個門到那個門，這沒啥。」梅氏倒是想得開一些，因為再沒有比她的女兒嫁得更近的人家了。不過，三月是不是急了些？丁異的房子還沒蓋呢。「雲開嫁人，跟招上門女婿差不多，上沒公婆管著，下沒妯娌小姑添亂，過去就當家作主，以咱閨女的本事，日子過得一定差不了。」

「那倒是。」安其滿也閉上眼。「今年多給開兒些錢花用，繡嫁妝、打首飾，雖說丁異不挑理，但別人家閨女有的，咱家閨女就得有，還要是雙倍的！」

梅氏忍不住地笑。「瞧把你能的！」

「那是，媳婦兒可四里八村去看看，還有比妳男人更牛的男人不？」安其滿說笑起來。「咱要再加把勁，多生幾個兒子把家裡的生意做大，等這小子大了，咱倆也就能歇歇了。」

這小子還沒十天呢，他就又想多幾個了！梅氏真是又氣又笑。「快睡吧，現在都三更過半了，五更還得起呢。」

起五更是新年的習俗。聽到外邊的鞭炮聲一響，雲開便給妹妹蓋好被子，輕手輕腳地出屋了。祥嫂和秋丫起得更早，灶上已經冒了熱氣，水都燒好了。

秋丫見姑娘來了，趕忙兌好溫水讓她洗臉，祥嫂聽到老爺起身點了爆竹，便把昨夜凍好的餃子拿進來下了鍋。

雲開洗好臉後，端著熱水進了娘的屋子，臉上洋溢著新春的歡笑。「娘新年大吉大利，娘洗臉去晦氣。」

瞧她這一套一套的，梅氏忍不住笑出聲來。「我閨女這一年也大吉大利，越長越好看。」

「女兒已經夠好看啦。」雲開調皮地吐吐小舌頭，幫著娘親遞上手巾，待鞭炮聲響過，餃子煮好了，才到西屋去叫自己的妹妹。

梅氏還在月子裡不能出屋，所以一家人的餃子是在東屋的炕上吃的，梅氏抱著兒子，用筷子沾了餃子湯，點了點他的嘴唇，說了幾句吉祥話。「吃過飯你們先去大伯院裡給奶奶磕頭，記得要守規矩，不該說的一句也不要說。」

「知道——」雲開和雲淨同聲應著。

安其金宅裡今早當然也是吃餃子，安其滿帶著兩個閨女過去時，桌子還沒撤走，厲氏見兒子孫女來了，便一轉椅子正襟危坐。

雲開抿抿唇，跟著爹爹規規矩矩地給厲氏磕頭拜年，厲氏叫了起，給了雲開和雲淨每人五文錢的壓歲錢後，才問道：「二郎呢？」

「還睡著。」安其滿笑著回話。「娘給二郎取個大名吧，這樣叫著也方便些。」

厲氏點頭。「你爹早就取好了，二郎叫安成岳，三山五岳的岳。」

居然不是安成家……雲開和雲淨對了對眼神，都滿足地笑了。「二郎安成岳，好聽。」

「三山五岳，成岳便是登岳，會當凌絕頂，一覽眾山小。這名字好，大氣！」安其堂讚道。

安大郎立刻問道：「三叔，那我呢？」

「你的名字也好，更大氣！」楊氏搶在安其堂面前開口了。「娘啊，二弟帶著孩子過來了，我就去二弟妹那邊幫忙吧，要不客人去了也沒人幫著招待。」

雲好和雲朵一聽，也想跟著過去。二嬸在坐月子，家裡都是好吃的，而且她家屋裡暖和也乾淨，去了就算待著也舒坦啊。

還不待厲氏說話，安其金就站了起來。「妳去什麼去，大姊兒帶妹妹回去，妳們幾個跟我去拜年！」

成了親的女人是需要去拜年的，楊氏立刻站起來。「好啦好啦，咱快走，也沒幾家，拜完年我好去看二郎！」

大過年的也沒有攆客的道理，雲開轉頭問厲氏。「奶奶，那我帶著妹妹們先回去了？」

「收拾了桌子刷了碗再走！」厲氏眼睛一瞪，回了裡屋。

雲好立刻道：「大姊待著，我去洗碗。」

雲開挽起袖子。「人多收拾得快，一起吧。」

於是雲開和雲好洗碗，雲淨和雲朵打下手，四個小姊妹一會兒便把廚房收拾乾淨了。雲開就著廚房的溫水洗手時，三姊兒安雲朵看著她白嫩的手，驚訝道：「大姊的手變白了。」

雲淨開心地道：「因為我姊的身體越來越好，所以就越來越白了。」

「四妹這麼一說，我覺得大姊的臉也白了一些呢。」雲好仔細端詳雲開的臉，發現雲開白了後，越看越漂亮了，她心裡一陣冒酸水。

雲好的模樣隨了楊氏，長得五大三粗的，臉色也黑，本來有小姑、雲朵和雲開比著，她也不覺得有什麼，現在雲開變白了，再加上本來就不黑的雲淨，這樣一比就顯得她最黑了。

雲好拉住雲開的衣角，央求道：「大姊，是丁異哥給了妳什麼好東西抹臉嗎？分給我一點兒，成不？」

雲朵一聽有東西，趕忙道：「我也要，我也要！」

哪有什麼讓自己變白的東西，不過是丁異說，他現在有能力保護她，讓她不必再把臉抹黑了而已。雲開笑道：「我用的跟妳們一樣，走吧，咱們去我家吃點心糖果。」

一聽有吃的，安雲好和安雲朵立刻不管臉白不白了，拉著雲開和雲淨就往外走。

因媳婦在坐月子，安其滿把必須走的幾戶人家走過後，便急急趕回家中接待來拜年的人群。貧居鬧市無人問，富在深山有遠親，他家現在生意越來越好，丁異又回來做郎中，神醫的藥谷這些人進不去，但丁異岳丈家的大門還是能進的。

是以從大年初一早起開始，安其滿家來拜年的人便絡繹不絕。大年初一登門的人越多，代表這家人氣越旺，安其滿一直是笑容滿面地接待著，剛回家不久的安其堂也留下來幫忙待客。

出去了這幾個月，安其堂孤身在外也算是體會了一些世態炎涼，對這待他真心好的二哥更加親近了，留在這裡幫忙也是實心實意的。他放下讀書人的架子後，言談話語詼諧風趣，總能讓來賓滿意帶笑，安其滿看了欣慰不已。

西屋吃糖的一幫子小姑娘和東屋陪著梅氏說話的一群媳婦，都議論著安其堂的變化，說他這是通透了。

「也不曉得三叔在外邊這段日子到底見識了啥？」安雲好跟雲開嘀咕，許是受了楊氏給人做跑腿傳話營生的影響，前幾年還悶聲不響只知道吃的安雲好，這兩年也越發地好事了，遇到什麼都要轉著眼睛想半天，眼睛還賊亮賊亮地偷笑。

看到安雲好笑得跟她娘楊氏一模一樣的，牛二妞就渾身不舒坦，拉了雲開嘀咕。「妳這妹妹將來可不得了。」

雲開默默獎勵自己的好閨密一塊糖，表示對她的話的認同。

跟著什麼人學什麼人，安雲好兩姊妹跟著楊氏和厲氏，怕是學不好了。雲開不是聖人，沒心思也沒精力教她們怎麼做人，再說各人有各人的活法，自己覺得她們這樣不好，興許人家覺得過得舒坦著呢。

「老爺，寧大少爺和曾二少爺來了。」負責在門外迎客的山子進來報信，滿是驚喜。

雲開的手一抖，糖塊落在炕上。牛二妞立刻問道：「怎麼了？」

「寧大少爺來了呢！大姊，曾二少爺跟妳能玩到一處，過來還有個說道，寧家跟咱們家有這大年初一拜年的交情嗎？」安雲好立刻扒著門簾往外望，琢磨著寧致遠過來幹什麼。

雲開臉色凝肅，她下炕穿上鞋子。「我出去看看，雲好照顧好三妹四妹。」

「我也……」安雲好還沒說完，就被雲開打斷了。「屋裡待著！」

安其滿見到這兩人來了，也是丈二金剛摸不著頭腦，不過還是笑著把人迎進來，互相說著拜年的吉祥話。

寧致遠見到雲開滿是戒備地走出來，便含笑道：「安姑娘安好。」

曾八斗見到雲開，騰地站起來，磕磕巴巴地道：「安……姑娘，安……」

「寧大少爺新年大吉大利，曾二少爺新年萬事如意。」雲開屈膝問了好，便拿著茶壺進了東屋，因她見寧致遠的表情，便知他不會是大年初一過來找不痛快的。

果然，寧致遠道：「寧某去曾家拜年，聽到八斗說要上您家拜訪，寧某便跟著來了，唐突之處，還請安二叔見諒。」

「哪裡哪裡，我們歡迎還來不及呢。」安其滿笑道，他旁邊的安其堂遇到寧致遠，臉色卻差了一些，退到一邊不說話。

裡屋的雲開抽抽嘴角，二叔？他怎麼叫得出口！

「這寧大少爺比二哥小不了十歲吧？怎麼還叫上叔了？」郝氏捂著嘴，驚訝得不行。就算二哥家生意好，但也搆不到寧山長這樣的人家啊，這寧大少爺是為啥過來的？

不會……是為了大姊兒吧？可大姊兒已經許給丁異了啊！郝氏和牛二嫂等人妳看我我看妳，實在不曉得這是發生了啥事。

莫說是她們，安其滿和梅氏也是一頭霧水，直到曾八斗和寧致遠告辭也沒猜到個頭緒，因為他這模樣，倒似真的是來拜年的。

出了安家上馬往回走的曾八斗嘀咕道：「雲開變好看了。」

寧致遠微微點頭，妹妹今天臉色比起前幾日又白了一些，眉目之間光華漸放，奪人目光。

「因為丁異回來了，所以她不再掩藏自己了呢。」曾八斗說得有些失落，暗恨這裡不是南山鎮，若是在南山鎮，他一定央求他爹，讓他爹把雲開給他搶回來做媳婦兒！

兩人剛回到青陽城，便見一身絳紫色長袍的曾九思長身玉立於城門不遠處，臉色很難看。曾八斗趕忙跳下馬跑過去。「哥，怎麼啦？」

「你先回去，我有話跟寧大哥說。」曾九思壓著火氣道。

曾八斗見哥哥生氣了，也不敢多問，拉著馬直接走了。寧致遠走到曾九思面前。「九思尋我何事？」

「街上的傳言，是不是真的？」曾九思壓著怒火問道，本來他還想因為恩師的門路忍著把師妹娶進門的，但現在……

寧致遠皺眉問道：「什麼傳言？」

「安雲開是不是寧若雲？」曾九思直接問道。

寧致遠如遭雷擊。「你從何處聽來的，無稽之談！」

曾九思冷笑。「寧致遠，我與你相識近二十載，你還想瞞我？你什麼時候知道的？你們不是說寧若雲是個傻子嗎？安雲開哪裡傻？她明明精明得很！這麼說，傳言都是真的了？」

「到底什麼傳言？」寧致遠急急問道。

曾九思甩開他的手。「你自去街頭聽一聽，那些話著實令我難以啟齒！」

寧致遠心中的不安越來越大，他立刻派了小廝去街頭探聽，不一會兒便傳回消息。「街上有人說夫人……虐待嫡長女，自小不教大姑娘東西，還把她關在一個小院裡關成傻子……後來又為了奪大姑娘的夫婿，把她哄騙出府交給人販子……」

寧致遠一把抓住小廝的衣裳。「誰說的？」

小廝低頭。「今日是大年初一，大夥兒都出門拜年，人人都在說，消息傳得飛快，小人也尋不到源頭……」

「廢物！」寧致遠面目猙獰，完全沒有了往日的儒雅。「回府，快回府！」

第二十七章

寧致遠回到府中，只見門口等著討喜錢的乞丐和看熱鬧的人群已經把大門圍住了，好事的人們見到寧致遠回來，立刻圍攏上來追問著。「寧大少爺，大夥兒說的都是真的嗎？您親妹妹不傻，是被繼母給害的？」

「寧致遠，富姚村的安雲開真的是你親妹妹嗎？」

「寧致遠，你這樣的人也算人的親哥，你配嗎？你對得起你娘嗎？」

「你剛才是不是去富姚村安家拜年了，若安雲開不是你妹妹，你為啥要去安家拜年？」

「……」

寧致遠一言不發地擠過人群，站在自家臺階上拱手道：「各位父老鄉親，寧某的妹妹若雲是體弱多病而去的，寧某相信謠言止於智者……」

「什麼謠言，你妹妹葬在哪裡了？」有人高聲問道。

寧致遠心頭一跳，不曉得如何回答。

「別當咱都是傻子，你們不是給她在寧家田莊南邊的樹林裡立了個墳嗎？有人扒開看了，裡邊是空的，你妹妹根本就沒有死！」

寧致遠臉色忽變。「寧某昨日才去看過，我妹妹的墳墓安好，你等莫要信口雌黃！」

說完，他不再理這些人，狼狽地逃進府中，命人關緊大門。同樣被人追問回府的寧適道也是臉色鐵青，最重名譽的他被人這般指責怒問，簡直比殺了他還讓他難受！

「父親……這可如何是好……」寧致遠手足無措，完了，一切都完了。

寧適道畢竟老練了些。「為父已派人去打聽謠言的出處，想必很快就會有消息。」

果然，消息很快傳了回來，原來是容嬤嬤的丈夫和兒子傳出。

「他們把容嬤嬤臨死前留下的信抄寫了無數份，到處貼在醒目的地方，眾人出門拜年在牆上見到信，才知道這些事。」

下人雙手呈上一封信，寧適道接過後一看，氣得手發抖，又遞給寧致遠。

寧適道後悔萬分，當時就不該心慈手軟，留下這樣兩個後患！「寧忠他們父子現在何處？」

「小人帶人去搜過了，田莊已人去屋空。」管家低聲道：「老爺，寧忠怕是還捲走了一批錢財，他管的那個田莊帳目一直有些問題。」

寧適道氣得咬牙切齒。「便是挖地三尺，也要將這兩個人給我挖出來！」

管家退下後，父子二人在書房內半晌無語。

「父親，此事既然已經揭開，咱們索性就坦誠為好……」寧致遠低聲道。

「如何坦誠？」寧適道抬起頭，神情疲憊，無論如何坦誠，他們寧家的聲望算是完了。

大年初一正是各家無事可以看熱鬧的時候，有人到寧家來看熱鬧，自然有人去富姚村看熱鬧。雲開的家也被人圍住了。

安其滿和梅氏聽了這些話，完全愣神了。「不可能，我家閨女又不是傻子，怎麼可能是寧家的傻閨女，你們可別亂說！」

見這家人真是不曉得這件事，眾人趕忙七嘴八舌地說了一遍，再問：「安老爺，事出必有因。青陽縣這麼多閨女，為啥人家不說別人是寧家的姑娘，就說你家的？」

「是啊！那被害死的婆子可是寧大姑娘的乳娘，是她把寧大姑娘從小帶大的，她說是，肯定就是了。」

「……」

眾人把安其滿說得頭大了，安其滿晃晃腦袋道：「我不管他們怎麼說的，我閨女就是我閨女，誰也搶不走！」

說完，他命人關了大門，不再見客。

鄧雙溪也派人來跟雲開說了這件事，並給了她一封被貼在牆上的書信，容嬤嬤在信中一一寫下關於江氏嫁至寧家後如何不待見剛剛失母、不足一歲的寧氏長女的種種行徑，甚至提到寧家父子如何忽視寧若雲，江氏因而肆無忌憚，最終為了自己的親生女，將寧家長女誘騙出府終致被人販子拐賣不知所蹤。而容嬤嬤見到雲開後認出她來，寧家父子不欲家醜外揚有意殺人滅口，容嬤嬤為求自保，故寫下證據。

如今容嬤嬤死得不明不白，這封信看起來更尤為可信。

「不如跟二叔二嬸說了？」丁異看過後，低聲問道。

雲開點頭。「我去跟爹娘說。」

看出她的緊張，丁異握住她的手。「別怕，他們不會，怪妳。」

雲開咬唇。

「還有我在。」丁異安慰道，無論如何，他都會陪在她身邊，不離不棄。

雲開用力點頭，與丁異去了東屋，爹爹、娘親、妹妹和弟弟都在。

梅氏安撫道：「開兒，到娘身邊來，別怕，沒事，讓他們說去，沒啥大不了的……」

雲開脫鞋上炕，守在娘親身邊，待丁異把雲淨帶到西屋去玩後，她才雙膝跪在爹娘面前賠罪。「娘，外面的人說的都是真的，女兒的確是寧家女。」

安其滿和梅氏都驚呆了，安其滿好半晌才問了一句。「妳……妳既然……既然知道，為啥……」

雲開搖頭。「女兒一開始來到爹娘身邊時腦子一直是迷迷糊糊的，後來才漸漸清醒，但是也記不清楚以前的事，不曉得自己是哪裡人，不曉得家在何處，是後來隨著爹娘到化生寺燒香遇到寧夫人和寧致遠，女兒才認出他們。」

雲開低聲道：「女兒以前……可能真是傻的，女兒不記得自己是怎麼從寧家出來的，只記得曾經住過那個巴掌大的小院，記得那裡的人都對女兒不好，女兒……害怕，不想回去，所以才沒有跟爹娘說，當時也怕嚇到你們，也怕你們……知道了，不要我……」

想到女兒真的受了信上說的那些苦，梅氏的眼淚就忍不住落下來。「開兒，娘的開兒啊，妳的命怎麼這麼苦呢……這些人怎麼能……」

雲開趕忙拿了帕子遞給娘親，哄道：「娘別哭，月子裡不能哭的。那都是以前的事，女兒遇到爹娘後一點都不覺得苦，娘別哭。」

待梅氏止住悲聲後，安其滿才嘆了口氣。「妳清醒後能識字，還有這樣的見識，爹就知道妳不是一般人家的姑娘，沒想到還真是……」

自己會的那些可不是寧家教的，寧家什麼也沒教寧若雲！雲開低頭，沒有辯解。

「開兒，現在事情鬧成這樣，妳打算怎麼辦？」梅氏問道。

「別理會就好了，反正在寧家父子的眼裡，女兒就是個必須關起來，免得給他們丟人現眼的傻子。爹娘覺得女兒傻嗎？」雲開問道。

安其滿和梅氏異口同聲道：「當然不傻！如果開兒傻，咱們家的好日子是怎麼來的？」

雲開暖暖地笑了。「那就好了。跟著女兒在小院裡被關了九年的容嬤嬤死了，現在沒有人能證明我是寧若雲，這一切都是人們瞎傳的罷了，咱們安安生生地過自己的日子，他們鬧他們的，跟咱們無關。」

「可他們那麼欺負妳，太便宜他們了！」梅氏替女兒不平，這麼好的閨女還往外扔，寧家人是眼瞎了還是心殘了？

安其滿比媳婦看得遠。「便宜不了他們，寧家是書香門第，最重的就是名聲和清譽。出了這樣的事，他們怕是所有清譽都沒有了，寧致遠的前程也毀了，寧適道的山長位置還不知道保不保得住，沒了這些，他們家算個啥，連咱們都不如！」

這話解氣！梅氏也道：「妳爹說得對！他們沒好日子過了，咱們死不承認，他們愛怎麼樣怎麼樣！」

雲開摟著滿是奶香味的娘親，落下了眼淚。在知道傻妞的身世之後，她曾設想過，也擔心過爹娘知道真相了會怎麼樣，現在她的心安了，因為現在這種情況是最好的，比她想的還要好，爹娘對她的感情比她想的還要真。

在她還是個傻子的時候，娘就真心待她了，這世上再也沒有比娘更好的人了，老天爺一定是憐她上輩子沒娘，所以才把她送過來，讓她過上有娘親疼愛的好日子！雲開的眼淚撲簌簌地掉。

見她們母女相擁而泣，安其滿便輕輕去了西屋，跟拿著小木人兒的雲淨道：「淨兒，去看看弟弟，爹有話要與妳丁異哥說。」

雲淨鼓起小腮幫子。「姊姊有話要與爹娘說，就讓淨兒出來跟丁異哥哥玩；爹有話與丁異哥哥說，又讓淨兒去找娘和姊姊玩，淨兒生氣了！」

安其滿笑著揉了揉小女兒柔軟的頭髮。「淨兒太小了，所以煩心事只讓大人煩就好，等妳長大了再由妳煩，到時候爹娘什麼都告訴妳。」

「那淨兒什麼時候才能長大？」安雲淨依舊鼓著小臉。

「每天多吃飯、好好睡覺，等妳長到姊姊那麼高時就長大了。」安其滿認真道，想到雲開像淨兒這麼大時承受的折磨，心裡又是陣陣發疼，很想衝去將寧家父子揍一頓給閨女出氣！

有了目標的小雲淨立刻蹦蹦跳跳去找娘和姊姊，安其滿這才與丁異道：「開兒的身世，你早就知道了？」

丁異點頭。「化生寺。」

……

也就是說，雲開知道了自己的身世後，第一時間就告訴了丁異……

安其滿默默地消化著這個讓他難以接受的消息，覺得自己沒必要再講下去了……

「二叔，雲開把你們當親爹娘。她不想離開，只想，好好跟著你們。」

果然什麼都不用說了，本來還擔心知道雲開的身世會有猶豫的丁異，已經反過來勸說他了。安其滿默默地拍了拍丁異的肩膀。「丁異啊，二叔勸你一句，你這樣下去會被我閨女吃得死死的，會被人家說怕媳婦兒的。」

丁異傻傻地笑了。「二叔，也是。」

他怎麼會怕媳婦兒！安其滿立刻反駁道：「那不是怕，是敬重，你二嬸在我啥都沒有的時候就嫁給我，跟我一塊兒過苦日子，還給我生兒育女。我想讓她高興，才不拗著她的意思。」

丁異依舊傻傻地笑。「我，也是。」

你也是個鬼頭！我把閨女嫁給你了嗎？我閨女給你生孩子了嗎？安其滿滿腦袋黑線，不再搭理這個死小子，轉身回東屋去看自己的媳婦兒和孩子們。

孩子們……他現在有三個孩子了，有兒有女，人生無憾了！安其滿走了兩步，又樂呵呵的了。

丁異低頭，繼續用匕首削著手裡的木頭人兒。二叔說的他都懂，他與二叔也真的不一樣，他還不如二叔。雲開與他相遇時，他不光啥都沒有，還有一個酒鬼爹、一個陰沈得可怕的娘，還是個人人嫌棄、髒得沒法見人的磕巴，只有雲開不嫌棄他，跟他一起玩。想到小時候的雲開隔著牆洞眼巴巴地等著他的小模樣，丁異就滿眼溫柔。

如果沒有雲開，他不能想像自己會怎麼過日子。

他的生活裡只有雲開，以前是，現在是，以後……還有他和雲開的孩子。

安其滿一家人正在說著話時，祥嫂快步走進來。「夫人，老夫人來了。」

梅氏和雲開同時皺起眉，不用想也知道她來做什麼。不過人既然已經來了，總不能拒之於門外，梅氏開口道：「他爹，你快去迎迎。」

安其滿快步去了，一會兒便帶進來一大家子人——不只厲氏來了，安其金一家子和安其堂也來了，眾人進屋後就盯著雲開猛看。

這一大幫子帶進來的寒氣，把屋裡的熱氣都衝散了，雲開不想這麼多人打擾娘親坐月子，便出面招呼道：「奶奶、大伯、大伯娘、三叔請坐，祥嫂、秋丫，先上茶點。」

厲氏烤了火先進裡屋看過孫子，才出來坐下，陰沈沈地盯著雲開瞧。楊氏則自始至終地盯著雲開的臉，雖然沒啥證據，但是她就相信街上那些話，安雲開就是寧家被拐子弄走的大姑娘！

「大姊兒，妳小時候的事妳都不記得了？」楊氏首先開腔。

雲開搖頭。「記得一些，但是記不清楚了。伯娘想問我是不是寧家的女兒吧，您覺得我是嗎？」

楊氏立刻點頭。

雲開就笑了。「我要是寧家的女兒，為啥不回寧家，還住在村裡？」

楊氏一拍大腿。「要不是有寧夫人那個黑心後娘，妳早就回去了！妳又不是傻子，會放著金窩銀窩不住，偏住咱們這泥窩！」

「就是！」厲氏跟著點頭，大兒媳婦說得太有道理了！

雲開笑了。「奶奶和伯娘覺得，以我的本事會鬥不過寧夫人？」

厲氏。「……」

楊氏。「……」

雖然不想承認，但是這幾年來她們還真沒見雲開懼過誰，若她真是寧家的大姑娘，以這精明的腦袋，可能寧夫人還真鬥不過她。

「再說了，就算我鬥不過，還有丁異呢。我和丁異在一起，誰鬥得過我們？」雲開又問。

看著雲開邊上安靜無聲但明顯雲開說什麼他就幹什麼的丁異，兩人更不吭氣了。

安其堂道：「娘、大嫂，大姊兒說得在理。若她真的是傳聞中那個被害得極慘的寧大姑娘，她為何不回去自清身分，報復那些欺負她的人？她和丁異一起，還有什麼幹不成的事？」

丁異那一手能醫人又能害死人的本事，哪個不怕？

安其金悶聲道：「若大姊兒不是寧家女，為啥人家不說別人，偏說她呢？」

「就是！」厲氏和楊氏異口同聲道。

安其滿沈著臉道：「那得去問造謠的人安的啥心，怎麼會問我們家大姊兒？」

「二弟啊，你可得琢磨明白了，萬一大姊兒真是寧家的大姑娘，人家早晚要把她找回去的，到時候你可不能吃虧！」楊氏見安其滿還這麼榆木腦袋，趕忙提醒道。

「大姊兒是我閨女，誰也不能把她帶走！」安其滿才不理大嫂那會算計的腦袋裡想的什麼吃不吃虧、狗屁不通的道理，說得斬釘截鐵。

眾人一時沈默。

安其堂打圓場道：「二哥莫急，我們也是剛聽說了這件事，所以過來看看是怎麼回事。

既然不是真的，咱就不要理外邊那些閒言碎語，關起門來安生過自己的日子便好。」

現在安家日子過得最好的就是老二一家子，大夥兒見安其滿生氣了，也不敢再說什麼，又表達了幾句關心，話便圍著家裡新添的孫子展開，熱熱鬧鬧地聊了起來。

大人聊得熱鬧，孩子卻覺得沒趣，小姊妹們湊到雲開屋裡去玩，丁異還是在安其滿身邊陪著。西屋內，二姊兒安雲好不住地看雲開，憋了半天才問道：「大姊兒，妳就一點也不好奇嗎？不好奇妳親生爹娘是誰？」

雲開抬起眼睛。「我看是你們比較好奇吧？」

安雲好抿抿嘴，吶吶地不敢說話。

「我記得我親生的爹娘是誰，何必好奇？」雲開淡淡地說了一句，便看著雲淨和雲朵翻花繩，不再說話。此時的她內心真的很平靜，因為厲氏這一幫子人在爹娘強大起來又有了兒子後，完全不是個事兒！

多行不義必自斃，若不是寧家父子為了掩蓋過錯而殺了容嬤嬤滅口，也就不會有今日的惡果。他們家現在一定亂透了。

雲開托著下巴，畢竟紙是包不住火的，這件事情被捅了出來，必會有很多人出面指證他們所知道的「真相」，已無法一筆揭過，寧家父子想度過這場危機只有一個辦法——讓真正的罪魁禍首江氏認罪。

江氏這回是玩完了，雲開挑起嘴角。

青陽城鄧府內，鄧雙溪之子鄧霍達咧著嘴笑得痛快。「寧家的名聲這次算是損了大半，接下來就要看寧適道怎麼挽回了。」

「以寧適道自私自利的性子，怕是會棄車保帥，推他夫人出來認罪。你明日去江家拜年時，提點你姑姑幾句，別讓她犯傻，過去給江氏撐腰。」鄧雙溪吩咐道。寧適道的夫人江氏的大嫂鄧氏，乃是鄧雙溪的堂妹，鄧霍達大年初二要去給姑姑拜年，順便跟她提一提最合適。

其實，便是鄧霍達不提，鄧氏壓根兒也不會去保江氏，畢竟江家現在的情況也不好，只能低調再低調。江氏做的那些事，足以讓她身敗名裂了。鄧雙溪與雲開和丁異之間有約定，他要幫著雲開對付寧家，現在還沒真正出手，寧家人自己就亂了，他求之不得！

另一邊，日升記白家的人也在議論這件事。白家家主白建業吃著茶，眯起眼睛。「寧、江兩家這次勢必要傷筋動骨，這段時間你不要妄加評述，也儘量不要跟寧致遠和江家子弟一起混，對了，還有曾九思。」

白家少東白雨澤立刻稱是。「現在寧家傳出這種醜事，曾九思與寧若素的婚事怕是要黃了。」

白建業冷笑。「曾家也不過是土財主罷了，搬到青陽縣後根基全無，與寧家訂親不過是想攀附罷了，寧家若是倒了，他們自己會跟著散，以目前的情況，他們恐怕是會先觀望，看寧家如何應對再說。」

一個個的，都是人精。白雨澤眼睛瞇了瞇。「爹覺得安雲開會是寧若雲嗎？」

「此事除了安雲開和死去的容嬤嬤之外，旁人怕是沒有辦法拿出證據，不過為父覺得是。」白建業道。

白雨澤疑惑著。「但我聽說寧若雲是個傻子，寧家人還說得繪聲繪影的，這也能有假？她走失時不過是個八、九歲的孩子，便是心機再深，也裝不出來吧？」

白建業也擰起眉頭沈思。「寧適道年輕時在青陽聲望頗高，想嫁給他的女兒家不在少數，他現在的夫人江氏在他原配夫人活著時就對其傾心不已，據說一直認定是原配夫人仗著與寧適道的娃娃親破壞了她與寧適道的好姻緣。若這麼推測下來，之後江氏得償所願嫁入寧家，對寧若雲會如何不待見也是可想而知，真把一個好好的孩子關成了傻子也是有可能。」

一個人若是心懷怨恨，什麼事情都做得出來。

白雨澤沈默一會兒道：「兒覺得以容嬤嬤的男人和兒子的能耐，應掀不起這麼大的風浪，這件事一定是有人給他們支招了，爹覺得這個人是誰？會不會是安雲開？」

白建業搖頭。「她一個小丫頭再有本事也做不到。」

「父親也知安雲開聰慧多謀，而且她還有丁巽幫忙，丁巽這次回來，帶的人可不少。」白雨澤笑道：「他們小倆口若想藉機給寧家添些不痛快也有可能，畢竟寧家與他們已有過幾次不快。」

「若只是幾次不快，她應不會針對寧家。安家人不是那麼不知深淺的，但若安雲開真的是寧適道的女兒，此事便說得通了。」白建業道：「這寧夫人的罪過實在不小，江家和寧家怕是都容不下她了。」

「寧適道如今以生病為由關著江氏，怕也不見得是真病了。」白雨澤分析道：「不過江家怎麼就不見動作？」

「江家的靠山出了事，他們哪來的精力去管一個出嫁的女兒？」白建業撫鬚。「不管如何，為人還是要厚道，不可投機取巧，不可做虧心事，天網恢恢疏而不漏，報應總會來的。」

白雨澤點頭應下。

熱熱鬧鬧的大年初一，因為有了寧家的八卦，顯得更為熱鬧，幾乎家家戶戶都在談論這寧家秘辛，說完總要一嘆，沒想到品德雙修的寧山長，竟娶了一個這樣的妻子！

這一天是起五更的，所以晚上大夥兒都睡得早，第二天依舊是爆竹聲聲，圍住寧家大門的人，比昨日還多。但不管外頭怎麼說怎麼喊，寧家大門緊閉，無人出面應答一句。

院內，徹夜未眠的寧家父子在書房來回踱步，焦躁不已。

寧致遠皺眉說道：「爹，容嬤嬤出府時咱們仔細檢查過，她身上並沒有書信，寧忠父子手裡的書信是哪裡來的？會不會……是有人假借容嬤嬤之手，陷我寧家於不義？」

寧適道煩躁道：「現在說這些還有什麼用，莫說咱們找不到寧忠父子二人，就是找到了他們，他們親口說這一切是假的，你覺得外面那些人會信嗎？眾口鑠金積毀銷骨，現在最重要的是咱們要如何解決此事！」

解決？寧致遠低頭。「兒出去請罪，告訴鄉親父老，你我父子對這些並不知情……」

「他們會信嗎?!」寧適道吼道：「都怪那個賤婦，賤婦！」

在寧家父子正煩心之際，寧家大門外不遠處一輛馬車內，雲開看了一會兒始終圍繞寧府不去的人群，放下車簾，冷笑一聲。

丁巽握住她的手。「咱們，回吧？」

雲開搖頭。「再看看，看寧家人怎麼推江氏出來擋刀子。」

丁巽點頭，胳膊悄悄從雲開身後繞過，把她摟在懷裡，只說了一個字。「冷。」

雲開把頭靠在他的肩膀上，靜靜聽著外邊的叫罵。

這些不堪入耳的罵聲針對的是寧家人，雲開第一次覺得原來叫罵聲也可以如此順耳。半晌後，丁巽低聲道：「不氣。」

「嗯。」雲開應了一聲。「丁巽，你會不會覺得我太狠了？」

寧忠父子將容嬤嬤從寧家抬出來時，她身上的確沒有書信。那封書信是雲開寫的，並用藥迷暈了寧忠父子，親手將信放進容嬤嬤的鞋底中。寧忠父子見了信後自然憤怒不已，合計了許久，找好後路後，才在除夕夜四處張貼告示，讓人知曉寧家的罪行。

不過，他們只在重要路口張貼了二十份，其餘的八十份，乃是丁巽讓人模仿寧換的筆跡抄寫張貼的，因為丁異早已派人暗中跟著他們父子，所以知悉他們的安排。不過他們會選在除夕夜揭發此事，還是出乎雲開和丁異的意料，原本以為他們會再拖些時日的，畢竟他們選的「後路」還不算真的後路——這父子二人此時躲到了鄉下，要等待明年開春後隨船南下再謀生計。

丁異用臉頰貼了貼雲開的額頭。「不狠，他們壞。」

雲開抿抿唇，若不是從鄧家那邊得到消息，得知寧家父子竟然打算邀請那個本打算與寧若素訂親的樓知縣夫人的姪子方簡修來青陽作客，她也不會如此。

寧家一方面想辦法逼她回去，一方面又找方簡修過來作客，他們想幹什麼，昭然若揭！看這回他們還怎麼算計她。

丁異的胳膊又緊了一些，他不在的時候，雲開只能靠自己，現在他回來了，那些惡人就由他來擋著！

「開門，開門了！」

寧家門外的眾人一陣哄嚷，雲開也悄悄把車簾撩開一個小角，見寧適道與寧致遠走了出來，站在門外的臺階上，直面眾人的批評。寧致遠低著頭看不清表情，但寧適道依舊抬頭挺胸，面色悲悽，似乎他受了什麼天大的委屈一樣。

裝腔作勢！

待眾人叫喊了一陣出了火氣後，寧適道才一躬掃地。「因我寧家的家事，擾了大家過年的心情，寧某惶恐。」

「少廢話，你家大姑娘到底怎麼回事！」混在人群裡的楊氏大聲問道：「那容嬤嬤的信上憑啥說我姪女就是你家閨女！」

她姪女？眾人都看向代表安家出場的楊氏，目光透著熱切。楊氏很是享受這種目光，臉上的怒氣越發地誇張了。

寧適道解釋道：「開賀七年，寧某九歲的女兒在八月十五那夜走失，寧某派人四處尋找無果，只得對外宣稱若雲身體不適在別院靜養，一邊暗中繼續加派人手查訪，只是若雲自此卻如泥牛入海，消失得無影無蹤。」

寧適道說到此處，一臉傷心欲絕。「我們尋找多年都沒有她的消息，這才死了心，對外宣稱小女若雲病逝，並為她在南山設了衣冠塚。」

楊氏又喊道：「既然已經死了，現在為何又找到我家姪女身上？」

寧適道答道：「幾年前，安姑娘曾隨小神醫到寧家為內子診病，容嬤嬤見了雲開的背影便說是我家若雲，但安姑娘矢口否認，且她手臂上也沒有胎記，我們以為是空歡喜一場。不想去年八月，容嬤嬤又在街上遇到安姑娘，仍口口聲聲說她是我家若雲，回來後恍恍惚惚，總說夢到寧某的亡妻來尋她，問她為何沒有照顧好若雲，就因為容嬤嬤此言，我和致遠才找上安姑娘一再確認她的身分，哪怕只有一絲期望，我們也不想放棄……只是這不久之後，容嬤嬤便神智不清一病不起，最終撒手人寰。

「容嬤嬤何時留下這樣的書信，寧某並不知情，但寧某可對天發誓，寧某並未加害她的性命，否則讓寧某天打五雷轟，不得好死！」

都發誓了呢，該不是了吧？人群中忽然有人喊道：「你沒害，那是不是你家裡的人害的？」

寧適道搖頭。「寧某還在查，目前並無證據說容嬤嬤是被人害死的。」

「那你家大姑娘到底是不是傻子？」楊氏又喊道。

寧適道抿抿唇。「寧某的亡妻生若雲時難產，這孩子是比別的孩子長得慢一些，身子也弱，但並不是完全的癡兒。」

「那就是有點傻嘍？」有人問道：「信上還說你們一直關著她，不讓她見人是真的嗎？這是為了啥？」

「這更是無中生有的謠傳啊！」寧適道老淚橫流。「若雲體弱，小時候一吹風便會生病，我們不讓她出來，是怕她生病，如此悉心看顧，怎麼會傳成這樣？她是我的亡妻拚了命生下來的孩子，諸位拍著胸口問一問，若是你們，會不會苛待自己的親生骨肉？我寧家便是再不濟，也不會容不下一個女兒！」寧適道口口聲聲地道：「試問諸位，我寧適道年過不惑，四十年來可曾做過什麼惡事？」

眾人沈默。

「你沒做，但你媳婦做過！且不說你們寧家有多少丫頭死在她的手上，便是前幾年她去南山鎮求醫遇匪時，聽說也扔了好幾個丫鬟給惡匪，就是為了自己能活命！」人群裡有人喊道：「難道那些丫頭就沒爹沒娘了？」

「就是，這事我也聽過！」又有人嚷道：「丁子口胡同劉志高的妹子就是這麼死的，劉志高去找了你家婆娘，後來就被人亂棍打死了！」

「嘩——」眾人議論起來，矛頭果然對準了江氏。

一會兒又爆出江氏許多苛待僕從丫鬟的閒話，寧家父子在上頭卻不替她說一句話。

這是果然要用江氏擋刀了，雲開放下車簾。「咱回吧。」

馬車緩緩前行，遠離了城裡的是是非非，待回到富姚村村口時，馬車卻被人攔住了，曾八斗在外邊叫道：「傻妞、小磕巴，你們給我下來！」

這稱呼真是好久沒被人叫過了，雲開忍不住笑出聲。「這稱呼還真是讓人懷念。」

丁異也翹起嘴角，小時候他倆躲在草垛裡一起度過的日子，還真是讓他懷念。

「下來！」曾八斗急得跳腳。「下來！」

雲開掀開車簾。「你要做什麼？」

看到雲開帶笑的眼睛，曾八斗的怒火立刻就沒了，手腳並用地爬上車。「你們還笑，都啥時候了還笑，曉不曉得發生什麼事了？」

丁異用腿擋著不讓他爬過來，曾八斗只得坐在門邊的小凳上。「安雲開，妳不是寧若雲吧？」

雲開好奇問道：「你見過寧若雲？」

「見過啊！」曾八斗嫌棄道：「我小時候經常去寧家玩，扒著牆頭見過她蹲在院子玩泥巴，用石子打她她也呆呆的，連哭都不會。」

雲開抿抿唇，她的記憶裡沒有這個小胖子。如果有的話，她也不至於在化生寺遇到江氏母女才想起傻妞的身世。

「不過話說回來，容嬤嬤認錯了妳也正常，妳們年歲相當，她老眼昏花，錯看了也有可能。」曾八斗說完又用力搖頭。「不過妳一定不是！」

她是自己喜歡的女人，怎麼可能是跟大哥訂親的那個傻妞？何況雲開一點也不傻，她精明著呢。曾八斗用力點頭。

馬車繼續向村裡走，雲開問道：「你家知道這事了？你爹娘怎麼說？」

曾八斗嘆口氣。「還能怎麼說，鬧成一團了，你們沒看我逃出來了？丁異，我待會兒跟你回藥谷玩行不行？好久沒去了。」

丁異自然不會理他，曾八斗也習慣了他裝啞巴，又接著嘟囔道：「寧山長家的破事說也說不清楚，誰又知道真相如何？若說寧山長和致遠大哥苛待寧若雲我不信，但若說寧夫人虐待她，我是信的，誰家嫡出的大姑娘身邊只有一個婆子伺候？我曾家庶出的妹妹身邊還有四個丫鬟、兩個婆子跟著呢……」

曾八斗一直叨咕到雲開家門口，又硬蹭著跟丁異一起進了安家。

安其滿見到曾八斗，也照例笑呵呵地接待了。曾八斗給安其滿見了禮後，繼續跟丁異和雲開講。「不過我哥對這事挺生氣的，他把自己關在屋裡，任誰叫也不開門，也不曉得要幹啥。」

丁異和雲開對視一眼，雲開問道：「那你父母對你大哥和寧若素的親事怎麼看？」

「還能怎麼看？抱怨丟人唄。」曾八斗也煩。「這下好了，我大哥又成笑話了，他那麼要面子的人，還不曉得怎麼生悶氣呢！要是我，誰說我我就直接揍回去，看哪個王八犢子還敢找事！」

丁異不想曾八斗在這裡胡說八道，拉了他一起離開安家回藥谷去。

待他們走後，雲開進裡屋看娘親，給爹娘講了在寧家大門口發生的事情，梅氏嘆了一口氣。「沒想到寧適道是這樣的人，發誓有什麼用？他這樣狠心腸的人還怕什麼發誓，反正他早晚要下地獄的。」

安其滿則道：「他當眾否認了容嬤嬤信裡寫的每一件事，不認咱們雲開是他家閨女就好，其他的咱不管，自有老天收拾他。」

梅氏拍著剛吃完奶的兒子後背讓他打嗝，輕聲道：「但願這件事能就這麼過去，別再出么蛾子才好。」

她的話音剛落，院子裡就響起了低沈的狗吠聲，一會兒聽到楊氏的大嗓門傳進屋內，剛睡著的小二郎嚶嚶地哭了起來，安其滿三人都皺起了眉頭。

楊氏也不用人招呼，自己走進堂屋抓了一把糖在門簾外問了一句。「弟妹，醒著嗎？」

梅氏只得應聲。「大嫂進來吧。」

楊氏樂呵呵地進了屋，掃了一圈，隨口問道：「四姊兒呢？」

「去找花兒玩了。」郝氏的小閨女安大梅比雲淨大三歲，兩個小丫頭能玩到一塊兒去。

「這丫頭，也不去找我家三姊兒玩！」楊氏隨口抱怨了一句，就繪聲繪色地講起了寧家門口的鬧劇，說完後她掃了雲開一眼。「大姊兒，我記得妳胳膊上有塊紅色胎記吧？我記得妳娘給妳洗澡時我見過一回，真真的。」

雲開剛到安家時髒得跟個泥猴兒一樣，梅氏給她在屋裡洗澡時，楊氏拎熱水進去見過她胳膊上的胎記，泡在熱水盆裡挺顯眼的一塊。

梅氏嚇得不行，趕忙道：「大嫂說什麼呢，大姊兒胳膊上沒有胎記，剛到咱們家時她身上是有些瘀傷，那可不是胎記。」

「弟妹當我傻啊，連瘀青和胎記也分不清楚？」楊氏吧唧吧唧嘴。「有沒有，大姊兒擼起胳膊來看看不就得了？」楊氏說完，火辣辣的目光只盯著雲開的胳膊。

梅氏皺眉。「大姊兒？」

雲開冷聲道：「如果有，大伯娘要如何？」

楊氏嘿嘿一笑。「還能幹啥？咱們自己家人有啥好說的，當然是替妳瞞著了。」

「瞞著？大伯娘不拿這個消息去寧家換錢，那不是虧了？」雲開冷諷。

她這一句話就猜到了楊氏的心思，心虛的楊氏拍著胸脯道：「咱可不是那樣的人，什麼錢不能賺，咱心裡清楚著呢，要不是這樣，怎麼那麼多人找咱辦事？快點，給大伯娘瞧瞧妳有沒有？」

看著她八卦得要冒火的眼神，雲開慢條斯理地拉起袖子，露出雪白無瑕的小臂。楊氏不敢置信地盯著雲開的胳膊。「沒有，怎麼可能沒有？這條胳膊給我看看！」

雲開又撩起另一條胳膊的衣裳，依舊白玉無瑕，楊氏張大嘴巴不曉得該說啥了，莫不是她真的看走眼了，雲開當時身上是磕碰出來的傷疤？

若是如此，也太……

在她看不到的角落，梅氏輕輕地吐了一口氣，還好還好，嚇死她了。

安其滿開始趕人。「大嫂若是無事便回吧，二郎還要睡覺呢。」

切！說得好像誰沒兒子一樣！顯擺什麼！楊氏心裡嘀咕著，又抓了一把糖才出了安其滿家的大門，直奔曾家而去。

她就不信，雲開洗澡時不光她瞧見了，如意也瞧見了，問問小姑子去，她就不信自己看錯了！

曾家炕上支起了桌子正在打葉子牌，如意坐在邊上看熱鬧，楊氏把她拉回廂房內，嘀嘀咕咕地把事情說了。

安如意皺眉想了想。「當時大姊兒身上是有些傷，胳膊上有胎記嗎？我不記得了。」

「怎麼可能不記得？那麼老大一塊呢！殷紅殷紅的！」楊氏急得跳腳，安如意卻直搖頭說不記得。

楊氏無法，只得跑去蹭到炕上玩了半日的葉子牌才回去。

待到天黑時，外出拜年的曾應龍醉醺醺地回來了。安如意伺候他洗了手腳，躺在炕上後才把這事低聲跟他講了。「大姊兒來我家時，胳膊上真的有塊胎記，我也記得清清楚楚的，不過我想不透，現在她胳膊上的胎記怎麼沒了呢？」

曾應龍一下子清醒了。這兩日關於寧家的消息被傳得沸沸揚揚的，他自然也聽到了不少，跟大部分人一樣，他也是聽到的第一時間就覺得雲開是寧適道的女兒。

聽聞寧適道已故的原配夫人是一位美貌又多才的賢良女子，也只有這樣的女子，才能生出雲開這樣聰慧可愛的女兒。想到雲開曾受過那樣的虐待，曾應龍的心就一剜一剜地疼，恨不得衝到寧家去鬧個天翻地覆。

但他是什麼人，又有什麼資格去鬧？要去也只能丁異去，而不是他，他已經娶媳婦兒了，沒有資格去為雲開做什麼。

曾應龍悶聲問安如意。「這事妳怎麼看？」

安如意沒想到丈夫會這麼平靜，她小心翼翼地回話。「我想明天去二哥家一趟，聽聽二哥怎麼說。」

「我看成。妳大嫂那樣的人，沒事還能找出一籮筐事來，她的話不能聽，聽妳二哥的，他怎麼說就怎麼做。」曾應龍又叮囑了一句。「睡吧，明天還一大堆事呢。」

安如意立刻點頭，吹了燈老老實實地躺在自己的被窩裡，嘴角忍不住帶起笑意。大姊兒說得沒錯，應龍哥是個好人，只要自己真心待他，他就會真心待自己，看他現在已經不對大姊兒的事那麼上心了，等他們以後有了孩子，這日子就更能踏踏實實地過下去了。

安如意用被子蓋住頭，甜甜地笑了。

然而她旁邊的曾應龍卻睜著大大的眼睛，望著黑漆漆的屋子，毫無睡意。

沒有睡意的還有江氏和寧若素。

被關著的江氏被寧適道甩了一張告示後，便呆呆地坐在屋裡發呆。因她越發地不受寧適道待見，府裡管事的春秋兩位姨娘早已不把她當回事，莫說添暖的木炭，便是每日的飯食能熱著送過來已是不錯。

沒有了炭火和人氣，這屋裡冷透了，裹著被子形容憔悴的江氏也冷透了。暗夜裡，只有面前的紙還幽幽發著白光，像是一道催命符，又像是一張幽靈狀，汲取著她身上最後的一點熱氣。

她承認自己是出於嫉妒和一種見到寧若雲之後本能的厭煩，才將她關在院子裡不讓她出外見人的。但寧若雲本來就是傻的，怎麼能說是她把人關傻了呢？

寧適道和寧致遠是寧若雲的血親，他們都不在乎她，為何出了事全賴在自己頭上？寧若雲被自己弄出府去後，寧適道不也是如釋重負，只是派人意思意思地找了兩日嗎？寧致遠雖有那麼一些愧疚，但他不也沒放在心上嗎？

容嬤嬤是被她害死的嗎？

為什麼最後的帳都算在她的頭上？

她這一生忙忙碌碌，算計來算計去，又得到了什麼？她什麼都沒有！就連她唯一女兒的親事，現在也要保不住了！

她不甘心，她恨，恨寧適道心狠，恨家裡的姨娘一個比一個該死，她想報仇卻又無能為力。她可以一死百了，但若素還小，她還有幾十年可活。

若素還小……江氏掙扎著端起旁邊的冷水喝了幾口，她不能死，若素還小！

突然，「哐噹」一聲從屋裡傳出來，值夜的婆子衝進去，見自家夫人已經摔倒在床下，昏迷不醒了。

「來人啊，快來人啊，夫人暈倒了，來人哪——」這一聲高過一聲的吼叫驚醒了寧府上下。寧適道披衣起身，見寧致遠和寧若素已經到了江氏院外，不過因寧適道的吩咐，無人敢進院子。

寧適道大步進入其中，眾人才一擁而入，屋內難聞冰冷的氣息讓人心裡跟著發寒，寧若素撲到瘦得不成人形的母親床邊，痛哭失聲。

春姨娘與秋姨娘對視，怒斥道：「為何不燒炭火？這是要凍死夫人嗎？」

屋裡的婆子敢怒不敢言，悶頭在一旁不說話。秋姨娘也道：「老爺，咱們派人去請郎中？」

大年初一到破五這段時間，各家是最忌諱請郎中的，新春伊始就請郎中被視為不吉利。但江氏這樣子，不請郎中也不成了。

其實寧適道更希望她此時立刻嚥了氣才好，正落得乾淨。「此時夜已經深了，去何處請郎中？先熬藥餵夫人喝下，天一亮後，致遠去請小神醫丁異！」

寧若素咬著唇。「父親，可今夜……」

「小神醫丁異已是咱們青陽醫術最高的人了，二姑娘該體諒老爺的苦衷才是。」春姨娘勸道。

「是啊，二姑娘要懂事些，夫人只是暈倒了，說不定休息一陣便醒轉了。」秋姨娘也勸著。

寧適道見江氏沒有嚥氣，便沒了待下去的意思，留下寧若素伺候江氏，他則帶著寧致遠離去。

自始至終，寧致遠沒有說一句話，甚至沒有看江氏一眼。寧若素的心，早就涼透了，她抬眼瞪著旁邊猶沒有離去的柳姨娘罵道：「妳還杵在這兒幹什麼，滾出去！」

柳姨娘笑顏如花。「奴婢是過來伺候夫人的，二姑娘為何要奴婢出去？」

「妳這模樣，分明就是來看戲的。」寧若素罵道：「小桃、婆婆，將她給我打出去！」

小桃和婆子上前拉扯柳姨娘，誰承想柳姨娘奮力一巴掌搧在婆子臉上，硬生生地將她打在地上。任誰能想到，一個嬌滴滴的姨娘能有這麼大的力氣，小桃和寧若素都驚呆了。

柳姨娘神情猙獰地看著躺在床上只有出氣沒有進氣的主母，尖聲道：「江秋荷，想不到妳也有今日！妳這個賤人，端著大家閨秀的面孔，幹的都是下三濫的勾當！嫁進寧家十五年，害死了多少人，妳自己數得過來嗎？妳張開眼看看，這屋裡的鬼魂哪一個不是來找妳索命的？」

讓她這一說，寧若素和小桃都覺得身子涼透了，嚇得頭皮發麻。

「我知道妳厲害，平日裡敬著妳遠著妳，可妳呢？還是害死了我的孩兒！妳真狠啊，自己生不出兒子，就不許府裡的妾室生孩子！妳不只要了我兒的命，還讓我這輩子再也不能生育，江秋荷，妳以為我這幾年為什麼活著？我等的就是這一日，我就要看看妳什麼時候遭報應！

「沒想到這報應來得這麼快！妳害了大姑娘，現在就算再討好拉攏大少爺又如何，大少爺剛才可看妳一眼了？他恨不得妳死！妳敗壞了寧家名聲，老爺也恨不得將妳千刀萬剮！瞧瞧妳養出來的這不知廉恥的閨女，用下作的手段搶了她嫡姊的男人，簡直是全青陽的笑話！妳覺得她嫁到曾家去會有好日子過？作夢！」

柳姨娘說完，咯咯地笑了起來，這笑聲比鬼還陰森可怕。

「妳以為死了就解脫了？勾魂使者早就拿著鉤子在這兒站著，判官把妳這輩子的罪惡條條列狀，閻王升了堂燒好了油鍋，就等著妳歸西呢！」

她說到此處，床上的江氏眼皮眨了幾下，呼吸粗重起來。

寧若素嚇得後退一步，拿起藥碗狠狠地扔向柳姨娘，柳姨娘的額頭當場見了血，仍是陰森森地對著江氏笑著。「怕了，妳也知道怕了？妳去死吧，看夫人如何收拾妳這害了她女兒的惡婦！」

「滾，妳給我滾！」寧若素吼得聲音都劈裂了。

柳姨娘笑著笑著忽然哭了起來，梨花帶雨地嚷道：「二姑娘，奴婢好心留下來伺候夫人，您為何遷怒到奴婢身上，還打破了奴婢的頭？」

寧若素冷冷看著她，任她演戲。

柳姨娘哭鬧著跑出了江氏的院子，聲聲喊著寧若素的暴行，意思很明確——江氏要死了，她要寧若素也身敗名裂！

寧若素的身子冷透了，她直直地跪在娘親床前，無助地哭泣。

江氏僵直地躺在床上，抖了幾下唇，連出聲安慰女兒的力氣也沒有。

天色終於亮起時，聽聞江氏還活著，寧致遠連忙駕著馬直奔富姚村而去。待他站在安家門前時，身後漸漸圍了一圈看熱鬧的人。

聽到他來找丁異，安其滿便皺起了眉，他這是什麼意思，一大清早的到自己家來找丁異，是要破壞自己女兒的名聲不成！

「你要找丁異就去藥谷，來我家做甚？」

寧致遠一躬掃地。「家母病急，所以致遠路過安二叔家門時才問一聲，怕與小神醫擦肩而過，二叔息怒，致遠告辭。」

安其滿皺皺眉，江氏病了？

「寧夫人害死了你妹妹，那麼惡毒的人，寧大少爺救她做甚？」楊氏嚷嚷道。

寧致遠一臉平靜。「子不言父母之失，母親生病，做兒子的當然該四處求醫問藥，床前侍疾。至於我的妹妹……」

寧致遠看了一眼安其滿身後的小人兒，苦笑一聲，上馬離去。

這是什麼意思？

眾人你看我我看你，一時之間猜測紛紛。安其滿卻坦然地關上自家大門，將楊氏也拒在門外，待回屋後才小聲問雲開。「這事兒？」

「寧致遠不過是演戲，要讓人曉得他是個孝子罷了。」雲開不為所動，江氏臥床多日，這一日早晚會來。

她心機頗深又無法排解，早晚折騰死自己，只是不知道她這次是被自己折騰的，還是寧家不想讓她活了。

第二十八章

在藥谷的丁異得了寧致遠的消息後，皺了皺眉。

藥童冷哼一聲。「想去就去，不想去就不去，囉嗦個啥。」

丁異看著一臉彆扭的藥童哥，笑了。師父離去時把藥童也留給了他，藥童臉黑嘴狠心卻不壞，真不知道怎地養成了這樣一個彆扭的性子。

「帶藥箱，去。」

寧致遠見丁異肯跟他去，又是千恩萬謝，丁異臉上一點笑容也沒有。「別以為，我不知道，你為何找我。」

不過是仗著有雲開的事，若是他不去，等於是坐實了雲開恨江氏，所以不讓她的未婚夫去給江氏診治，大夥兒也會更加相信雲開就是寧家的女兒。

寧致遠笑容淡了些。「不過是為了家母的身體，您是青陽醫術最高的郎中，致遠別無他意。」

丁異懶得搭理他，隨同兩名侍從一同上馬出谷，不出意外地，他在安家門口遇到了雲開。

雲開帶著妹妹靠在牆邊曬太陽。今日陽光正好，為她添了一層暖色，漸漸去了那層病黃色的雲開，若天上的仙子一般美麗，丁異拉馬駐足，不由得看呆了。

他身後的寧致遠也停住，雙目鎖在雲開身上，他第一次發現雲開比若素美了許多，在她身上真的有母親的影子。這樣的女子，若真溫柔起來，哪個男人不會被她擄獲？

方簡修若是見到她一定會喜歡，若是妹妹跟了方簡修……寧致遠心中一陣激動。他不認為自己有錯，丁異再厲害也不過是個郎中罷了，他能給妹妹帶來什麼好處？

方簡修君子端方，家風肅正，其父乃是戶部員外郎，只有跟了這樣的人，妹妹才能真正過上豐衣足食人人羡慕的好日子！

雲開根本不理會寧致遠示好的眼神，她抬頭看著丁異笑了。

丁異回神，立刻跳下馬。「我去一趟，馬上回來。」

「不必急著回來，去醫館看看，或者去書肆幫我買幾本打發時日的話本子回來。」雲開輕聲道。

雲淨也趕忙道：「丁異哥哥，我想要馬兒街口那個賣糖人老伯伯的糖人，要鳳凰和兔兒的，三個。」

丁異點頭。「好，一會兒給妳們帶回來。」

雲開和雲淨都笑了。

寧致遠竟又發現雲開的笑容與雲淨如出一轍，似乎她就是安其滿家的親生女兒，這感覺讓他十分不舒服，便一言不發地隨著丁異去了。

待丁異到了寧府時，安雲開的未婚夫小神醫丁異到寧府幫寧夫人看病的消息已傳開了，一時之間街頭巷尾又是議論紛紛。

丁異已來過寧家幾次，只是現在江氏被轉到一處偏僻的小院，他未曾來過而已。進屋時，屋裡一陣熱氣撲面而來，丁異皺了皺眉，這麼悶熱的屋子不利於病人養病，不過他並未出聲，直接進內室去看江氏。

不用號脈，從她的面色便能看出，江氏已是氣息奄奄了，寧若素在旁邊哭腫了眼睛。如今這一家子的人，也只有寧若素是真心不希望江氏死的。

待寧致遠親自放了凳子在江氏床邊，丁異坐下幫江氏診脈，又掀開她的眼皮看了看，不一會兒便起了身。寧若素趕忙問道：「我娘的身體如何？」

丁異未答，只看著寧適道，問道：「你要她死，還是，要她活？」

寧適道微愣，在心裡他當然是希望江氏死的，不過這話他如何說得出口。「不管她做錯了什麼，她畢竟是寧某的妻子，是若素的母親，煩勞小神醫盡力醫治。」

「要她活，明白了。」丁異說完，來到外屋，侍從已為他鋪開紙、研好墨。他唰唰唰地寫下一張藥方遞給寧致遠。「此方，早晚服下，先吃五日，五日後再診。」

寧致遠接過方子還未看清楚，丁異又唰唰唰地寫了三張食療方子。「屋內，溫度適宜，開窗透氣，莫讓病人著冷風。早中晚依此食方調理，多飲溫水。」

說完，他大步地走了。

寧致遠拿起三張方子看過，馬上覺得不好，因為不管是藥方還是食方，上邊哪一味都價錢不菲，若是照此方吃藥調理，一日得三、四十兩銀子！

他把方子遞給父親，寧適道看過也黑了臉。本以為江氏已經死定了，讓致遠去請丁異不過是走走過場，再挽回些名聲罷了，誰承想江氏這樣了還有得救，他現在也是騎虎難下，只得道：「照此方抓藥、買食材。」

丁異出了寧家，立刻有人圍上來問江氏的身體，丁異簡略道：「受凍缺食，身體虛空，心力交瘁。」

眾人的眼神立刻明瞭。「小神醫，還有救嗎？」

「開了藥方、食方，若調理得當，有救。」丁異說完，正要翻身上馬，便聽又有人哀求他去為家人看病，丁異笑道：「幾日後，濟生堂，五日一診，三十位病人。」

眾人的眼裡立刻有了亮光。小神醫五日坐一次館，看三十位病人，若是這樣，怎麼也能趕得上！

丁異上街買了雲開和雲淨要的東西，往回走時忽然覺得有人在暗中偷窺他，他猛地轉身卻不見人，不由得皺皺眉，目光落在不遠處一輛灰色馬車上。

這馬車沒有掛標記，不曉得是哪家的，但那窺探的目光，的確是從這車上來的。丁異使了個眼色，一名侍從機靈地微微落後，最後不見人影，已然奉命去查探這馬車的來歷了。丁異讓另一名侍從先回藥谷去，自己拎著東西直接去了安家。

他到時，雲開和雲淨還在曬太陽，不過不是在院牆外，而是在院子中。在場的也不只雲開姊妹兩個，還有二妞、安如意等人。好在他買的糖人和糖豆多，分一分也夠吃的。

眾人看看丁異又看看雲開，笑嘻嘻地不說話。雲開這些日子下來臉皮也越發地厚了，直接問了江氏的病情，待聽丁異說過後，略一沈默，便笑了。

丁異這一招，夠狠！

寧家家底不厚，他們若是要治江氏的病就得掏家底，若是不治……就得給江氏扣上一個謀害嫡女的名頭，任她自生自滅。丁異越來越壞了！不過雲開喜歡。

寧家果然還是要面子的，待五日後丁異在濟生堂坐診時，他們也帶了江氏過來看診。

此時的江氏已經比前幾日好了許多，由人扶著能下地走路了，丁異從她的眼神就能看得出來她不想死。一個不想死的人，只要身體不是急症，拖個幾年沒問題。

丁異唰唰唰地寫了方子，交給寧致遠。

寧致遠拿著方子掃了一眼便知這藥比上次的還貴，便開口問道：「聽聞小神醫今日開的藥方都不到百文一帖，為何家母五日的藥卻要五十兩？」

五十兩，眾人咋舌。這還真是一般人看不起的富貴病！

丁異坦然道：「她以前，吃的好東西太多，所以不能，用其他藥。」

眾人恍然，寧致遠無言以對。江氏掌管錢財時，吃的用的的確都是最好的。她因此養刁了身子，病了也不能用普通的藥材調理。

果然是個……麻煩！

「所以啊，富貴有富貴的不好。你看這不就是好東西吃多了嗎！」有人嘀咕道。

「也興許是虧心事做多了呢！就她幹的那些事，要是我媳婦兒，我早把她掐死了！」又有人恨恨地道。

「你想得美，人家才不會看上你這等臭腳漢子嘞！」人群中哄笑起來。

「看不上咱是咱的福氣，要是真娶了這樣的媳婦兒，我得少活十年，閨女也得成了傻子！」那漢子又嚷嚷道。

……

人群裡這一聲聲的冷嘲熱諷讓寧致遠面如火燒。他自小到大到哪裡不是被人讚揚的？現在因為江氏，原本仰望他的人似是都站到了他的頭頂上，人人都能踩他一腳！

寧致遠咬牙，強撐著架勢讓人扶了江氏出門上車，逃出人群。

本來死氣沈沈的江氏忽然開口道：「我要去化生寺。」

婆子猶豫著。「少爺說……」

「我要去化生寺！」江氏尖叫道，雖然氣息虛弱，但這聲音還是被眾人聽在耳裡，又引起了眾人的注意。

寧致遠也只得道：「去化生寺。」

化生寺的香火依舊鼎盛，江氏被婆子扶著下了車，進入大殿內顫顫巍巍地跪在蒲團上，雙手合十抬首看著莊嚴的佛像，淚如雨下，又以頭觸地。

「佛祖慈悲，我江秋荷雖不敢說自己是善男信女，但我亦不曾無故害人性命。寧若雲之事，我雖有過但罪不致死，寧家人無良，將錯都推到我的身上，我不求佛祖寬容，但求佛祖保佑我的女兒，她是無辜的……那害了我的惡人，佛祖不要饒了她！」

默唸完，江氏長跪不起。

寧致遠見她沒完沒了，示意婆子將她攙扶起來，架著她走出大殿。

出了大殿走入刺目的陽光裡，江氏不適地瞇起紅腫的雙眼，再慢慢張開眼睛，看向人群。

不屑，厭惡，幸災樂禍……各種各樣的目光砸過來，江氏卻翹起嘴角，面含微笑。這等賤人，也只能站在這裡看熱鬧罷了，她們的一生何曾有過任何光鮮？不過是泥沼裡的蛆蟲，居然還敢嘲笑她，她們憑什麼！

以為她在乎嗎？這世上除了她的女兒，她現在誰也不在乎！她們能做什麼！

眾人見江氏瘦如骷髏的臉上居然掛起猙獰的笑意，嚇得都後退一步，怕招惹了這瘋子。

眾人後退，便把人群裡沒有退的楊氏突顯了出來。江氏認出了這個醜陋的婦人，盯著她看了一會兒，才上了馬車。

幹盡了陰損事的楊氏從寧夫人的目光裡看出了生意，大生意！如今寧夫人被寧家關了起來，沒法子出來，一定有好些事做不了，如果自己能幫她……

楊氏越想越興奮，搓手跟在寧家的馬車後頭走，一路跟到了寧府門口去，果然馬車停下，江氏下車前撩開車簾又看了她一眼。

楊氏在她的眼裡看到了銀子！

江氏入了府後，寧致遠便要一聲不吭地轉身離去。

「致遠。」江氏氣息虛弱地叫住他，問道：「這些年，我待你如何？」

院內的婆子都緊低著頭，寧致遠回首。「不錯。」

「寧若雲的事你捫心自問，真的全怪我，你們父子一點錯也沒有嗎？寧若雲是不是傻子，你們不清楚嗎？」江氏說著激動地喘著氣。

寧致遠低下頭。

「我不求你別的，請你看在若素是你親妹妹的分上，你在能力所及時看顧著她一些，莫讓她被人欺負了。她……還是個孩子。」江氏哀求道。

「若素是我寧家女，無須妳講，寧家也不會虧待她。」寧致遠冷冰冰說了一句，轉身便走。最近發生的事件件打擊著他，讓他痛苦、迷茫、掙扎，他不知道究竟該怪誰，但他知道江氏一定是錯的。

他是錯的，父親是錯的，若素也有錯。但那又如何？錯已鑄成無法回頭，他們只能往前走。

若是這個錯需要有人來承擔，那就應該是走不動的那一個！所以江氏有錯，而且她也的確是所有錯事的始作俑者！

寧致遠想通了這些，心裡舒坦不少。

是夜，江氏睜著漸失光亮的眼睛望著黑乎乎的幔帳，一動也不動。她這樣子，看得看守她的婆子心裡發毛，退到了屋外蜷縮著取暖，一會兒，便暈乎乎的睡了。

「夫人……」一道尖啞的聲音低低地響起。江氏轉動僵硬的脖子，張了張嘴。「妳來了。」裝作倒夜香婆子的楊氏嘿嘿笑著。「您找我，我怎麼能不來呢？夫人這屋裡可真冷清，我準備的藥都沒用多少。」

江氏掙扎著起身，楊氏連忙扶著她坐起來。「夫人有啥想讓我做的？」

「安雲開……是不是寧若雲？」江氏盯著楊氏問道。

江氏的模樣大半夜看著還是挺嚇人的，楊氏撐著膽子道：「我覺得是。雲開到我家的時候真是個傻子，啥都不懂，也不會回話，可後來有一天，她像是突然就明白過來了。這傻子明白過來就成了人精，鬼精鬼精的！而且要是仔細看，雲開的模樣跟寧山長還是挺像的，那鼻子……」

楊氏念叨了半天，又接著說：「她剛到我家時胳膊上有胎記，我記得清清楚楚的，可後來不曉得為啥就沒了。雲開她娘硬說是瘀青，瘀青能跟胎記一樣嗎？丁異醫術好，說不定就是他給弄沒的！您說是不是？」楊氏說著。「雲開還死活不認，真不知道她腦子裡在想啥呢！」

江氏閉上乾澀的眼睛，不用再多的證據，她相信安雲開就是寧若雲。

沒想到這傻子居然明白過來了，還平平安安地長大了！

江氏忽然咧開嘴，忽然沙啞地、陰陰地笑了。

「她不想回來，對吧？」江氏氣虛，聲音聽起來飄飄的。

楊氏滿臉疑惑啊。「我家大姊兒真的是不想回寧家，這一點我怎麼想也想不通，莫非她真的不是寧若雲？可她不是誰是？說不通啊！」

江氏冷冷地笑了。怎麼可能不是，她不回來是因為恨！安雲開不只恨她江秋荷，也恨寧家父子。

安雲開第一次來寧家時，她就察覺了，當時安雲開的言詞神情之間對寧家有著深深的反感，藏也藏不住！

若不是如此，她也不會覺得她那麼不順眼。

不過若說安雲開最恨的，應該是對她不聞不問的親爹和親大哥，而不是自己吧。否則自己已經落到如此狼狽的境地，她不會不回來看笑話。

既然如此，安雲開也一定不會在自己死後跟寧家父子相認，甚至還會跟他們繼續為敵……

江氏陰陰地笑了。「妳回去告訴安雲開，寧適道對寧若雲是十分不待見……他在本夫人面前說過數次，他說寧若雲命裡帶喪，一出生就剋死了生母，所以他才從不去寧若雲的院子。而寧致遠恨寧若雲害死了他娘，對她懷有恨意，我不止一次見過他冷眼旁觀若雲被欺負！他們父子就是偽君子，真真正正的偽君子！」

楊氏好奇地問道：「夫人，那欺負若雲姑娘的又是哪位啊？」

江氏。「……」

楊氏立刻明白了，欺負若雲的是她這個繼母唄！「夫人，那若雲姑娘真是傻子嗎？」

江氏停了停，慢慢地道：「她不是傻，只是腦子慢一些，不夠聰明罷了。」

楊氏眼睛亮了。這可是大消息，出去後夠她掰扯幾個月的……現在到了關鍵時候，要她幹活怎麼也得給錢吧？

江氏見楊氏貪婪的目光盯著自己的手腕，便直接將手腕上的玉鐲摘下來。「這個算作妳的報酬吧。若是收了東西不幹活，便是化作厲鬼我也饒不了妳！」

您現在也比厲鬼好不了多少了。楊氏迫不及待地接過鐲子藏在懷裡，嘿嘿笑著。「您放心，咱們幹這行的，最是有規矩，要不是這樣，您也不會找我了，是不？」

江氏懶得跟她費口舌，她現在連說話的力氣都快沒了。「還有一事，想法子散布消息讓曾家不能退親。若事情成了，待若素成親之後，定然會把報酬付給妳。至於怎麼做，不用……咳咳……我教妳了吧？」

江氏又從枕頭下拿出一張銀票，遞給了楊氏。

楊氏一把搶過去。「不用不用，夫人放心，這事我會給您做得明明白白的！」

江氏說完便閉上眼睛不再開口，楊氏知道自己該走了。她的眼睛左右掃一圈，竟然發現已沒什麼值錢的東西，不甘地嘟囔著走出江氏的屋子，順手把婆子放在桌上的一碟點心揣在懷裡，悄悄潛出院子。

楊氏沒急著走，避開寧家的巡夜護院後，蜷縮在寧家院牆角落的柴房裡睡了一覺，待天將亮時才乘機溜了出去。太早出去若是遇上查夜的巡城兵，也只有被抓的分兒！

天亮後，懷揣著江氏給的鐲子和銀票，楊氏踩著飯點去了二弟家。

堂屋內暖和得讓楊氏頭暈，她深深吸了一口氣，鬆開筋骨，笑道：「大姊兒，早上還有吃的不？」

爹爹去了作坊，妹妹出去玩，弟弟在裡屋睡覺，堂屋裡的雲開搖頭。「鍋都刷了，沒有。」

「怎麼可能沒有？看妳小氣的。」楊氏嘿嘿笑著。「熱水給伯娘來一口，這一夜為了妳，伯娘快被凍死了。」

熱水還是有的，楊氏喝了幾口緩過快要凍僵的身子，舒服地嘆了口氣。「大姊兒，妳猜伯娘昨夜去哪兒了？」

雲開懶得理她。「有事說事，沒事就走。」

楊氏也知道這丫頭不好惹，便不再賣關子，直接說道：「伯娘昨晚去了寧家見寧夫人！妳不曉得她現在混得多慘，屋裡連個熱呼氣兒都沒有，丫鬟婆子也不用心伺候著……」

見雲開皺起眉頭，楊氏趕忙長話短說，將江氏叮囑的話說了一遍後，嘆口氣。「難怪妳不想回去，那樣的爹和大哥，是個人就受不了吧？要不是他們不聞不問的，寧夫人哪敢欺負妳？」

雲開笑了。「伯娘這話是什麼意思？」

「沒啥意思，就是跟妳隨口說說，妳不想聽就算了。弟妹，我走了啊，一身寒氣的就不進去看妳跟孩子了——」楊氏喊完，屋裡睡覺的小二郎就哭了起來。「哎喲，聽聽，聽聽，這孩子的嗓門真亮，比我家三姊兒小時候還亮……」

楊氏還沒說完，見雲開站起了身，立刻閉嘴快步走了。

出門後，楊氏呸了一口。「當誰稀罕呢，擺什麼臉子，有妳求我的時候！」

楊氏罵罵咧咧地回了家，足足睡到日頭西轉才又爬起來，吃了飯後就站在街口跟村人閒嘮嗑。

楊氏整日往城裡去，張家長李家短的事說起來就沒完，一來就成了眾人關注的中心。

大夥兒東一句西一句地問著，楊氏繞了一會兒，話題就扯到了寧家和曾家身上，不住地說著曾九思和寧若素，說他們訂親後曾夫人對寧若素多喜歡、曾九思又待寧若素有多深情，又說寧山長待曾九思是多麼好，勝過親爹親兒子，如此爾爾。

混在人群中的秋丫把話聽明白後，立刻回家給姑娘報了一遍。雲開一邊與妹妹翻花繩，一邊道：「看來咱大伯娘昨夜去見了寧夫人，還收了她的銀子幫她辦事。」

「她能進去就是說寧家看管得不嚴，或者說寧夫人已經到了油盡燈枯的時候，不用派人守著了。」梅氏坐在一旁，手裡拿著幾縷彩線，正瞄著旁邊的花樣子配線。「不過妳大伯娘現在是越走越偏了。」

雲開也點頭。「她幫著江氏跑跑腿還沒什麼，但她敢這樣編排造謠，曾夫人怕是饒不了她。」

「饒不了又能怎麼樣，又不能堵住她的嘴。」梅氏嘆息著，大嫂為了賺錢，真是什麼事都敢做了，她這三姑六婆的作派，不光影響她自己的名聲，怕是大郎和二姊兒的親事都會受到影響，以後找不到好人家了。

哪個敢娶她家女兒回去當媳婦啊，萬一出點啥事，還不得被她編排鬧騰死！

還不等曾夫人行動，楊氏的報應便到了。出去買菜的祥嫂拎著籃子回來後，急匆匆走進堂屋，隔著簾子道：「夫人、姑娘，曾家二少爺將大夫人打了。」

「什麼？」梅氏皺起眉頭，這孩子真是太不讓人省心了。

在南山鎮時，梅氏跟村人一樣畏懼曾家、懼怕頑劣的曾八斗。但搬到青陽縣後，曾八斗經常硬蹭著來跟開兒和丁異玩，見得多了，梅氏知道曾八斗雖然脾氣暴躁了些，但其實是個心眼不壞的孩子，起碼他沒那麼多彎彎繞繞的心眼。

只是這傻孩子啊，他在街上把楊氏打了，不正合了楊氏的心思嗎？

沒事的時候她還恨不得攬點事兒出來，曾八斗打她這麼大的事，她不鬧騰才怪！

「開兒……」梅氏欲言又止。

雲開搖頭。「處在咱們的位置上，曾家的事不好管。」

梅氏又如何不知呢？她嘆了口氣，不再說話。雲淨看看姊姊，又看看娘親。「娘、姊，八斗哥哥打了大伯娘，他會挨揍嗎？」

梅氏搖頭。「應是不會，但一頓罵是少不了的。」

「八斗哥哥說他天天被他爹娘罵，早就罵皮了，他才不在乎呢。」雲淨說著還是一副羨慕的語氣。

雲開。「……」

不一會兒，院裡的狗就叫了起來，這叫聲讓母女三個面面相覷。「讓他進來嗎？」

雲淨笑嘻嘻的。「如果娘不讓八斗哥哥進來，他會趴在牆頭上不走的。姊姊，咱們沒在牆頭上抹藥吧。」

雲開也是無奈地嘆氣，曾八斗這人著實讓人無語。

「妹妹，跟我去看他來幹什麼。」

雲開也看得出來妹妹還挺喜歡跟曾八斗玩的，不讓她去，她也會跟著，還不如直接帶著她去。

雲淨果然開開心心地跟著姊姊到了院子裡，正在跟狗兒玩的曾八斗見雲開出來了，立刻顛顛地跑過來。「雲開、小淨兒，過幾天上元節，一塊兒去逛廟會看雜耍啊？」

雲淨抬頭期盼地看著姊姊，雲開狠心地拒絕。「我們要跟丁異一起去。」

「那再帶上我也成啊，晌午一塊兒去吃烤羊喝羊湯，我爹剛開了一家館子，咱敞開吃去！」

曾八斗興致勃勃地講了一大通，待他說連馬車都安排好了後，雲開才得以插上話。「我最近上火了，不吃羊肉。」

曾八斗立刻盯著她的臉看了半晌，將她的小臉看了一遍後，曾八斗的臉紅了，偏又裝作不在乎地道：「也沒長痘啊，怎麼就上火了？上火也沒事，讓丁異給妳抓點藥吃唄，丁異一帖藥下去就好了。我這就抓藥去，我也來一帖預備著，小淨兒吃不吃？」

當是糖豆呢！雲開皺起眉頭。「別鬧了！」

曾八斗可憐巴巴的。「我哪鬧了，我就是想跟你們一起玩……咱們一塊兒長大的，就算妳跟丁異在一塊兒了，咱們也還是朋友不是嗎？怎麼不能一起玩了呢？」

雲開嘆了口氣，話都說了無數遍，她也實在不願費嘴皮了。「你以後找丁異玩去，他在城裡做事，你找他更方便。而且，你方才為什麼打人？」

「她當著大夥兒的面編排我家的閒話，我不揍她留著幹麼？」曾八斗理直氣壯地道：「妳別管，這等老刁婆，本少爺最知道怎麼收拾才能讓她老實！」

雲開真不說話了，惡人自有惡人磨，曾八斗或許還真是楊氏的剋星。別人怕髒了手不收拾楊氏，曾八斗可不怕，他什麼都不在乎的，向來百無禁忌。

看著雲開無奈又寬容的模樣，曾八斗居然有點洋洋得意。「那咱們就說定了，十五早上我來接妳們，叫上妳那個叫二妞的朋友，咱一塊兒去。」

說完也不等雲開說話，曾八斗就美滋滋地走了。

出門後，曾八斗的臉就紅了，雲開一天比一天漂亮，鬧得他都不敢看她的臉，真是便宜了丁異那死小子。

曾八斗心裡不忿，立馬決定去濟生堂找丁異幹架。雖然揍不過他，但能讓他掛點彩，讓他在雲開面前丟人也好。

曾八斗還沒走到濟生堂，便被他的大哥截住了。

見到最近沒出現過笑臉的大哥，曾八斗還是滿心疼的。「哥，你這是要去哪兒？」

曾九思直接問道：「你又打人了？不知道現在是多事之秋，你還出手揍人！」

「是那大嘴婆自己找打，她在街上到處說大哥和寧若素的閒話，說你們情深似海、這親事是前生注定拆不開了……呸！編得我聽了都噁心！」曾八斗氣呼呼的。「沒把她揍死，我已經是手下留情了。」

曾九思厭惡地皺起眉頭，這等閒話若是讓他聽了也會起火。他原本是寧若雲的未婚夫，現在與若素情深似海算是什麼?!

「哥別管，這樣的事交給我處理，這麼多年我可不是白混的，收拾不了一個老婆子，我就不用活了！」曾八斗橫橫地說完，又把大哥拉到角落裡。「哥，你還想娶寧若素嗎？狠婆子的閨女怕也好不到哪兒去啊！」

這哪是能在街上說的話，曾九思皺眉。「你先跟我回家！」

「不要，我還要去找丁異打架呢，打完架再回去。」曾八斗嚷嚷道。

曾九思皺眉。「你又找安姑娘去了？為兄跟你說了多少遍，男女有別，你莫再去給安姑娘添麻煩……」

「哥！」曾八斗跳了起來。「你這話說得不對味兒啊，你怎麼幫著雲開說話了？你該不會是……真以為雲開是寧若雲吧？她不是，她真……」

曾九思一把捂住二弟的嘴，氣急敗壞地道：「胡說什麼，跟我回家！」

曾九思雖高了曾八斗半個頭，但他哪裡是天天打架鬧事的二弟的對手，曾八斗身子一扭就逃出了大哥的掌控，邊跑邊道：「不行，必須找丁異，我還得拿藥呢！」

看著跑走的二弟，曾九思嘆息一聲，有時候他還真是羨慕二弟，若他是二弟，現在就可以直接鬧著不娶師妹了，可惜……他不是！

果然是惡人自有惡人磨，楊氏這等潑皮，還真是得讓曾八斗這樣的無賴對付。被曾八斗在街上打了一頓後，楊氏好幾天沒出來折騰，富姚村的街口也清靜了幾日。

這一晃，便到了正月十五上元節。上元佳節月兒圓，人們皆穿新衣戴新帽，攜手出門觀花燈、逛廟會，縱情遊樂。

消停了幾日的楊氏也終於養好了胳膊腿，自然不可能放棄這眾人都出門、可讓她散播八卦打聽消息的好日子。於是，楊氏一早便拉著兩個閨女到了雲開家門口，嚷嚷著讓雲開帶雲好和雲淨一塊兒出門逛廟會。

楊氏的算盤打得好好的，如果閨女們跟著雲開出門，不只有車坐，吃東西買零嘴的錢也不必給了，雲開雖然脾氣大，但手卻不算緊，吃喝上不會太在乎錢。

哪知她的算盤打得好，但還是晚了一步。天剛亮，雲開就帶著雲淨和牛二妞坐著牛車出門去化生寺燒香了，讓楊氏母女撲了個空。

梅氏坐月子出不得門，所以讓雲開一定要趕早去化生寺燒頭香，為一家人祈福、謝佛。

幾個小丫頭在殿裡燒香拜佛，曾八斗、丁異、二妞的未婚夫王家闊在殿外等著。

臉上掛著一塊明顯瘀青的曾八斗，惡狠狠地瞪著丁異罵道：「奸詐小人！」

幾天前他截住丁異打了一架，當時兩人都掛了彩，但才兩、三天的功夫，這傢伙的臉就乾淨得啥也沒有了！一定是用藥了，奸詐！

這麼好的藥都不給他用，沒義氣！

丁異自然不理會胡鬧的曾八斗，只與王家闊道：「你奶奶，好些了？」

王家闊立刻恭敬地回話。「吃了小神醫開的藥，奶奶晚上能睡著覺了，她讓我一定要好好地謝謝您。」

丁異在濟生堂坐診，王家闊帶著奶奶排了號去看多年的舊疾，王奶奶吃了兩服藥就好多了。

這等管用又不貴的藥方，最是讓大夥兒待見，丁異的人氣一天高過一天，等著找他看病的也越來越多。

「雲開叮囑好幾回，應該的。」丁異雖不善言談，但被劉神醫帶著歷練了幾年，該說的場面話也是會的，特別是這等給媳婦兒刷好感的機會。

若非是二妞託雲開求了丁異，王奶奶這樣的輕症怕是排不上濟生堂小神醫的號。

丁異幫王奶奶看病，王家人感激丁異和雲開，也對牛二妞更滿意了。

「我奶奶正在給小神醫繡兩雙鞋墊，我奶奶手藝好，她親手繡的鞋墊我好幾年沒穿上了。」王家闊笑著。「吃了您的藥，我奶奶又有精神做鞋墊了，真好。」

聽他們你一言我一語地說閒話，插不上話的曾八斗臉都黑了，他乾脆跑進去問雲開。

「好了沒？吃東西去？」

雲開。「……」

「八斗哥哥不是剛吃了早飯嗎，又餓啦？」雲淨抬起小臉。

曾八斗不好意思的撓撓頭。「為了趕上跟你們一塊出門，我早上就吃了一顆雞蛋。」

雲淨立刻看著姊姊。「姊，八斗哥哥餓了。」

雲開無奈。「化生寺門口有吃的，你先去買點兒，我們還得接著燒香呢，每個大殿都得拜。」

曾八斗皺起臉。「那得燒到啥時候？阿來，買包子去！」

安家小妞不走，少爺絕不會走的。

小廝阿來只得跑腿去給少爺買吃的。不光買給少爺吃的，連雲開和雲淨喜歡的也得買一些，否則以少爺的脾氣，他回去了也會被趕出來。

真不曉得那安家姊妹倆有啥本事，能把他家少爺抓得牢牢的，少爺被人家當傻小子使喚，還樂呵呵的，真是……

阿來吞了後面的話，認命地往外走，卻與一個小廝撞在一起，沒好氣的阿來開口便罵道：「長眼了沒！」

那小廝脾氣也不小。「你找死是不，誰撞上來的！」

阿來一看這人氣勢比他還盛，就知道是惹不起的，只得悶頭去買吃食。不過他也不是個吃虧的主兒，買了吃食回來便跟自家少爺嘟囔。「少爺，趙家的二爺帶著外室來上香了。」

曾八斗正無聊著，立刻眼睛一亮。「趙裴修？」

「就是他！他出門做了幾趟生意，估計是賺了大錢，家裡的僕從都牛氣得不行，在廟門口還敢吆五喝六的。」阿來又嘀咕道：「聽說他從外地帶回來一個女人，長得還行，但年紀不小了，趙裴修把她帶回府，看意思是要納妾了。」

曾八斗還沒說話呢，丁異卻聽見了，轉頭問道：「趙裴修，在哪兒？」

阿來愣了愣，趕忙道：「三重的財神殿。」

丁異吩咐身後的隨從。「去看看。」

隨從立刻轉身去了，曾八斗大驚小怪地看著丁異。「趙裴修跟你啥關係，他的事你怎麼這麼上心？」

除了雲開的事，還是第一次見到丁異主動開口問別人的事。

丁異只是默默注視著雲開，看她虔誠地焚香拜佛。雲開跟他一樣不信佛，她這樣是因為安二嬸信。二嬸讓她燒香，她答應了便認認真真地做，這就是他的雲開。

丁異覺得驕傲。

雲開生下來便沒了娘，她兜兜轉轉地遇到了二嬸，二嬸待她好，所以她待二嬸更好，這就是母女緣分。

丁異沒有父母緣，他的父母都不待見他，嫌棄他礙事。娘拋下他走了，他四處尋到後，娘去年又跟別人走了，根本不把他放在心上。

若說不介懷，是不可能的。方才聽了阿來的話，讓丁異想到了他那跟著客商走掉的娘親。

一會兒僕從回來後，低聲在丁異耳邊回了幾句，丁異點頭。

待到雲開終於拜完佛後，曾八斗立刻嚷嚷著去吃飯。丁異拉了拉雲開的衣袖，雲開跟著他走到一邊，丁異低聲把事情說了，上回他發現一路窺探他的灰色馬車就是出自於趙家，是誰想查探他的行蹤？他懷疑這事跟一個人有關。

雲開驚訝。「是你娘？」

丁異搖頭。「或許，我去看看。」

雲開拉住他的手。「我跟你一起。」

雲開讓牛二妞和王家闊帶著雲淨跟曾八斗先去吃飯，又留下山子跟著照看，自己則跟隨丁異向化生寺深處的寮房走去。

趙裴修及他帶回來的女人便在寮房歇息。

寺院的寮房是個多事的去處。

大戶人家的女眷們平日裡不能隨便出門，若是有什麼不方便在府裡做的事，只能趁著出門燒香祈福時，在寺院的寮房處理。

是以，私會情人的、與人談事的，所有的秘密都藏在寮房內進行。雲開覺得若是化生寺的和尚有那心術不正的，真可以像楊氏一樣以販賣消息為生，怕是要發大財了。

因來過多次，雲開和丁異也算輕車熟路，兩人到了趙裴修所在的寮房外，果然見兩個婆子和兩個丫鬟在門口守著，趙裴修帶回來的那個女人就在屋裡。丁異緊張地握住雲開的手，雲開也有種預感，這個女人應該就是朵氏！

待屋內的女人歇息夠了被丫鬟攙扶出來時，雖說她頭上的圍帽遮住了容貌，但雲開和丁異還是第一眼就從她的身量和動作認出了她的身分——正是丁異的娘親，朵氏！

看著朵氏被帶笑的趙裴修扶上馬車雙雙離去，雲開半晌不知該說什麼。她想大罵一句，混帳！兔子還不吃窩邊草呢，天下這麼大，朵氏去哪裡找男人不行，非得在這個她兒子和男人都在的地方給別人當妾！不管她要幹什麼，她想過丁異沒有？想過如果丁二成發現她該怎麼辦沒有？

「咱們怎麼辦？」

丁異跳下樹後半晌不語，他不知道該怎麼辦，他心裡難受。

雲開用力握住丁異的手。「沒事的，她是她你是你，咱們就當不知道她回來了。如果她找你麻煩，直接讓人把她扛走就是！」

丁異輕輕點頭，心裡一陣陣地不安著。

待他倆去到曾家新開的館子時，曾八斗立刻發現丁異的臉色不對勁，頓時高興了。「怎麼，拉肚子啦？拉肚子你就趕緊回去，這裡有少爺我呢。」

丁異自然不會理他，雲開掃了一眼桌上的菜，直接道：「再加兩個菜，清炒豆芽、蒜苗炒肉。」

這都是丁巽愛吃的東西！曾八斗雖然生氣，但還是老老實實地叫了。曉得雲開不論何時都會把他放在心裡，丁巽可不想因為自己的事讓她的正月十五過得不痛快，便坐在雲開身邊拿起筷子，靜靜地吃飯。

曾八斗才不管丁巽高不高興，他好不容易約了雲開出來，情緒正亢奮地天南地北地吹著，好讓雲開知道他有多厲害，最好能甩了丁巽這個沈悶的死小子。

小雲淨大大眼睛滿是崇拜，雲開、牛二妞和王家闊也認真聽著，不時地被曾八斗逗笑。吃完飯後，一幫子人又開始閒逛。熱鬧的廟會看得人眼花撩亂，雲淨由精神到疲憊再到發睏，最後直接趴在丁巽的肩頭睡著了。

牛二妞已經跟著她的家闊哥去逛家什，雲淨睡了後，雲開便要回家了，曾八斗好些想玩的還沒玩呢，他拉著丁巽的胳膊哀求道：「丁巽，跟少爺我套圈去好不？套幾家圈咱們再回去成不？小淨兒我替你抱著。」

丁巽是套圈的高手，幾乎是指哪個套哪個的，這一天曾八斗盼了許久了。

雲淨睡了，雲開也沒有玩的興致，丁巽怎麼可能陪個二傻子去套圈？「不去！」

曾八斗立刻轉身拉住雲開的衣袖。「雲開，咱套圈去好不？套圈套圈……」

丁巽黑著臉把他的手拍開。「再動手動腳，藥死你！」

曾八斗委屈巴巴地嘟囔著。「一年才兩回，你們真這麼不夠意思？怎麼說咱們也是一起長大的……」

每年也只有正月十五和八月十五的時候，大夥兒才能一起出來玩。而且他們都大了，玩一次少一次，曾八斗越想越鬱悶，臉上都帶了哭相。雲開見他這樣也是有些於心不忍。「讓山子抱著淨兒，咱們去套圈吧？」

曾八斗立刻容光煥發，拖著丁巽就往前跑，山子抱著雲淨老實地跟在後頭。

曾八斗拉著丁巽簡直玩瘋了，玩得攤主求爺爺告奶奶地送東西，請他們不要再套了，曾八斗插著腰笑得如同欺負了良家女子的惡棍，看得雲開忍不住搖頭，其實這麼多年來，曾八斗的愛好似乎從來沒變過，總要把人整得無可奈何後他才覺得有趣。

雲開忽然覺得有一道視線落在她身上，轉頭對上曾九思晦澀難懂的目光後，她立刻把目光移開，走到丁巽另一邊。「回家。」

抱著一大堆雜貨的曾八斗嘟囔道：「別啊，還有一家呢。」

旁邊那家套圈的攤主聽得都有收攤的衝動，滿臉可憐地望著丁巽，希望小神醫饒他一把。

丁巽搖頭。「回家。」

攤主立刻放心了，過了癮的曾八斗把東西往阿去懷裡一扔。「好吧好吧，走，我送你們回去！」

剛走了幾步，曾九思跟了上來。丁巽一見是他，臉也落下來了，曾家這哥兒倆沒一個好東西，曾九思一臉心思地盯著雲開是想幹麼，他可是寧若素的未婚夫！

丁異擋住雲開直接瞪回去，曾九思終究還是心虛的，他不自在地移開目光，問曾八斗。「二弟要去哪裡？」

曾八斗見到大哥自然是開心的。「跟雲開和丁異回家玩。大哥去哪裡？」

「我也無處可去。」曾九思淡笑著。「不如……」

曾八斗一聽就跳了腳，抓起一把阿來懷裡的小玩意兒塞給大哥。「大哥沒事趕緊回去讀書吧，街上雜亂沒什麼好玩的，這些幫我拿回去送給咱娘。我們走啦，丁異，走！」

丁異和曾八斗難得行動一致，直接帶著雲開和雲淨走了，留下黑臉的曾九思和旁邊忐忑的小廝。

事情也是趕巧，待他們回到村口時遇到了趕廟會回來的楊氏，楊氏見到丁異，眼睛都亮了。「丁異啊，你猜我今天看到誰了？你娘欸！」

怎麼偏就讓她遇到了！丁異皺起眉頭，雲開冷聲道：「伯娘想賺錢找別人去，別在這兒誆人！」

楊氏跳著腳。「妳這丫頭說啥呢？真是丁異他娘……」

「在哪兒呢？」雲開反問。

「我要是知道在哪兒，不早就說了嗎？我說了就看到了個影兒……」楊氏急切切的。

「那妳說在哪兒看見的？」雲開又問。

「這個……」楊氏眼珠子一轉，丁異在濟生堂坐診，賺了不少錢，不如她找到朵氏後再來跟丁異要錢……

「不說？算了！」雲開轉頭對丁異道。「別信她，她是騙你的。咱們走。」

曾八斗從馬車裡探出頭，狠狠瞪了楊氏一眼，低聲罵道：「看來是少爺我揍妳揍得還不夠狠，有消息就說！不說揍死妳兒子安大郎！」

楊氏是真怕曾八斗，立刻唯唯諾諾地道：「就是撞見在了化生寺門口的一輛馬車邊，她一閃就過去了，我也沒看清楚……」

雲開轉頭對丁異道：「去找嗎？」

雖說他們已經知道了朵氏的下落，但聽楊氏說了一點反應也沒有，會引起懷疑的。

丁異點頭。「我去看看。」

不光他去，丁異還把不情不願的曾八斗從馬車裡拖出來拎走了。

曾八斗一邊走還一邊嘀咕著。「你娘那樣的，你找她幹啥，她愛幹啥就幹啥唄！」

這幾年曾八斗也知道了當年的事，知道丁異的娘是他們家的丫鬟，知道自己的娘為啥那麼恨丁異的娘，但他不明白這麼多年了，他娘和他爹為啥還總是為這麼件小事吵吵鬧鬧的。

不就是一個爬床的丫鬟嗎？有啥了不起的，哪家還沒幾個！

見丁異不理他，曾八斗又沒好氣地道：「欸，你早點跟雲開成親，省得再出么蛾子！」

「誰出？」丁異問道。

曾八斗氣呼呼的。「要你管！」

丁異只是問道：「你哥？」

曾八斗跳起來。「才不是呢，你胡說啥，再胡說我可要揍你了！」

「他不娶，寧若素了？」

曾八斗梗著脖子，半天才道：「我家的事要你管？你趕緊把雲開娶回家不就好了。」

丁異翹起唇角，快了。

回到城中，丁異便要曾八斗先回家去，他自己去找人。只不過他並沒有去化生寺，而是直接去了他爹的小院，到了後發現他爹不在院中，一問才知是出門去看熱鬧了。

丁二成要看的熱鬧跟一般人說的熱鬧不一樣，他要去的地方丁異都不稀罕去，於是丁異只吩咐了幾句讓下人好生伺候著，便往外走，準備回村了。可剛走到街口，他卻遇上了快步走上來的丁二成。

丁二成衝過來抓住丁異的衣裳。「快，找人跟我抓你娘去，這個賤貨居然還活著，看老子不剝了她的皮！」

這真真湊巧，楊氏遇上也就罷了，爹怎麼也會遇上了？丁異皺眉。「在哪裡？」

「化生寺的放生池邊，快點，別讓她跑了！看她那身衣裳，準是靠上哪個野男人了！老子絕不能饒了她！」丁二成罵罵咧咧地道，今日他轉悠到放生池邊想看看有沒有美人兒在那裡祈禱或洗腳，哪知竟一眼看到了朵氏那個賤人！

雖說她戴著圍帽，但跟她住了十年的丁二成怎麼可能認不出她來！但丁二成見她身邊有好些人伺候著，知道自己不能上去吃虧，這才急急回來讓人去找丁異。

丁異點頭道：「你在家等著，我去。」

「放你娘的屁，老子能等得住嗎！」丁二成罵道：「快點！」

丁異皺眉，直接將他推回院中，吩咐下人守著，才快步出了巷子。他娘這樣肆無忌憚地招搖，到底是為了什麼？

第二十九章

丁異去到放生池邊卻找不到他娘的蹤跡，只好心事重重地回了富姚村。

關乎到丁異奇葩爹娘的事，當著家人的面，雲開也不好多說什麼，只是拉著丁異一起做蘆葦畫。蘆葦畫是個精細活，無論是剪還是燙蘆稈都得全神貫注，丁異坐下一會兒後也就靜下心來，老實作畫。

待到三日後，又是丁異在濟生堂坐館的日子，因有不少病人排隊等著，丁異便早早到了城中，可剛看了不到十個病人，便有人急急來報，說丁二成在護城河淹死了！

丁異驚得站起身來，請劉增榮幫病人看診，他則急匆匆地趕去護城河邊，眾人見到丁異來了，趕忙分開一條路，丁異快步到了丁二成身邊，伸手壓在他脖子的經絡上，渾身濕透的丁二成脈象全無，已經沒了氣息。

「我等也是巡街走到此處，才發現有人浮在水面上，撈上來發現是小神醫的父親，才急急給您送了信。」巡城的捕快嘆口氣。「這護城河兩邊有護欄，真不曉得他怎麼會掉下去。」

丁異沒有多說什麼，只是點頭謝過，著人將丁二成的屍體送回小院準備後事。丁二成死了，他此刻竟不覺得難受，只覺得解脫，不過該做的事還是要做的——葬了這個打了他十年，號稱是他爹的酒鬼。

長輩去世後辦喪事，若是族裡人多，便會自家操辦棺槨紙馬等物，將死者依照規矩安葬；若是家中人少或者怕麻煩，也可給承辦喪事的送殯行銀錢，讓他們代為操辦儀仗、器物、孝衣、紙馬等物，只要給了足夠的銀錢，送殯行會給辦得體體面面。

丁異著人請來送殯行的人，如數給了銀子，這些人立刻駕輕就熟地操辦起所有事宜，待安其滿和曾前山得了消息，提著點心和紙錢過來祭奠時，見門上已掛起了白布，院裡支起了靈堂，已經有模有樣了。

唯一沒有模樣的便是丁異，這孩子雖穿了一身重孝，卻一聲不哭地跪在靈堂內，少了哭聲，這靈堂就哪兒也不對勁了。

當過里正的曾前山和丁異商量道：「這送殯行裡有人給哭靈，不如找幾個來吧？」

丁異點頭。「已經去找了，馬上來。」

正說著，一群男女呼啦啦地進了院子，從送殯行的管事手裡接了孝衣，分男女跪在靈堂左右，齊聲開哭。

這哭聲一起來，就什麼都對了，曾前山滿意地點頭，轉身卻見安其滿臉色黑得難看，便低聲問道：「怎麼啦？」

安其滿咬牙。「我大嫂在裡邊！」

啥?!曾前山往靈堂內找了找，還真見到楊氏跪在人群裡，以手拍地，哭得正起勁！

這婆娘真是什麼錢都敢賺！曾前山的臉也黑了。「讓人去把你哥叫來，把她弄回去！」

「若是我哥肯管她，她也不敢這麼幹。」安其滿怒聲道，安家與丁家是八竿子打不著的親戚，論鄉親輩分，楊氏也只能給丁二成叫一聲哥，怎麼輪也輪不到她跪著哭靈。她可以不要面子，自己還得要呢！安其滿跟丁異提了一句後，一直心事重重的丁異才發現混在人堆裡的楊氏，直接讓人將她趕了出去。

本來就是看熱鬧的楊氏毫不在乎，出門後立刻買了包點心又轉過頭進來祭拜，祭拜後楊氏大咧咧地坐在一邊吃茶繼續看熱鬧，只不過是混不上那份哭靈的錢罷了。丁異見此，直接叮囑了送殯行的管事，待她喝完茶就請出去，不許她再進來。

安其滿不願跟楊氏這等沒皮沒臉的人較勁，略過她跟丁異商量道：「你大伯那邊可派人送了信兒？」

丁異搖頭。「不知道，他們在哪兒。」

這幾年丁二成從未跟丁大成往來，丁異就更不知道丁大成在什麼地方了。曾前山道：「我倒是聽說大成他們還在南山鎮，叛軍敗走後，估摸著他們應該回了盧安村吧，你派人去報個喪，不管尋不尋得到，還是得全了禮數。」

丁異點頭應下。

有了曾前山在，這裡的事情變得更加井井有條起來，安其滿跟著忙活了一上午，午後回到家中跟媳婦兒和孩子們講了。「丁異看著不聲不響的，倒是交好不少人，過去弔孝的人絡繹不絕的，差點把小院都擠滿了。」

梅氏點頭道：「丁異現在說話辦事都不差，再加上有真本事隨身，旁人自然要巴結著他。」

「誰說不是呢。」安其滿接著道：「莫說旁人，曾八斗都過去幫他張羅事兒呢，這兩孩子也算是不打不相識了。曾家不光曾八斗去了，曾春富也親自去了一趟，跟丁異說了幾句話。」

雲開抬起頭，曾春富去了，丁異見到他心裡應該不太舒服吧，畢竟曾春富可能是他的……親爹。

「曾春富跟丁異說了啥？」梅氏趕忙問道，雖然沒有跟家人說過，但梅氏眼看著丁異跟曾春富越長越像，她心裡還是犯了嘀咕的。

雲開聽到娘親這麼問，心裡也犯起琢磨，莫不是娘親也看出了什麼？

安其滿不曉得媳婦兒為啥這麼問。「這哪聽得清楚，左右不過是節哀順變那幾句話。」

梅氏給睡午覺的兒子和小閨女拉了拉被子，又低聲道：「丁二成死了，開兒和丁異的親事看樣子得往後拖一拖。」

父母亡，一年內不得辦喜事是規矩，便是丁二成再混帳，這個規矩他們還是得守的。安其滿道：「開兒覺得呢？」

雲開點頭道：「女兒聽爹娘的。」

雖說不該，梅氏還是低聲道：「其實他死了也好，他活成那樣或者還不如死了，起碼丁異再也不會被他拖累了。」

「是呀，現在沒人能拖累丁異了。」安其滿也替丁異高興。

混帳爹死了，讓人不省心的娘還在呢，比起只會花銀子喝酒打人的丁二成，雲開覺得朵氏更麻煩。

三日後，丁異將丁二成葬在藥谷邊一處面水背山的向陽山坡上，了結了他這讓人無語的一生。當夜，丁異脫下孝衣，直接去了趙府，直奔他娘親朵氏的臥房。

朵氏正坐在梳妝檯前細細地梳理自己的秀髮，趙裴修待她好，脂粉頭油都給她買上好的，銀子也沒缺了她的。經過這幾個月的細心調理，眉目姣好的朵氏肌膚白嫩，舉手抬足間皆是三十出頭的成熟女子韻味。看著鏡子中的自己，朵氏翹起嘴角，又低頭看自己越發白嫩的雙手，顯得滿意極了。

這才是她該過的日子！

朵氏抬頭再看鏡裡時，竟發現多了一個人影，她嚇得玉梳落地，驚呼一聲轉身，看見丁異就站在自己身後。

「你來了。」朵氏含笑，震驚過後，她很快就反應過來了。

她的聲音粗啞，卻不算太難聽，丁異再一次感嘆師父的醫術，竟讓這麼多年不能說話的娘可以說話了。

「我爹，妳殺的？」

他們是母子，幾乎不說話都能交流的，朵氏也沒想過這件事能瞞過他，轉身繼續梳頭。

「你想報仇？」

丁異抿抿唇，他一直派人緊盯著趙府，丁二成之死事有蹊蹺，當他確認過丁二成死前那天晚上的行蹤，對照他娘那天晚上也不在趙府時，便知道了。不過他沒想到，奪走一條人命，她能這麼坦然。

「接下來，妳要幹什麼？」

朵氏笑了，粗啞的嗓音竟笑出幾絲魅惑來。「想幫我？」

丁異沒有吭聲。

「還是，知道你爹是誰了，想幫他們一起對付我？」朵氏的聲音怨氣十足。「想幫我就給我藥，能毒死曾家全家的藥！」

透過銅鏡，丁異靜靜看著被仇恨扭曲了面容的娘親，待她被自己看得低下頭後，才開口道：「兩條路，第一條，我送妳走；第二條，妳報仇，與我無關。」

朵氏收了笑。「滾！」

不肖子！長著跟他爹一樣的臉，揣著跟他爹一樣的黑心！

「若是不走，我與妳，再、再無關係。」丁異最後道。

朵氏冷笑地譏諷。「還以為你不磕巴了，沒想到還是這副沒出息的德行！」丁異冷漠地轉身而去，同時撤走了這三日暗中跟著朵氏的屬下。見他走了，朵氏翹起嘴角，這孩子是什麼德行她比任何人都清楚，丁異再生氣也不會不管她，所以她大可以放開手折騰，甚至以他的名號換取她想要的一切。

正如當年無論她怎麼討厭、怎麼漠視他，他無論出去多久，還是會回來，蹲在院子裡可憐巴巴地望著她，祈求她的目光。她稍微待他好一點，他就會立刻跑過來，圍著自己轉悠。因為她是他娘，他理所當然該當她手中的一枚棋子，這是他欠她的！

朵氏這次歸來並沒有刻意隱瞞行蹤，因為除了盧安村來的這些人外，沒有人會認得一個十年時間都在家中深居簡出的啞巴女人。

所以朵氏殺死了丁二成後沒有掀起什麼風浪，起碼目前來看是這樣，現在所有人關注的重點還在寧家身上。

在寧致遠帶著江氏到濟生堂看了兩次診後，再沒見寧家人帶著江氏來看診，也沒見江氏出門走動過，江家也沒有提及或去探望這個嫁到寧家的姑奶奶。寧家和江家的態度，好像世上從來就沒有過這個人一樣，街上都在傳因為江氏給寧家丟了臉，所以寧適道就像對待他的親生女兒一樣，把這個給他丟臉的夫人關起來了。

是以，寧適道的名聲每況愈下，待新年後眾學子返回青陽書院繼續讀書，圍著寧適道討教學問的人少了，倒是時常站出幾個當面指責他有違倫常、不可再擔當山長的激憤學子，寧適道初時還能抱著清者自清的態度坦然面對，一笑置之。

但當這樣的人越來越多時，寧適道心裡也慌了。他急需與人結盟以穩固現在的地位，轉了一圈，寧適道將目光放在樓知縣、鄧雙溪和白建業身上。

樓知縣混跡官場，自然曉得名聲的重要性。現在青陽百姓指責寧適道的話都是有憑有據的，身為一方父母官的樓知縣恨不得與寧適道有多遠離多遠，怎麼可能幫他撐腰提氣？而鄧雙溪不齒寧適道的為人已久，也不會同流合污；白家的營生與寧家並無連結，白建業自然也不會去蹚這渾水。

再說了，這之中還有丁異和雲開在，鄧家和白家更不會站到寧家一邊。

是以，寧適道和寧致遠在青陽游走多圈無果，正焦頭爛額之際卻又傳來噩耗——江氏死了！

其實在發現外邊的風聲對寧家越來越不利時，寧家父子就知道一定不能讓江氏在這時候死了，所以寧家一直按著丁異的藥方，花費重金吊江氏的命，本以為她能依丁異所說的再活一、兩載時，她卻死了！

這怎不叫人惱火？

定是丁異為了給雲開出氣，故意讓他們人財兩空！寧適道面色陰沈地派人去叫丁異，定要讓他給個說法。

丁異剛給丁二成燒了七七紙回來，就被寧家人截住了，丁異看著氣急敗壞的寧家僕從，沈靜地道：「我與你走一遭。」

聽聞江氏死了，寧家人要找小神醫的麻煩，不少路人跟在後邊要去寧家一探究竟，卻都被寧家攔在大門外。

待見到躺在床上瘦成一把骨頭且臉色鐵青的江氏時，丁異抬手壓了壓她的胸口，又翻了翻她的眼皮，沒有說話。

寧適道擰著眉頭道：「我等按著小神醫的吩咐，好湯好藥地著人伺候著，為何我夫人還是一命歸西？小神醫若是因為雲開之故對我寧家有恨，也不該以此等上不得檯面的手段對付你的病人才是！」

寧致遠看著丁異沈靜無言的臉，心裡就覺得有些不妙。他上前一步問道：「請小神醫看看，她是因何去的？」

「她是誰？」丁異反問。

寧致遠抿唇不語，擱以前，人前人後他都喚江氏一聲母親，但出了這麼多事後，母親二字他再也說不出來了。

寧適道皺眉。「我等花重金拿了小神醫的藥方和藥膳，她自然就是你的病人，論旁的做甚！」

丁異轉身就走。「她的死，與我無關，不信就去，告官！」

「站住！」寧適道大聲吼道：「真當我不敢去告官不成？莫以為你是……」

「吞金。」丁異看著面前攔住他的一眾僕從，只冷冷地說了兩個字。「讓開。」

這些人想讓又不敢讓，只得看著自家老爺。

寧致遠快步上前拱手道：「她真是吞金死的？」

「不信，找仵作。」丁異依舊是少言。

若真是這等死因，寧家有何臉面去找仵作？寧致遠拱手請求道：「還望小神醫高抬貴手，莫將……家母的死因告於旁人。」

丁異莫名其妙地看著寧致遠。「你等方才，在街上壞我名聲時，怎麼不說？」

寧致遠再求。「千錯萬錯都是我等的錯，請小神醫看在蔡祭酒的情面上，高抬貴手。」

寧致遠的妻子蔡婉如乃是國子監祭酒蔡大人的姪女，蔡大人又與丁異的恩師劉神醫交好，這樣也算有些拐彎的情分在。丁異冷聲道：「若是蔡叔知道你們這樣，也不會答應。讓開！」

丁異的本事寧致遠曉得，自然不會橫加阻攔，只能眼睜睜地看著丁異走出寧家。

丁異出了寧家大門，立刻有人圍攏上來詢問。

丁異還是異常簡潔地兩個字。「吞金。」

這兩個字無異於巨石落水，在青陽又激起驚濤駭浪。不過這些都與丁異無關，他騎馬出城，直奔富姚村。

聽說江氏吞金自盡，雲開也覺得不可思議，江氏那樣的人，可不像是會自尋短見的，不過看著丁異一臉疲憊，雲開不想與他討論寧家的事，只是輕聲問道：「怎麼了，沒睡好嗎？」

丁異點頭。「總是夢見我娘，睡不著，不想吃藥。」

雲開心疼了。「吃早飯沒有？」

丁異點頭。

朵氏的事雲開不想多說，只想讓丁異換換心情，便拉著他的手道：「咱們去山裡採野菜回家包包子吃，好不好？」

丁異立刻點頭，開春後事情多，他與雲開還沒有機會入山遊玩過。雲開進屋跟娘說了一聲，便與丁異揹上小背簍出門了。

陽春三月萬物新，山上的新綠讓人覺得尤其養眼，穿過田間耕作的農人，越過開滿金黃菜花的油菜田，雲開和丁異進入山林中。

見左右無人了，丁異立刻拉住雲開的手，臉上的笑容藏也藏不住。

丁異自小就喜歡山林，只有回到這裡他才能真正放鬆，雲開不禁心疼著。「濟生堂人那麼多，你待著會覺得難受嗎？」

丁異點頭又搖頭。「必須這樣，我是男人，要養家。」

若不是丁二成去世，他和雲開現在已經成親了。丁異握緊雲開的手。「長大了，不能任性。」

「你師父說的？」

「嗯。」丁異輕聲道：「師父說，單獨行醫，滿十年，就可以做自己，想做的事。」

十年啊，聽著要很久。不過想想丁異年輕，十年「退休」後也才二十多，想做什麼就能做什麼了，對比現代大多數人的苦逼人生，還是非常值得羨慕的。

不過就算如此，雲開也不願丁異難受。

「過兩日我去和白伯伯講，讓他在濟生堂內專門給你弄一間診室，之後只讓要看診的病人入內，其他的都照順序在外邊等著，這樣你就不會覺得吵了。等咱們成親後，你去看診時，我也跟著去，按照你開的藥方幫病人抓藥，咱們一塊兒去一塊兒回來。」

有雲開在的地方，再多人丁異也不覺得吵，不過他還是搖了頭。「妳不去，累，在家等我。」

雲開找了塊向陽背風的地方，拉著丁異坐下，曬著暖洋洋的太陽道：「以後的事，以後再說，現在先睡覺。」

丁異愣了。

雲開笑著點了點他的頭，又把他拉過來，讓他的頭靠在自己的腿上。「這麼早出門上山，哪可能只是為了採野菜，不是沒睡好嗎？現在睡吧，我守著你。」

躺著的丁異向上望，湛藍的天空下就是雲開的笑臉，他不禁看呆了。

雲開被他看得不好意思，伸手合上他的眼睛。「睡覺！」

丁異拉下她的手抱在懷裡，乖乖地把腦袋移到她身邊的空地上睡了。不是不想挨著她，是擔心把她的腿壓疼了。

空氣裡是青草香，耳朵裡是鶯啼婉轉，雲開看著地上的樹影一點點轉過，心裡異常平靜。她想日子就這樣過下去，這樣跟丁異一起慢慢長大，慢慢變老。

丁異這一覺睡得很沈，也很久，然後，他被自己餓醒了。醒來後見雲開也躺在自己身邊睡著了，丁異內疚又覺得幸福，他靜靜看著雲開的睡顏，直到雲開張開眼睛。

「睡醒了？」雲開張開眼，聲音還有些初醒的沙啞甜膩。「餓不餓？」

丁異滿懷愧疚。「過了晌午了，沒有野菜，沒有回去，二嬸著急。」

雲開又笑了。「沒事，咱們出來時我就跟我娘說了，咱們晌午可能不回去吃飯。你看這是什麼？」

雲開把她的小背簍拿過來，裡邊有竹節、臘肉、大米和菠菜等，她本就預備著若是睡過了頭，便在山裡野餐的。

丁異一看這些東西，眼睛就亮亮的。「竹筒飯！」

「對，咱們到溪邊做竹筒飯吃，吃完飯再採野菜回家。」雲開站起來，也是興致盎然，丁異這些年都在忙著，她許久沒與他這樣一起玩了。

丁異更是興奮，一路走著便把乾柴撿好了，到了溪邊生好火，先燒了些水給雲開喝，然後索利地淘米、切洗臘肉和野菜，然後統統放進竹筒裡，再把竹筒放在火上慢慢烤著。待飯香飄出來時，他發現自己真的餓了，而且是餓了好久了。

自從爹去世後，他忙著處理後事至今似乎沒有好好吃過一頓飯，所以今天他一口氣吃了三個竹筒飯，看得雲開直搖頭，難怪大家都說半大小子吃死老子，丁異的胃就像個無底洞一樣。

等吃完飯再採了野菜，洗乾淨裝進背簍裡，兩個人才下了山。

回到家時，日頭已經西轉，該準備晚飯了。院子裡正抱著二郎曬太陽的梅氏見到這兩個小的回來了，笑得一臉和藹，毫無怪罪之意，丁異這才放了心。

晚飯時，他與安其滿商量之後蓋新房的事，安其滿替他規劃著。「家裡雖然就你們兩個人，但你還有那十幾個隨從，這些人總不好離你太遠，不如蓋兩進的院子，你和開兒住裡院，外院讓他們住，等到以後家裡添了人也不至於擁擠是不？」

丁異連連點頭，飯後便去找村裡的里正姚廣興商量買地建宅子的事。姚廣興自然是舉雙手贊同的，丁異是神醫弟子，有他在村裡住著，大夥兒心裡也踏實。

要地？有，沒有也得給騰出來！

兩進院子？好，兩進若是住不下，就蓋三進的，咱有的是地方！

還要找蓋房的工匠？不用，咱村裡有好幾個瓦匠把式，趁著開春種上莊稼沒事的這幾天，先給小神醫把房子蓋好！

木頭？村南的林子裡有的是，他讓人幫著砍回來，跟村裡人家晾曬了一年的乾木頭換一換！

……

丁異聽得連連搖頭，以他不太伶俐的口齒費了好大勁才婉拒了里正的好意，說他已經請安二叔幫忙找了建屋的工匠，磚瓦木頭也在訂了，只等找到合意的地方便能開始建房子。

待到丁異走了後，姚廣興忍不住對他讚不絕口，隨後又指著自己不服不忿的二小子姚二樹道：「丁異蓋房時你給老子幫工去！他的房子什麼時候蓋好了，你什麼時候回來。」

姚二樹噘起嘴。「不用爹說我也會去，我與丁異是什麼交情？」

「打出來的交情，打不過不得不服氣的交情，樣樣比不過人家還不肯上進的交情！」姚廣興罵完，又怒其不爭地道：「人家丁異這年紀就能自己蓋房準備娶媳婦了，你呢，你都快二十了，媳婦兒呢？房子呢？到現在還吃老子住老子用老子的，你也不嫌寒磣……」

姚二樹被他爹罵得一陣堵心，乾脆抓起個饅頭溜了，看得姚廣興直嘆氣。

有了地，又不缺銀子和人手，丁異的房子蓋得極快，也就一個半月的功夫，一座兩進、五間正房的寬敞大院子就蓋起來了。這院子蓋起來後，立刻超越安其滿的院子，成了村裡最氣派的大屋。

親眼看著這院子一點點建起來的安其滿站在院中，無比滿足。「等妳弟弟長大了，也讓他憑本事建個自己的大院子娶媳婦兒！」

雲開忍不住笑了。「弟弟現在還小呢，爹就想著讓他娶媳婦兒了？」

「快著嘞，也就是再過十四、五年，一眨眼的功夫。」安其滿感嘆道：「這不還沒眨眼，妳就要嫁出去給人當媳婦兒了？」

看爹一副感傷樣，雲開忍不住上前抱住他。「爹，您放心，女兒和丁異不會離爹娘太遠的。」

「爹知道，爹很慶幸有妳這個好女兒，招來丁異這個好女婿。」安其滿安慰地抱住女兒。「這房子建好了，過兩天暖灶時記得叫丁異把幫了忙的村人都請來吃飯，一來是熱鬧，二來也給這房子添點熱呼氣兒。」

這是村裡建房的規矩，丁異不懂的有安二叔幫忙操心著，丁異心中感激，待屋裡的家具也置辦齊了後，他暖灶的第一頓飯就照安其滿吩咐的，把蓋房時送過禮或者幫過工的村人都請來，大夥兒坐在一起熱熱鬧鬧吃了一頓。

待雲開過去轉悠時，見院裡雖然收拾打掃乾淨了，但還瀰漫著菜飯的氣息，便笑道：「真的是多了煙火氣息呢。」

丁異也笑著，拉著她進新屋裡轉悠一圈，兩人都激動著，因為這是他們的房子，以後他們要住在這裡，一輩子呢。

雲開甜甜地笑了。

轉過癮往外走時，雲開心裡還琢磨著哪裡該放什麼家具，不想抬頭卻見到了意想不到的人，瘦了一圈的寧致遠站在門前，兩眼噴火地盯著她。

看著皮膚漸漸白皙後顯得越發明豔照人的雲開，寧致遠心中複雜難言。

他站著不說話，雲開和丁異自然不可能主動搭理他，兩人繞過他，準備回雲開家時，寧致遠才開口低聲道：「父親病了。」

見這兩人的腳步都不帶停的，寧致遠的語氣便生了怨懟之氣。「妳便是再狠，他也是妳的親生父親！妳不認父親也就罷了，何苦天天變著法子，讓人壞父親的名聲？讓父親和為兄身敗名裂，對妳有什麼好處，只有這樣妳才能解氣嗎？」

雲開停住。「第一，要我說多少次你才信，我不是你們寧家的女兒，你們怎麼樣跟我無關；第二，我自己家裡的事還有一大堆沒幹完，田裡的草還沒拔清，哪有閒功夫去破壞你們的名聲？寧大少爺說話做事要有憑有據，否則我是可以到衙門告你的。」

無憑無據？寧致遠怒看丁異，想說他不該當著眾人的面說出江氏的死因，放倒這壓死駱駝的最後一根稻草。可丁異冷冷地盯著他，他卻說不出口了。因為丁異說的都是實情，他能如何？

丁異是他的誰？憑什麼幫他們藏著掖著？

「若非受妳的指使，妳那大伯娘為何到處說我家的壞話？」寧致遠怒道。

雲開忍不住笑了。「我大伯娘做的事跟我有何關係？你若想知道她這麼做的原因，只管讓人差她去問，莫不是你們偌大的寧家，連這點事都查不清楚吧？」

寧致遠氣得說不出話，乾脆甩袖而去。

楊氏的事說起來非常簡單，她收了江氏的銀子，所以到處講寧、曾兩家的事，說兩家交情多深、又多有情有義，說曾九思與寧若素是天造一對地設一雙，直到被曾八斗教訓了一頓。她安靜了幾日後，重操舊業沒多久又被曾八斗的娘叫過去，不知是被教訓了一頓還是給了銀子，出來後說法立刻大轉彎，改說起寧家的壞話，說寧若素配不上曾九思。

這一說，便是近兩個月，也怪不得寧適道會被氣病，寧致遠忍不住找上門來。

雲開和丁異回了自己家後，把寧致遠說的事跟娘親講了，梅氏皺眉道：「妳大伯娘這樣有恃無恐地折騰下去，不管是寧家還是曾家，總有人會收拾了她，也不曉得她怎麼就一點也不怕呢？」

雲開道：「大伯娘這等三姑六婆，只要給銀子，什麼事都肯辦的，用起來順手吧。」

梅氏嘆了一口氣。「好端端的日子不過，非得把自己糟蹋成這副模樣。」

楊氏別的本事沒有，煽風點火、傳人是非的能耐是一等一的，她就跟小貨郎一樣走街串巷地四處散播消息，真真假假摻和在一起，的確是給搖搖欲墜的寧家雪上加霜了。

雲開坐視不理，也實在是因這個大伯娘的嘴誰也管不住，只能任她去了。

新房蓋好了，丁異開始忙著濟生堂的事，日子就這麼平靜地度過。父親繼續忙著蘆葦畫生意，母親照看小弟弟，各家忙著自家的事，雲開領著妹妹繡花、做農活，一路看著寧適道丟了青陽書院山長的差事，看著曾家和趙家為搶生意鬥得天翻地覆。

這一晃，便又到了隔年秋天，雲開的個頭追上了娘親，成了大姑娘。丁異出了孝期，又開始琢磨成親的事了。

「你說去幹什麼？」雲開與丁異說話，才發現他又長高了，丁異把她抱在懷裡，更像抱個孩子。

雲開每次抬頭看丁異都很無奈。「我估計再也長不到你的耳邊了。」

丁異點頭，見她一臉愁苦，忍不住低聲笑了，變聲期的男孩子聲音沙啞，雲開卻不覺得難聽。「這樣正好。」

正好什麼？

雲開眨巴眨巴大眼睛，丁異的頭已經低了下來，印在她的唇上。雲開的臉立刻紅了……

這熊孩子一年來醫術長進了多少她不曉得，但親熱的本事卻日漸增長！

這要是成了親還得了……

「買床。」丁異很是開心。

成親用的婚床是要女方買的，雲開近幾個月來一直跟著娘親四處採買嫁妝，林林總總的東西買得她頭疼，覺得自己嫁給丁異後幾年內除了吃的，什麼東西都不用買了……

但娘親卻總覺得不夠。

今日，的確是要去買床了。雲開看著丁異火辣辣的眼神，白嫩的臉上就飛起了紅霞。

丁巽偏還老實巴交地跟她商量。「床要大的，這麼大。」他張開胳膊。「睡著舒服，要結實，城東老六，家具行裡，有一張好床，我讓他留著，妳去看喜歡不？」

雲開羞得咬唇，抬起小腳用力踩了丁巽的腳，轉頭跑了。丁巽見她跑出院子後，才低頭仔細擦鞋子上的土，這雙鞋是今年雲開才給他新做的，可不能這麼快就髒了，雲開做一雙鞋子要好久，他要穿得省一些。待他擦完鞋子後起身，卻見曾八斗正抱著肩膀靠在自己家門口的門框上，一臉的疲憊。

曾八斗近來瘦了不少，幾分憨橫添了幾分精明。他靠在牆上，目光複雜地看著丁巽，一句話也不說。

丁巽抖了抖衣袍，平靜問道：「有事？」

曾八斗皺著眉頭，直接問道：「趙裴修的小妾，到底是不是你娘？」

丁巽搖頭。「我娘，走了。」

「你少給我打馬虎眼！」曾八斗努力睜大小眼睛。「我娘說那女人跟你娘長得一模一樣！她不是你娘是誰？」

「然後呢？」丁巽平靜問道。

這一年來朵氏一直在趙裴修身後，鼓動著他搶曾家的生意。曾家是南山鎮的大戶，但到了青陽不過算是中等，根本鬥不過青陽排位第三的大商號趙家。所以，曾春富使盡渾身解數，還是只能眼睜睜看著自己這四、五年來在青陽經營起來的店面一個個地被趙家打垮。

曾家不明白趙家為何突然針對他們，直到後來曾夫人在化生寺偶遇了趙裴修的小妾，才知道原來是朵蘭搞的鬼！

這個該死的女人，現在居然還活得好好的，成了趙家二爺寵愛的侍妾！為此曾夫人與曾春富大吵大鬧，若不是當時曾春富手下留情，就不會有今日的後患。曾春富沒有見到朵氏，但他聽說趙裴修的寵妾是個美貌多才且聲音動人的女子。

朵氏都成了啞巴，絕不可能是趙裴修的妾！

曾夫人咬牙切齒地道：「有丁異那樣的兒子，她什麼事辦不到？」

曾春富擰眉不語。

「別以為我什麼都不知道，丁異那模樣長得越來越像你，他是誰的兒子一目了然！」曾夫人氣得發抖。「當年……」

「夠了！」曾春富猛地站起身。「外患未除，妳又想折騰什麼？」

「我折騰，這是我折騰嗎？是誰不依不饒地折騰！」曾夫人的聲音一點也不比曾春富小。曾八斗在院子裡聽得煩了，索性出門找丁異問個清楚。

雖然不願意承認，但丁異看起來真的比他更像是大哥的親兄弟，他這個親生的反倒像是撿來的……

然後？如果他知道怎麼辦，還至於站在這裡發愁？

曾八斗抱著腦袋蹲在地上。「啊——愁死人了！」

丁巽可沒功夫跟他磨蹭，他還得準備成親要用的東西，還得安排成親的酒席。曾八斗拉住要出去的丁巽的衣袍。「丁巽，咱們算朋友不？」

丁巽靜了靜，點頭。他被曾八斗追著打了幾年，又被追著當他的朋友幾年，丁巽現在只是有點煩他，並不想毒死他。

所以，算是朋友吧。

曾八斗抬起頭問道：「那你告訴我，趙裴修的小妾到底是不是你娘？」

丁巽搖頭。「我娘走了。」

「那你爹是誰，真的是丁二成嗎？」

丁巽低頭看著這瘦了一圈的胖子。「當然。」

曾八斗皺皺眉，心裡說不上是鬆了口氣還是堵得難受。「那你為啥長得跟我哥還有我爹這麼像？他們都說你是我爹的兒子……你是我弟弟。」

丁巽抖掉他的手。「這個，去問我爹。」

「你爹死了！」曾八斗怒道。

「所以，我怎麼知道？」

待丁巽上了馬後，曾八斗喊道：「你成親那天，我跟你一起去接親！」

丁巽沒有吭聲就騎馬走了，按照曾八斗對他的瞭解，不吭聲就是贊同了。他站起來拍拍身上的土，轉身牽著馬往回走，回到家卻遇上娘親正與大哥吵架，為的又是寧若素的事。

娘不想要這個兒媳婦，大哥也對寧若素沒有感情了，但是不知道基於什麼心思，他一直沒有讓娘去退親，但這一年他也沒去寧家走動，讓人摸不透他的想法。為此，娘和大哥吵了無數次！

聽煩了的曾八斗衝進去大吼一聲。「啊——煩死了！」

他這一嗓子將曾夫人嚇了一跳，回過神來就罵。「你還煩，你有什麼好煩的？說，剛才去哪兒了？看到娘和你爹吵架也不知道攔著！」

「攔著有用嗎！」曾八斗沒好氣地回了一句，坐下抓了一顆桃子就開始啃。

「吃吃吃，就知道吃！」曾夫人坐回椅子上。「你找丁異去了？他怎麼說？」

「丁異說他娘走了，還說他是他爹的兒子。」曾八斗啃完一個，又啃第二個。

曾九思看過來，曾夫人皺起眉頭。「他爹是誰？」

曾八斗煩躁道：「他爹就是他爹唄。娘啊，要我說趙裴修的小妾是不是丁異的娘有啥關係？他們跟咱們搶生意，咱們搶不過人家就是沒本事。丁異的爹是誰有啥關係？就算丁異是爹的種，人家又不稀罕咱們家，妳防著幹麼？人家丁異現在要名聲有名聲、要銀子有銀子、要媳婦兒有媳婦兒，才不稀罕咱們呢！別說咱想不想認這個兒子，就是爹想認，你們去問問丁異樂意認他這個爹不？」

曾八斗又拿起一顆桃子。「丁異那個不上道的爹好不容易死了，他怎麼可能想再認一個給自己找事？人家都要娶媳婦兒了，娶了媳婦兒就有家、有孩子，人家缺啥了？瞎操心！」

曾夫人被二兒子這一連串的話堵得難受，卻也不得不承認他說得有道理，便一巴掌奪過兒子手裡啃了一半的桃子，罵道：「既然如此，你還在這兒吃什麼吃，還不幫你爹搶生意去，再這麼下去，咱們就得回南山鎮了！」

「回南山鎮有什麼不好的？那日子過得多自在！」曾八斗嘟囔一句，抹抹嘴邁步走了，只留下曾夫人和曾九思在屋裡兩兩相對。

半晌，曾九思才輕聲道：「二弟說得對，趙裴修的妾室是誰、丁異是誰的兒子，都與咱家無關，歸根究柢還是咱家不夠強。為今之計也只能勸爹收手，咱們先回南山鎮再打算。」

好不容易搬出了鎮子進了縣城，曾夫人如何肯回去？「那裡退了匪患但還是很亂，家宅雖在，但田地多荒蕪，咱們回去了能怎麼辦？這裡的生意難道就不要了？我看你不是想回去，是想避開寧若素吧？」

真是唯小人與女子難養也！曾九思臉色難看地站起身，剛要離去，卻聽門外人報道——

「少爺，寧致遠求見。」

「他來做什麼？」曾夫人皺起眉頭，若說現在她最不想見的人，排在頭一號的是丁異，第二號的人物便是這寧家人了。這家人帶衰，誰沾著他們都不得好。

「讓他進來。」曾九思站起身，略微整理衣著，靜等寧致遠入內。

不管寧家多艱難，寧致遠進來時依舊淡定自如，儒雅非常，只這一點就讓曾九思不得不佩服。若是他處於寧家現在的境地，怕是早就收拾包袱遠走他鄉了。

寧致遠先給曾夫人行禮，曾夫人只是微微頷首，又跟曾九思行禮，曾九思站起身還禮，請他入座。

「恩師近來身體可好？」曾九思主動問起許久不見的寧適道。

寧致遠含笑。「比前些日子有了起色，如今應已起床讀書作畫了。」

寧適道自從丟了青陽書院的差事後便閉門不出，整日在家中悶著也悶出了病來，好在經過調養，沒有釀成大病。

曾九思微笑點頭，然後兩人之間便陷入了沈默，一種由親近到陌生、雙方之間都心知肚明的沈默，寧致遠笑容裡見了一絲絲尷尬。「嬸母近來可安好？」

「致遠整日閉門苦讀不曉得，我家的生意越發地不順，連飯都要吃不起了，還怎麼安好？九思和八斗天天陪著他爹進進出出忙著，也沒功夫去給寧先生請安，唉！」曾夫人嘆口氣，不管寧致遠來幹什麼，總之先堵住他借錢的口。

寧致遠笑容見少，關懷地問道：「竟是如此？不知可有致遠能幫忙之處？」

你不幫忙咱還只是對付趙家，若是你幫了忙，怕是得連著安家和白家一塊兒對付！曾夫人連忙道：「寧少爺是讀書人，這些生意上的俗事怎麼能煩勞你呢？髒了您的手就不好了。」

這距離拉得已經夠大了，寧致遠見寒暄不下去，便直接說起主題。「明年春闈日漸臨近，致遠有意今年入冬前啟程入京準備，家父也要一同前往，九思和若素的親事不若近日辦了吧？無論明年春闈致遠能否得中，都要在京城待上一、兩年，若是一、兩年後歸來，怕耽擱了九思與若素的親事。」

什麼？現在就要讓他們成親？曾夫人沈著臉道：「九思還未立業如何成家？若是你們等不及……這親事還不如……」

「不如九思親自登門與恩師商議！」曾九思打斷母親的話，站起身道：「我與致遠兄一同回去吧。」

寧致遠似是沒有聽到曾夫人的話，與曾九思出了家門。曾夫人看著寧致遠挺直的腰桿冷哼了一聲，暗道他能裝相，現在大夏國內誰不知寧適道是個偽君子，寧致遠入京又能如何？他當真以為自己還能入春闈不成？大夏選才向來是德行第一，本事第二的。這也是為何寧家名聲敗壞後，曾夫人不願兒子再與寧家有過多牽連之故。

她覺得兒子就是讓寧家給毀了！

曾九思跟著寧致遠到了寧府，見到門庭冷落，院內亭臺不復往昔，心中也不免失落，這裡畢竟是他自七歲起待得最多的去處。待再見到寧適道時，曾九思更驚了，不過一年不見，恩師的兩鬢竟已摻雜了絲絲白雪，恩師今年才不過四十有一啊！

曾九思心中難受，撩衣袍跪在書房內。「弟子不肖，請恩師責罰。」

寧適道經過此番磨難，也失了些精氣，多了絲真正的平靜。「起來吧，家裡的生意可還好？」

曾九思搖頭。「怕是要搬回南山鎮去。」

竟到了這個地步嗎？寧適道和寧致遠十分驚訝，父子二人對對眼神，看來曾家現在為了生意的事焦頭爛額，怕是真沒有心思娶若素過門。

曾九思未起身，而是接著道：「師兄方才前來說師父有意讓九思娶若素過門，九思不是不願，但一來家母對若素實在是怨懟頗深，若素過去了怕也難安穩；二是若素的年紀也小，請恩師再寬限兩年，待九思讓家母漸漸消了怒火再娶師妹過門，可否？」

寧適道微微沈默，曾九思說的也是在理。若是女兒嫁過去不得婆家喜歡，也少不了吃苦，若是矛盾激化，還可能被休出家門。若是那樣，還不如不嫁。可是，若不讓寧若素出嫁，就得讓她跟著進京，若是她再惹出禍來……

寧致遠徑直問道：「九思若真心想娶若素，不若咱們現在便定個日子，兩年也好，三年也罷，讓若素也有個盼頭？」

曾九思猶豫，不敢正面回答。「九思是想娶，可這親事最終得從父母之命，九思只能說儘量，不敢……」

寧適道和寧致遠都皺起眉頭，若是放在兩年前，曾九思說出這樣的話，寧適道早就將他打罵出府了，但是現在……寧適道嘆口氣。「儘量便儘量吧，你難得來一趟，去看看若素吧。」

曾九思應了，起身去見寧若素，途經曾關了寧若雲多年的小院，他的腳步微微加快，不願轉頭去看一眼。

待進了寧若素的閨閣，見到許久未見的小師妹時，他心中也有些難受。

秋季百花凋零，寧若素彷彿跟那花園裡的花朵一樣凋零了，明明正值荳蔻年華，卻整個人沒了神采，如失了魂的木偶一般，呆呆地看著曾九思。

曾九思靜靜坐在她面前，輕聲問道：「可是病了？」

寧若素搖頭。「九哥哥是來退婚的嗎？」

曾九思微微搖頭。「九思並無此意。」

寧若素忽然笑了。「你心裡明明就是這麼想的，還說沒有？不過依九哥哥的想法，應該是想讓我寧家主動提出退親吧，畢竟曾家退親，對你的名聲有損。」

曾九思的心思被人揭穿，面上也冷了。「妳胡說什麼！」

「素兒是不是胡說，九哥哥心裡最明白。」寧若素笑得淒涼。「我娘死了，爹爹和哥哥對我不聞不問，你是我的未婚夫，足有一年的光景不來看我，這是何意還用我明言嗎？九思哥哥心裡已經沒有素兒了。」

曾九思皺眉。「若素，妳我是未婚夫妻，便是因這一連串的變故生了些嫌隙，但九思從未提過一句不娶妳的話，妳真是欲加之罪何患無辭！」

寧若素冷哼一聲。「九哥哥說不過素兒，便要跟我論道嗎？」

「真是豈有此理！」曾九思面對如刺蝟般的寧若素，一刻也待不下去，甩袍袖轉身離去。

這樣的師妹讓他感到陌生，更怕師妹以後變成江氏那樣狠毒的女人，或者說，她內在就是那樣毒如蛇蠍的女人，那些年來欺負若雲的不就是她嗎？

曾九思越想，心裡越發難受，他不想娶這樣的女子為妻，不想與她共伴一生。

得知曾九思與若素說了幾句話就甩袖離去後，寧致遠皺起眉頭，到了寧若素的小院，斥責道：「九思這個未婚夫是妳自己挑的，如今妳怎地又這般作派？」

寧若素望著曾經對自己言聽計從的兄長，滿臉嘲諷。「寧大少爺這是做甚，急於將我趕出家門嗎？說吧，若是你們進京不打算帶著我，曾九思又不打算娶我，你們要怎麼辦？將我關在家中還是關到哪個別院去『養病』？」

他和父親的確是這樣商量的，寧致遠這一年來沒少受若素的氣，對她也是心懷怨氣。寧家逢此多事之秋，他和父親絞盡腦汁地想著如何度過難關，若素身為寧家女，身為江氏那個罪婦的女兒，不思如何幫父兄排憂解難，反而是冷眼旁觀，時不時地添些麻煩！讓人越發地厭棄她，進京之後居地狹小，若是天天與她低頭不見抬頭見的，他怕是沒心思讀書了。

「妳好自為之！」

寧致遠也甩袖離去。

看著寧致遠生氣難受，寧若素覺得心裡一陣痛快，她冷冷地翹起嘴角，只有他們父子不痛快，她才覺得對得起娘親、對得起自己。現在的她早已歇了嫁給曾九思的心思，因為曾九思對她的態度早已是冷若冰霜，便是她嫁過去了也難扭轉他的心思。

她寧若素，不想重蹈娘親的覆轍，踏上一條不歸路！既然無人願意娶她，那她就賴在寧家，倒要看看這對狠心的父子，能將她怎麼樣！

第三十章

終於，丁異與雲開成親的日子到了。

富姚村張燈結綵，村口路邊每棵大樹上都貼了紅彤彤的喜字，丁異的家中一早便賓客不斷，有些人是得了請柬來的，大多是丁異這幾年結交的朋友；還有一些是不請自來，被丁異醫治好的病人。

丁異家佈置得喜氣洋洋，兩進的大院裡坐滿了人。神醫劉清遠也從關外趕了回來，與他一同在座的是日升記白家的老東家白秋為、國子監祭酒蔡橫淳，還有南部潮州的大學士丁適可等劉清遠的好友。

丁異看著他們同坐在自己家中，笑容就沒落下去過。而知悉這些人身分的來賓，更是心中震撼非常。

寧府內，得知蔡橫淳到了青陽，寧適道和寧致遠驚得站起，蔡橫淳竟親自到青陽為丁異賀喜！他不只沒提前來書信讓他們知曉，來了這裡後竟也沒有通傳一聲！

這是……對寧家不滿了？

寧致遠心中惴惴不安，若是惹了蔡橫淳不快，自己進京應考怕是難順當。「父親，兒去富姚村看看？」

「備一份厚禮，找人陪你一同前往。」寧適道急急道：「想必王家、樓家都接到了喜帖。」

寧致遠點頭，這兩家本與他們交好，不過今時今日，他若再去找他們同行，怕是也會被這些人嘲笑了。寧致遠備了禮品後，直奔曾家找曾八斗，以曾八斗和丁異的交情，他一定會去的。

他也算趕得巧，趕到曾家時見不只曾八斗，而是父子三人齊上陣，都要去富姚村！見到寧致遠，曾春富還有些不好意思，主動解釋道：「我們與小神醫乃是同鄉，他的大喜之日，也該過去道聲喜才是。」

怕是聽說來了許多大商號，所以才想去混個面熟吧。寧致遠沒有說破，含笑搭了幾句近乎，便混入了曾家父子之中。曾春富見他要去，心中很是不快。「致遠，冤家宜解不宜結，你在丁異大喜之日前去，沒有道喜的意思，反而是給人添不痛快的吧？」

難道你們不是？如此袒護丁異，真當他是你曾家的兒子不成！寧致遠笑道：「致遠也知，所以並未打算討喜酒，只是親自送上一份賀禮，道聲喜便回來。」

道聲喜不吃酒，怎麼可能！曾八斗一把抓過寧致遠手中的禮匣子。「致遠哥，這份禮品我幫你帶過去，你就甭去了，行不？」

寧致遠鬧了個大紅臉，也只得含笑點頭。「如此有勞八斗了，等你去丁家見了蔡伯父，幫我問聲好。」

曾九思心中驚訝，沒想到蔡大人也到了青陽！丁異不過是個郎中罷了，怎麼可能請得了國子監祭酒？待他進了丁家，聽聞堂屋內坐著的八位老者的名姓，驚駭不已。

曾春富也是如此，他腦袋中只有一個想法，以後沒事千萬不能招惹丁異，否則他拿藥當街毒死自己，這些人也能保他平安無事！

他這個兒子……還能認回來嗎？曾春富坐在廂房裡吃茶，長吁短嘆。

劉清遠見了曾春富的模樣，再看看跟在徒兒身邊的曾八斗，撫鬚含笑。他們這邊熱鬧著，隔壁的安家也一樣熱鬧。

親朋好友皆來道賀，正房內，新娘子雲開正在梳頭裝扮，梅氏在一旁又哭又笑的，感傷地看著女兒，雲開從鏡中見到娘親如此，心中也難受得緊。

待到後晌吉時，丁異騎馬領著花轎從隔壁院內放鞭炮出發，要繞村子一圈再回到安家接自己的新娘子。他那邊放了鞭炮，雲開這邊的喜婆便催促眾人加快準備，新娘子在拜謝父母後就要出門等待新郎迎娶了。

雖然不過是搬到一牆之隔的新屋子，當雲開跪在堂屋跟爹娘辭行時，心裡還是一陣陣的慌亂和不捨，梅氏更是泣不成聲，她這一哭，雲開也忍不住了，淚珠子一粒粒地滾下來。

哭嫁，是新娘出嫁時必備的一個環節，雲開本覺得這是多餘的，但真輪到自己了，才曉得真情從中流露，不會哭不出來，還可能哭泣不止。

安其滿眼裡也閃著淚光，看著跪在地上的大閨女，恨不得待會兒直接將丁異打出去，再將女兒留在家中兩年……

郝氏、牛二嫂等人見這娘兒倆止不住，紛紛上來勸說，已經嫁人的牛二妞、安如意和曾大妮兒等人上來紛紛勸說，喜婆又勸又哄地給雲開補了妝後，丁異已經等候在院門外了。

爹娘訓話，喜婆子蓋上喜帕，安大郎將她揹上院門口的花轎，雲開聽到眾人的哄笑聲和曾八斗的叫嚷聲，心中一時沒著沒落的。

晃晃悠悠地到了丁家，丁異踢開轎門，牽了她出花轎，邁火盆、進喜堂、拜天地、拜恩師、夫妻對拜，共入洞房，雲開心裡還是飄悠悠的，只得緊緊抓著手裡的紅綢。

待到喜帕被丁異挑開，終於見到他的人時，雲開抿著小嘴抬頭看他。

屋裡的人都曉得雲開是遠近聞名的大美人，但見到她穿著喜服的模樣，還是忍不住一陣驚嘆，這也太好看了。

丁異晃了晃神，拉住雲開的小手，問道：「怎麼了？」

強撐著的雲開抿起小嘴，眼裡又有了淚花，不曉得為什麼，她還想哭。喜娘趕忙上來勸說。「哎喲，新娘子現在可不能哭，一哭就不吉利了，來來來，咱們喝合歡酒啦！」

雲開一吸鼻子，用力忍著，丁異卻低下頭，輕聲道：「沒事，想哭就哭。」

他這話一出口，滿屋子的人都驚呆了，雲開卻忍不住笑了。她一笑，若百花齊放，看呆了丁異，喝合歡酒、繫同心結、撒紅棗栗子……整個過程丁異都是輕飄飄的，待這些囉嗦玩意兒都過去了，喜婆子推著丁異出屋去給客人們一一敬酒。

丁巽不情不願地往門口走，待要出屋時，他回頭見到陷在一堆紅色裡白得驚人的雲開，忍不住說了一句。「妳等著我。」

丁巽這一句傻乎乎的話，直接逗樂了屋裡的一群人，喜婆子用帕子捂著嘴道：「這新郎官真是的，新娘子不在這裡等著你，還能去哪裡？」

丁巽傻笑著出了喜房，去外邊答謝賓客。喜房裡，送嫁的郝氏低聲問雲開：「餓不餓？」

雖然這一天沒吃什麼東西，雲開一點也不覺得餓，不過郝氏和小姑如意跟著她忙活了一天，也該餓了，雲開點頭。

見新娘子餓了，這邊迎親的鄧雙溪的夫人立刻讓人上喜宴，陪著雲開用膳。雲開看著一大桌的雞鴨魚肉和烏龜湯，卻覺得沒有什麼胃口，草草吃了幾口就放了筷子，倒是安如意一口接一口地吃個不停。郝氏見她這樣就忍不住打趣。「如意這麼吃，真跟有了好幾個一樣。」

安如意跟曾應龍成親至今還沒有孩子，為此沒少受婆婆的白眼，不好意思地笑了。「不是有了孩子，就是餓了……」

雲開安慰道：「丁巽不是給小姑和小姑夫切過脈，說你倆的身體都好好的嗎？孩子該來的時候就會來了，不急。」

如意羞澀地點頭，曾大妮兒也安慰道：「妳看我也是成親兩年才有的，真不急。」

「關鍵是她婆婆急啊。」牛二妞嘆口氣。

郝氏抬了眉毛。「她急啥？家裡那幾個小的還不夠她看的？再說妳和婆家現在又不住在一塊兒，她就是說又能說得了幾次？」

因為趙氏橫看豎看如意這個兒媳婦都不順眼，曾前山覺得這樣下去不是法子，就請了安其滿和村裡的里正當證人，給兩個兒子分了家。他們兩口子跟著大兒子過，曾應龍和如意小倆口單獨過，說實話，如意覺得分家後的日子，是她這輩子過得最幸福的時候。

雲開見小姑胖了一圈的小臉，不由得感嘆時間過得真快，她的朋友們已經從討論誰家兒郎好、嫁妝多少合適，改為討論婆婆如何、孩子如何了……

這麼下去，再過幾年該討論自家的姑娘該嫁個什麼樣的小夥子、兒子該娶誰家姑娘了吧？雲開翹起嘴角，對未來的日子充滿期待。

見小姑的臉都要趴到飯碗裡去了，雲開給她盛了一碗湯。「小姑喝這個湯，滋味不錯。」

安如意點頭，端起來喝了一口就覺得有點噁心，捂住嘴乾嘔了兩聲。她這兩聲立時讓一屋子的女人瞪大了眼睛，鄧夫人驚喜地道：「這興許是真的有了呢！妳上次換洗是什麼時候？」

安如意不好意思地道：「我的小日子一向不準，不太記得了，興許有兩個月吧。」

喜婆子和鄧夫人對對眼神，笑著恭喜道：「這就該是了。」

牛二妞笑嘻嘻地道：「是與不是，等會兒丁異回來了，讓他給妳好好切個脈就知道了。」

「就是，若是日子短小神醫號不出來，劉神醫也在呢！」郝氏歡喜得不行，遞了一杯水給如意。「妳仔細別摔了，要知道妳有了，前兩天我就不該讓妳幫著打豆子。」

前陣子那會兒郝氏家田裡的豆子收下來時，找了幾家人幫忙打豆子，安如意也在其中。

安如意笑道：「嫂子莫這樣，還不曉得是不是呢。」

雖然話是這樣說著，但她用完飯起身時，也是小心翼翼，眾人也是不讓她收拾東西，只讓她在旁邊坐著陪雲開說話，等著丁異回來。

丁異挨桌敬酒，到了曾春富父子所在的這一桌時，他面不改色地端著酒壺道謝斟酒，正欲一飲而盡時，曾春富忍不住說了一聲。「少喝一點，醉了難受。」

他這一句話，更將關注著這一桌的人的興趣吊了起來，丁異微笑地搖頭，一飲而盡。

「一輩子，就這一次。」

幫丁異端托盤的曾八斗也叫好。「爹別管，丁異成親就得喝，能喝多少喝多少！」

白雨澤睇起眼睛看著幸災樂禍的曾八斗。「你這是丁異的好兄弟，還是好對手？哪有你也跟著勸酒的？」

眾人哄笑起來，曾八斗仰著脖子大聲道：「當然是好兄弟，不是好兄弟咱能替他端盤子？」

丁異也笑了起來，帶著曾八斗去了下一桌。

這孩子比八斗長得俊，比九思長得硬朗，若是他的兒子……曾春富看著丁異離開，笑得有些勉強，扶著桌子坐下，又獨自飲了一滿杯。許是父子天性，不用什麼證據，也不用朵氏親口承認，曾春富也曉得這是他的兒子，可這個兒子對他是完全地冷漠，就像他是個路人一般。

「父親若是上頭了，咱們這就回去？」曾九思低聲道，他真正的未婚妻被丁異牽進了洞房，教他心裡如何不難受！他甚至想不明白自己為何要來這裡受這個罪，不就是個傻妞嗎？不就是個錯過的女人嗎？

曾春富搖頭。「等八斗一起回去，莫讓他胡鬧。」

曾八斗真是準備留著胡鬧的，他陪著丁異敬了一圈酒，就拉著他回洞房，準備鬧洞房了！等著要鬧洞房的不止曾八斗一個，姚二樹、曾應夢的兒子曾歲餘、二妞的弟弟牛木化、曾大妮兒的弟弟曾桶等一群半大小子跟著闖進新房，待見到坐在床上美得不像真人的雲開時，這一幫子人都愣了。

誰能想到，平時不施脂粉的雲開打扮起來竟這樣漂亮！喜婆子見這些人來，立刻擋在新娘子面前，笑道：「行了，人也看了，鬧也鬧了，快去吃酒！」

哪鬧了?!曾八斗看著傻笑的丁異就來氣，大吼一聲。「兄弟們，給小爺揍他！」

娶了這麼好看的媳婦兒，不揍能行嗎？眾人一擁而上將丁異壓住，拳頭巴掌地招呼起來，不過除了曾八斗，其他人倒也有分寸，意思意思就得了。

雲開皺眉看著這沒分寸的傢伙，給牛二妞使眼色，二妞立刻叫道：「鬧什麼鬧，再鬧咱們可動手了！」

「來啊！」曾八斗吊著肩膀，痞痞地叫囂著，不過還是住了手。「告訴你丁異，你要是敢對不起傻妞，小爺揍死你！」

他這話說得一屋子人笑起來，丁異會對雲開不好？天塌下來都不會有的事！

終於把這一幫人趕了出去，郝氏立刻拉著丁異道：「你快看看你小姑是不是有喜了？」

小姑？丁異暈乎乎地轉了轉腦袋，才想到今日起雲開的所有親戚就是他的親戚，雲開的小姑自然就是他的小姑了。丁異伸出三指壓住安如意的脈，剎那間一屋子都安靜下來，所有人都瞪大眼睛看著。

丁異按了一會兒，又讓安如意換了另一隻手繼續按，然後翹起嘴角。「是有了，不足兩月，脈象尚不明顯。」

安如意的心剎那就落回了肚子裡，一屋子人都叫著雙喜臨門，牛二妞立刻讓門口的弟弟去喊在前邊吃酒的曾應龍。已經喝得醉醺醺的曾應龍邊晃著跑過來，先掃了一眼美得驚魂動魄的雲開，才盯著媳婦兒的肚子發呆，惹得一屋子人跟著笑起來。

郝氏立刻道：「還指望你扶著你媳婦兒呢，就你這樣，還是我給你扶回去吧。」

眾人又哄笑起來，這場喜宴鬧了大半夜才漸漸散了，直到屋裡只剩下雲開和丁異這小倆口。丁異拉著雲開的手。「累不累？」

雲開搖頭。「你呢，喝得難受不難受？」

丁異嘻嘻一笑。「醒酒露。」

他配的醒酒露，只幾滴便能讓人清醒過來。雲開笑了。「就是有醒酒露，酒也是在肚子裡啊！」

丁異立刻道：「我用銀針，逼出來。」

雲開。「……」

見她這無可奈何的樣子，丁異躺在床上笑了半天不停，雲開便不再理會這傻子，坐在梳妝檯邊，開始摘頭上的簪子和花鈿，若是再不摘，她怕是脖子都要被壓斷了。

剛摘了兩支，丁異便跑到她的身後，很專注地將她頭上的飾物一個個摘掉，放下她如瀑的長髮，又幫她按了一會兒脖子和肩膀。

雲開舒服地嘆了口氣，嫁了個會按摩的郎中，真真是好。兩人收拾了屋裡的雜物，又開了窗去掉屋內的氣味，再燃起香，屋內頓時變得溫馨起來。

丁異緊張地搓了搓手。「睡覺？」

雲開也羞紅了臉，輕輕點頭。丁異立刻拉著雲開跑到床邊，把她身上的喜服除去，然後自己索利地脫了衣服，躺在床上舒服地嘆息一聲，翻身把雲開摟在懷裡，低喃道：「真好……」

這樣脫了衣服跟丁異睡在一起，雲開緊張地閉上眼，果然，丁異的唇很快落下來，急切地尋上她的。

一陣纏綿過後，丁異摟著自己的新娘子粗粗地喘氣，待平復下來，才道：「睡吧。」

雲開驚訝地張開眼睛，就這樣了？不是要……

丁異啄了啄她的小臉，也是忍耐著。「小日子，過了半月。」

雲開的臉刹那間全紅，小日子過半月正是容易懷孕的時候，不過丁異怎麼會對她的週期這麼清楚？她又沒跟他提過！

丁異低低地笑了，他每個月都會給她切脈調理身體，怎麼會不曉得她的小日子是什麼時候。雲開氣惱道：「不許笑！」

「嗯……」丁異應了，還是忍不住地笑。

然後這傻小子，就這樣抱著自己的媳婦兒傻笑了大半夜，雲開都睡著了，他還在傻笑。

第二日一早被院裡的雞叫醒後，雲開推開丁異的胳膊剛爬起來，又被他拉回被窩裡摟著。「不起……」

「你師父還在呢，咱們得去敬茶。」雲開提醒道。

「師父說，他累，天亮再起。」丁異貪戀著被窩裡的溫暖，雲開又何嘗不喜歡，她乖乖躺在丁異的懷裡，偷偷笑著。

成親了呢，她跟丁異成親了。跟他一起睡醒，躺在床上說話，真好。兩個人都不多話，所以只是靜靜地面對面躺著，相視傻笑。

待到起床後，丁異才道：「昨日，寧致遠在門口，等蔡伯。」

「寧致遠的媳婦是蔡大人的姪女，他打算年前進京就是奔著蔡大人去的。」雲開道。

「蔡伯。」丁異提醒道，他都叫安如意小姑了，雲開怎麼還不改口呢？

雲開又笑了。「好，蔡伯。」

「不過，蔡伯，不喜歡他。」丁異又道。

雲開點頭，寧家先是繼母虐待拐賣嫡女，後是江氏吞金自殺，出了這些醜事，寧致遠考進士的事算是差不多黃了，他去京城不過是想託蔡橫淳的門路，讓蔡橫淳幫他作保，以提升他的名聲。可蔡橫淳做事公正嚴明，這事怕是不容易。

兩人給劉清遠敬了茶，三人坐在一起用飯時，劉清遠也提起此事。「你蔡伯住在城中的清萊客棧，今日上午去青陽書院轉一圈，後晌就啟程歸京，徒兒去送一送。」

「這麼急？」雲開詫異道。

劉清遠笑道：「他有官職在身，哪能像為師這般自在。」

雲開問道：「師父留下來住些日子可好？我和丁異都捨不得您走。」

劉清遠點頭。「為師在藥谷過冬，明年開春再走。」

這就是要待半年了，丁異和雲開都開心不已。

他們這邊開心著，寧致遠和妻子蔡婉如在青陽書院外等得焦躁。「伯父怎麼還不出來？」

寧致遠安撫道：「應是快了。」

惦記著家中孩子的蔡婉如咬唇，以她對伯父的瞭解，今日這一程他們怕是白來了。嫁給寧致遠蔡婉如不後悔，但是攤上江氏這等狠辣的婆婆，她也只能自認倒楣，只盼著這場風波早日過去，好過上平靜的日子。

晌午時分，蔡橫淳才被一幫人簇擁著從青陽書院出來，寧致遠立刻帶著妻子下了馬車，上前行禮。

見寧致遠居然帶著姪女拋頭露面地站在路邊，蔡橫淳心中不悅，不過卻沒有掃了她的面子，相互問了幾句家中的情況，便帶著他們夫妻一道回了客棧。

丁異已經在客棧中等候了，蔡橫淳叫了丁異與寧致遠一起用膳。丁異曉得他有拉和之意，也默默作陪，蔡橫淳說了幾句場面話，便開口跟寧致遠說道：「寧家家門不幸，出了這等事，你該好生閉門自省，亡羊補牢才是，進京的事不必著急，在哪裡跌倒的，就從哪裡爬起來。」

寧致遠沒想到他還沒開口，蔡橫淳就堵住了他的嘴，端著酒杯怔怔地不能回神。蔡橫淳又道：「你還年輕，以後的路還長著，不可急於一時。正身立名，厚積薄發方為上策。」

「是，謹遵伯父教誨。」寧致遠站起身，一躬掃地，再不甘又如何，他只能忍著！

蔡橫淳又對丁異道：「往事不可追，還要往前看。」

丁異點頭。「我們與寧家，無怨。」

寧致遠咬唇。「丁異，當著伯父的面，你說一句實話，雲開到底是不是我的胞妹？」

還不待丁異開口，蔡橫淳便沈下臉來。「你寧家已為寧若雲立了衣冠塚，為何還要強認安家女？只憑著模樣相仿嗎？天下模樣相仿的大有人在！」

寧致遠只得告罪，蔡橫淳嘆息一聲，不再提他寧家的事，只是與丁異閒聊，用完飯後便直接啟程，未登寧家的門。

這件事自然又在青陽引起一陣風波，寧致遠聽從蔡橫淳的吩咐，歸家後閉門苦讀不出，遠離外界風波。

雲開在新屋內院轉了幾圈，聽著牆那邊娘家的聲響，真想跨出院子回去，可娘千叮萬囑地說過了，在回門前不讓她回去！雲開嘆了一口氣，只得招呼著她的陪嫁丫頭秋丫和春葉，一起清點庫房裡客人們送過來的禮品。

待清點完了，日頭已經西轉，一天就這樣過去了。秋丫問道：「夫人，晚飯怎麼準備？」

雲開消化了一會兒這個新稱呼，才道：「晚上吃素湯麵，再配兩個爽口的涼菜。妳們跟我一起準備。」

丁異和雲開都不喜歡家裡太多外人，是以除了雲開的兩個小丫頭外，內院裡並沒有旁人，外院的廚房倒是配了個做飯的廚娘，若是雲開想吃什麼，自然可以讓外院的廚娘做，但是新婚燕爾，雲開更願意自己做。

吃了清湯麵，又吃了丁異配製的去火藥丸，雲開便與丁異窩在書房裡，一起忙活他們前些日子撿回來的蟬蛻，俗稱「知了皮」。這東西可以做藥材，也可以做成動作各異、穿著皮衣的小猴子，這東西雲開小時候見過，覺得非常有趣，於是和雲淨從樹林裡撿了好些回來，在家裡拼做小猴玩。

丁異也撿了一些回來放在家裡，今日終於派上了用場。小夫妻兩個圍著桌子，頭碰頭地做小猴子，丁異手巧，做的小猴子尤其像樣，逗得雲開咯咯直笑。這樣一鬧，便是大半夜，待兩個人睡下時，丁異依舊抱著雲開親了又親，然後滿足地摟著睡了。

隔日，便是回門的日子。雲開和丁異這回門估計是所有媳婦兒裡最近的，出門走不到二十步便到了。雖說就是這幾步，但看到娘親淚眼汪汪地在門口等著，雲開也忍不住掉起了淚珠子。見到閨女哭，安其滿就恨不得揍丁異幾拳出氣！

這兩日雲開不在家，莫說媳婦兒，他都覺得心裡空落落的，尤其是跟姊姊睡慣了的小雲淨哭鬧著找姊姊時，安其滿格外地想揍人。

丁異看到岳父凶巴巴的目光，立刻把籃子打開，露出裡邊的十幾隻小猴兒，安其滿一看眼睛就亮了。「你做的？這個好看，不錯……」

小雲淨也跟著爹爹去看小猴子，梅氏和雲開哭了幾聲，也覺得傻傻的，母女倆忍不住樂了。梅氏將閨女拉進屋裡後，低聲問道：「怎麼樣？」

雲開知道娘親問的是什麼，忍不住羞紅了臉，輕輕搖頭。「丁異說我現在正是容易懷孕的時候，所以過些日子再……」

梅氏聞言拉著雲開的手拍了又拍。「我閨女有福氣啊……」

雲開嫁了人，與娘親好像更親近了，娘兒倆守著小二郎，真是有說不完的話。待到快晌午時，安家的人在安其滿的院子裡到齊了，分男女用飯。

楊氏和兩個閨女只管吃，郝氏與梅氏咬耳朵，打聽坐在另一桌的安其堂到底有啥打算，梅氏輕輕搖頭。「聽他的意思是在登州的差事也算穩定了，可還是沒有成家的打算。」

「那二郎的奶奶豈不是要急死了？」郝氏嘆口氣。「如意有了身孕，大姊兒都嫁人了，他這當老叔叔的，還是一點動靜也沒有，再過兩年大郎都要娶媳婦了。」

雲開看著吃得如風捲殘雲的楊氏三人，心中默默吐槽，安大郎比自己小一歲，也到了說親的歲數，不過可沒聽到有媒人上門，因為楊氏的緣故，他的親事可不好說。

這麼下去早晚出事，為啥大伯就是不管呢？看著爹爹身邊佝僂著像是老了十歲的安其金，雲開眼珠子一轉便明白了，現在大房那邊在掙錢的是楊氏，安其金也算是半個吃軟飯的，安其金現在便是說話，怕也沒人聽了。

眾人閒著無聊，便說起最近發生的事，話題自然而然地就扯到了曾、寧兩家的身上。因為近兩年來這兩家是青陽最衰、倒楣事最多的兩家人。

「也就是說，寧家人又不去京城了。」安其水吐槽道：「都說一鼓作氣、再而衰、三而竭。寧致遠明年春裡怕也不會去京城參加春闈，這一科的狀元跟咱們青陽掛不上邊了。」

安大郎沒頭沒腦地問道：「三叔，你今年去考秋闈了不？」

眾人剎那間安靜下來，暗罵這個沒腦子的。秋闈就是這幾日，若是安其堂去考試了還會回來嗎？

安其堂面容倒還算平靜。「三叔書讀得還不夠，打算下一科再去。大郎下科該去院試了吧？」

安大郎比安其堂臉皮厚得多。「咱不是讀書的那塊料，去了也考不中，還不如踏實待著呢。」

……這是互相傷害嗎？裡屋外屋的人都聽得無語。安其金怒道：「吃飯，這麼多東西都堵不住你的嘴？」

安大郎撇撇嘴，挾了一筷子肘子放進嘴裡。曾應龍笑道：「這三百六十行，行行出狀元，讀書不行咱就幹別的，畢竟能入官的人少之又少，大郎現在多認得一些字，過幾年大點了找個事做也容易，你看你姊夫，學醫術治病救人不也一樣挺好的。」

安大郎立刻掛起了笑。「還是小姑夫說得對，像姊夫這樣就好了。姊夫，過兩年我跟著你學醫吧？」

丁巽也點頭笑了笑。「只要你想，就行。」

莫說安大郎，安其金和楊氏的眼睛都亮了，安大郎趕忙問道：「姊夫，你說話得算話，可不能像曾九思糊弄寧若素一樣糊弄我。」

安其堂聽了大郎的話，愣住了。

丁巽道：「不糊弄，《草藥百解》，十天記住，就教你。」

「怎麼可能！」安大郎跳起來，他最頭疼的就是讀書，《草藥百解》一聽就是囉嗦玩意兒，他哪記得住。「姊夫，不帶這麼玩人的。」

安其滿笑道：「你姊夫沒糊弄你，當年他拜神醫為師，就是十天記住一本書，給人看病開藥方，得熟知百草習藥性知病理，樣樣馬虎不得。」

別看安其滿笑呵呵的，但他開了口，安大郎還真不敢反駁，只得嘟囔兩句算了。

安其堂咳嗽一聲，問道：「大郎，你剛才說曾九思怎麼了？」

安大郎聽他娘說了不少曾家的事，他也好這些，立刻來了精神勁。「曾九思和寧若素不是訂了親嗎？但曾夫人不想讓曾九思娶寧若素，曾九思就擺出一副這事跟他無關的模樣，想等寧家人退親呢。三叔不是見過寧若素嗎？真是個美人兒嗎？」

安其堂沒有開口，又低頭沈默地吃飯。

等到這一頓飯散了，梅氏才道：「娘怎麼看著妳三叔那模樣，似乎對寧若素還沒死心呢？」

雲開也嘆口氣。「真不知道三叔怎麼想的。」厲氏今天沒過來，就是被安其堂氣病了，厲氏知道他回來，趕忙張羅著給他說媳婦兒，安其堂知道後卻不同意。若說他還惦記著寧若素，這可真是不應該了。

待把娘家的事情收拾好後，雲開和丁異被娘親趕回了自己的院子。

兩人手牽手回了屋中，丁異又去了濟生堂，雲開獨自在家中這裡轉那裡轉，心裡滿滿的都是幸福。

不過這幸福中，也有煩惱。娘親今日還問她和丁異有沒有洞房，她說有，但其實沒真正有。她和丁異是滾了床單，但是沒滾成，不是因為有外人打擾，而是丁異他……

雲開也不知這事如何解決，乾脆去廚房給丁異做飯吃。天色剛晚，丁異便帶著幾個大石榴回來了。見到自己的媳婦兒在廚房柔柔的火光裡做飯，丁異的心裡暖呼呼，又有點心虛。

他快步進去，將手裡的東西遞給雲開，正在和麵的雲開轉頭見是兩個又大又紅的石榴，頓時覺得嘴裡泛起酸水。「長得真好，待會兒就吃。」

「劉員外家的。」丁異今日給劉員外的夫人看病，劉員外送了吃食表示感謝，丁異給大夥兒分了分，特別留下這兩顆大石榴，因為雲開愛吃。「晚上，吃什麼？」

丁異去盆裡洗手，然後坐在灶臺邊幫媳婦燒火，一旁幫忙的秋丫很有眼力地退了出去。

「揪麵片、扁豆角肉絲打滷，家裡的豆角長了好多。」揪麵片是丁異愛吃的，雲開夏天時在院裡的牆根底下種了豆角，自己家那邊的牆根種了絲瓜，都搭了架子。絲瓜從那邊爬到這邊，豆角從這邊爬到那邊，兩個院都可以摘來吃，方便得很。

雲開正笑著，丁巽將幾粒石榴籽遞到她嘴邊，雲開自然地吃了，又將籽吐在丁巽拿著的小碗裡。「你先吃。」

丁巽又遞上幾粒鮮紅的石榴籽，雲開笑了，又含在嘴裡。

拿著水壺走到門口的秋丫見到他們小倆口這親熱勁，又紅著臉退回了廂房裡。

用完晚飯，兩人在屋裡看了一會兒書後，雲開打了個呵欠，丁巽立刻道：「咱們，睡吧？」

雲開一聽臉就紅了，但還是點了頭。

待熄了燈後，丁巽果然就不老實了，蹭過來親親抱抱，可氣氛正好時，丁巽情不自禁地壓在雲開身上一會兒又翻下來，雙手抱住頭，粗粗地喘了口氣，很是挫敗。

雲開拉上裡衣，側身抱住他。「你怎麼了？」

丁巽一時不知如何說起，他的身子和他的腦子完全是兩個狀態，鬧得他也不知如何是好。

雲開輕聲道：「丁巽，告訴我，你這樣我不放心。」

他們兩個從小一起長大，彼此之間沒有秘密，現在更不需要隱瞞。丁巽握住雲開的手，壓在自己胸口上。「這裡，難受。」

「怎麼難受？」雲開緊張起來。

丁異低聲道：「剛才那樣，想到，我爹和我娘，小時候，我看到，聽到他們，難受……」

雲開沈默了一會兒。「他們……同房？」

「我爹，欺負，我娘。」丁異說得異常痛苦。

雲開明白了。丁二成與朵氏那彆扭的關係，想必他們兩個同房一定是丁二成強迫朵氏，丁異早就說過，他娘也是烈性的，在家時身邊時刻擺著柴刀，這樣的兩個人如何同房？一定是丁二成強迫的，朵氏一定也激烈反抗。那樣的場面與情愛無關，只有欺辱、掠奪、不甘、嘶吼……

還什麼事都不懂的丁異將這一幕幕埋在記憶深處，所以到了這個時刻，記憶翻騰起來，讓他無法再進行下去吧。

雲開心疼地抱住他。「咱們跟他們不一樣，一點也不一樣。」

丁異用力點頭，他什麼都知道，但就是無法忘記，無法……

雲開豁出老臉去，把頭壓在他汗濕的肩膀上，聲音幾不可聞。「我喜歡你，你怎麼樣都喜歡，你怎麼對我，我都喜歡。所以，不一樣。咱們還小，慢慢來，早晚有水到渠成的一日，對不對？」

覺得自己十分沒用的丁異反手抱住雲開。「是我，沒用。」

雲開安慰了他半日，兩人才沈沈睡去。

第二日一早，丁異回藥谷去找他師父研究草藥，雲開也跟著去了。這個季節正是收穫根莖果實類草藥的時候，得知劉神醫有意上山一段時日採摘藥草，雲開想讓丁異換換心情，便道：「丁異不如跟著師父一起去，到時弄些山楂回來，咱們熬山楂糕吃。」

丁異捨不得雲開，不過又有話想問師父，便同意了，交代隨從和濟生堂請了數日的假，他便揹著背簍跟著劉神醫進了山。

雲開回家後，坐在自己的小院子裡皺著小眉頭，琢磨著洞房的事該怎麼辦。

這是一件非常棘手的事，不能問娘親，更不能問別人，得靠她和丁異自己想辦法。可是那些不好的記憶深藏在丁異腦子裡，她該怎麼幫他把那些醜陋的記憶趕走呢？吃藥是最後一步，催眠她也不會，難道只能靠丁異自己克服嗎？

不行，那樣他會很痛苦。雲開盯著牆邊架子上紫紅色的豆角和從娘家院子裡爬過來的長絲瓜，腦袋不停地想著各種法子，眼睛慢慢地有了神采。

想到了辦法的雲開在家等著丁異回來，可丁異還沒回來，她卻等到了自己的小日子。

捂著肚子坐在屋裡的雲開，無奈地笑了。

待到小日子過了後，雲開決定出去走走，白天沒事的她帶著妹妹到外面的田地裡，望著又漸漸變得枯黃的蘆葦地和旁邊剛剛鑽出來的綠油油的小麥苗，心情格外好，因為這一大片麥田裡有她和丁巽的十畝。

為了成親，丁巽不只蓋了新房，還置辦了田產，這便是他們的田，就在這時馬蹄聲響起，雲淨拍著小手笑道：「姊姊！姊夫回來了！」

「還不一定是呢。」雲開聽著馬蹄聲，向遠處眺望，待見到丁巽真的出現在視線裡，雲開和雲淨同時揮舞胳膊，雲淨大聲喊著，雲開的臉卻慢慢羞紅了。

她的小日子過去了，丁巽也回來了……

如往常一樣，丁巽帶回來不少好東西；又跟往常不一樣，這些東西分了兩份，一份給岳父岳母，一份帶回自己家，給媳婦兒。

給媳婦兒的自然是最多的。

丁巽帶著雲開回家翻看好東西，還獻寶一樣地從馬褡褳裡拿出一捧野菊花送給雲開。

「山窩裡，還開著。」

雲開捧著深深聞了聞。「我也想去。」

「好。」

「明年春天我跟你一起進山採藥，你去哪裡我就去哪裡。」雲開又道。

「好。」丁巽對雲開有求必應。「就我跟妳。」

「嗯！」雲開甜甜地笑了，笑得丁巽心發燙，眼發亮。

雲開見他這樣盯著自己，臉不由得慢慢紅了。「快去洗洗身上的土，我去做飯。」

雖然家裡有秋丫和外院的婆子在，但雲開還是習慣親手給丁異做飯，愛到濃處才發覺，無論為他做什麼，自己都是心甘情願的。

丁異回頭見雲開越來越紅的臉，又快步走回來，撫上她的額頭，又按了按她的脈搏。「哪裡，不舒服？」

雲開深吸一口氣，將手環在他的腰間。「沒什麼，就是想你了。」

這一句話，讓丁異的臉也紅了，他親了親雲開的小臉。「我回來了。」

若是以前他會拉住自己親個沒完的，雲開抿抿唇，那夜的事讓他開始沒自信，這可不行……雲開咬咬牙，豁出去了！

待到丁異洗浴用過飯後，雲開也鼓起勇氣去洗澡，決定實施自己的大膽計劃，可是還來不及等她開始，丁異被人叫走了。

找他的人，是曾春富。曾春富來到丁家拜訪，見到丁異時卻欲言又止，丁異倒是坦然得很。「找我何事？」

曾春富猶豫了一會兒，問道：「趙家二爺的小妾，真不是你娘？」

丁異靜靜地看著曾春富，沒有說話。

曾春富一時也覺得難以啟齒。「當年的事，我……」

「當年，你，與我無關。」丁異硬生生地打斷曾春富的話，不想聽他的懺悔和解釋，他看著他娘在背後一點點地摧毀曾家的生意，看著曾家跳腳卻又無可奈何，他們的恩怨只能讓他們自己解決，與自己無關。

見丁異這樣，曾春富心裡也沒底，莫不是那個女人真不是朵蘭？這怎麼可能呢，若不是朵蘭，她是誰？

曾春富接著說道：「這些日子我一直派人跟著那個女人，想查她的底細，但因為趙家護著，我的人沒找到什麼線索，沒想到前陣子一名家丁就此沒再回來，後來才發現，那家丁被趙家的下人滅口了。我現在已經找到了十足的證據，就是那女人指使下人做的，包括你……你爹丁二成的死因也不單純，你若不……我就直接去衙門告發了？」

朵蘭縱奴殺人，趙裴修也脫不了干係，若上告衙門，曾家危急可解，只是他畢竟不希望這事鬧大，如果朵氏能早日收手就好了，所以他特意前來告知丁異一聲，畢竟那是他娘，也許丁異從中調停，事情可以解決。

丁異依舊靜靜看著曾春富，還是那句話。「你怎麼做，與我無關。」

「這可是你說的！」曾春富不禁有些氣惱。「若是到了那一步，你可別怪我不講情面。」

丁異沒有回應，曾春富轉身離去。他走後，丁異起身要回內院陪雲開，不料曾八斗又進來了。

丁異挑眉看著他，幾日不見，這小胖子瘦了，顯然忙得焦頭爛額的，不過瘦了後的曾八斗眼睛顯得比以前大了，看起來更像曾春富而非曾夫人。

「小磕巴，如果我爹把你娘送進牢裡，甚至害你娘被殺頭了，你還會認我這個朋友嗎？」曾八斗低著頭，苦惱得很，心裡暗罵這都是些什麼事，一齣又一齣的。

丁異哼了一聲。「你本來，就不是。」

這個傢伙又說反話。曾八斗抬起頭，嘿嘿地笑了。「現在怎麼辦，你真的不管你娘嗎？」

丁異沈默了，好一會兒才說：「讓曾安去。」

他很清楚，在娘親心裡，沒準兒曾安的話會比他這個當兒子的有分量，畢竟曾安是他親外公的把兄弟，過去也一直暗中幫助娘親。

這麼想著，丁異也是一肚子的苦澀。

曾八斗笑咧了嘴，雖然不知曾安為何有用，但立刻轉身追他爹去，告訴他丁異的想法。曾春富聽完，半晌沒有動。

曾安年紀大了，前兩年已經回到田莊養老，上次見他還是過年時他帶著孫子進府拜年的時候。不過丁異既然提起了，未嘗不可一試，畢竟他真心想留條活路給朵氏走，只要她收手。

平日深居簡出的朵氏每個月固定有幾日會到化生寺燒香，以她如今是趙家最受寵的小妾身分，每回出門身邊的丫鬟婆子就有十數人，這陣仗之大，讓人想不注意到這趙家的新姨娘都不行。

一如往常地，戴著圍帽的朵氏在側殿拜完地藏王菩薩，便在丫鬟攙扶下前往寮房休息。來到寮房內，朵氏坐在桌前，閉著眼睛一顆一顆地撥著手裡的佛珠，她正等著趙裴修來寺裡接她，沒想到僕從卻先通報說有個叫安伯的老人家求見，說是她的遠親。

朵氏似乎有些意外，緩緩張開眼。「讓他進來。」

老態龍鍾的曾安一步步邁入院子，進屋後見到了朵氏，直到下人們出去，他嘆息一聲。「老爺說趙家新姨娘是妳，我本還不信，沒想到真是妳。朵蘭啊，妳這是何苦呢？」

朵蘭幽幽地笑了。「安伯，我過得很好，你不必擔心，如果是曾春富叫你來的，奉勸你一句，別多管閒事才好啊。」

她的聲音帶著一股異常誘人的沙啞，聽得曾安不由得心裡發毛，感覺這不是朵蘭，而是個妖精，山裡跑出來的妖精！

「朵蘭，十幾年前的事了，妳也該放下了，何況當年的事妳也並非全無過錯，如今一心執著報復，賠上的會是妳自己啊！丁異是個孝順的好孩子，他現在有出息了，妳跟著他能過上體面的日子，妳又何苦委身做小伺候男人，和老爺過不去呢？」曾安是真的痛心，替他的把兄弟痛心，也替丁異痛心。

曾安又勸了半晌，朵氏依舊一聲不吭，待到最後，她起身說道：「安伯，現在的日子才是我該過的日子，回去告訴曾春富，過去曾家欠我的，我會一筆一筆討回來，如果他敢到衙門去告我，我就讓他曾家家破人亡！」

曾安深吸一口氣。「妳這麼折騰，到底想要什麼結果？」

「結果？呵。他們讓我受了多少年的苦，我就要讓他們受多少年的苦！」朵蘭說完，輕抬蓮步，出門而去。

曾安長長地嘆了口氣，最後無奈地離去。

此時，隔壁的寮房內，曾春富輕聲對趙裴修道：「二爺，您現在相信您這姨娘曾是我家的婢女了吧？她跟在您身邊，不過是為了報仇，報當年被我夫人趕出府的仇。」

眉目清雅的趙裴修緩緩笑了。「只是趕出府？」

曾春富愣了，一時說不上話來。

「沒弄啞了她，將她賣給一個無賴，受了十年苦？」

趙裴修的聲音淡淡的，聽不出喜怒，曾春富覺得心裡沒底。「當、當年她害得我夫人小產，差點一屍兩命，所以我夫人才……」

「當年的事，也只有你們這些當事人明白。」趙裴修冷颼颼地道：「趙某只知道她現在恨你們。曾老爺，你不會當真以為，她一個女人就能將丁二成推入護城河、毀了曾家這些生意吧？」

曾春富瞪大眼睛。「趙裴修，你也是個有頭有臉的男人，為了這麼個女人髒了自己的手，值得嗎？」

趙裴修站起身整整衣領。「趙某的事，尚不須曾老爺操心。若是曾老爺不想回南山鎮，趙某可以送你回去。」

說完，曾春富眼睜睜地看著趙裴修出門，看著他追上朵氏，兩人一同走出化生寺，上了馬車離開，完全不曉得這一切是怎麼回事！本以為趙裴修不知曉朵氏的身分，才想到安排這一切，當著他的面揭穿朵氏的目的，哪知趙裴修竟然知道，他不但知道，還想幫朵氏報仇！

這可就真的難辦了……

直到所有人都離開了，雲開和丁異才從角落走出來，兩人都神情凝重。

想到方才那個婷婷嫋嫋的女人，雲開皺眉，實在是不願意相信那趙家姨娘是丁異的娘，因她的舉止動作更像個風塵女子！

丁異也覺得娘親像變了個人似的，事到如今他也不得不承認朵氏有些手段，不止哄住了趙裴修，還將周圍的人安排得明明白白的，怪不得曾春富和曾夫人完全不是她的對手。

半個月後，曾家那邊傳來消息——曾春富和曾夫人要回南山鎮了。這件事若說意外也不意外，若說不意外也算意外。曾家兜兜轉轉，偌大家產竟因當年一個趕出府的丫鬟耗盡大半，最終還是被逼回南山鎮，不得不讓人嘆一聲，因果輪迴。

更讓人出乎意料的是，要跟著父母回去的不是二子曾八斗，而是長子曾九思。臨行前，曾春富帶著兩個兒子來丁家見丁巽。

因丁巽去了藥谷，出面接待他們的是雲開。

曾春富見到雲開此時閉月羞花的模樣，忍不住看了自己的大兒子一眼。若非寧若素和江氏，這閨女現在就是他們家的兒媳婦了！

曾九思再次見到衣著樸素但依舊光彩照人的雲開，心裡更是百味雜陳。只有曾八斗不改本色，捂著肚子道：「雲開，我餓了！」

雲開雙手插腰，不假辭色地道：「你應該要叫我什麼？」

曾八斗噘起嘴。「丁夫人、弟妹！小氣！」

曾春富。「……」

曾九思。「……」

雲開翹起嘴角，命人上了茶點，這一笑讓曾九思更加後悔了。

曾春富看著吃得香甜的傻兒子，咳嗽一聲道：「說來也是緣分，當年初見妳時，妳還不過是個這麼高的黑瘦小丫頭呢。」

雲開看著曾春富比劃著自己的身高，笑道：「您說的是您家二少爺自己撞傷了頭，您的管家來向我和丁巽問罪的那次嗎？因為那次的事，我和爹娘被爺爺奶奶趕出家門，丁巽也挨了揍，好幾天不敢回家呢。」

曾春富一臉尷尬……

曾八斗嘟囔道：「都多少年前的事了，還提！」

雲開點頭。「的確是不該提了。」

然後，她就不說話了。

曾八斗。「……」

這死丫頭記仇，一定是故意的！

丁異回來後，雲開便入了內室。丁異對這些人來打擾雲開做知了小猴子很是不滿。「有事，為何不提前說？」

曾九思皺起眉頭，實在不願承認這話都說不索利的小磕巴是他們曾家的血脈！

曾春富本就沒想過他們來了丁異會有好臉色，便笑道：「我們過幾日就要回南山鎮了，這裡的生意會交給八斗打理，這孩子愛胡鬧，以後我們不在這邊，煩勞小神醫照看他一二。」

「不管！」丁異冷聲道。

曾春富。「……」

眼見大哥就要拂袖離去，曾八斗立刻塞給他一塊糕點。「行了，你們不知道丁異這彆扭性子，他說不管就是會管，你們放心好了。何況他是個郎中，又不會做生意，能照看我的地方也就是我被人砍了他幫我上上藥罷了。爹放心，丁異就我這一個朋友，他不會放著我不管的。」

曾春富勾起嘴角笑了笑，這樣就好。

曾春富帶著萬般不甘心的曾夫人和冷然的曾九思就此回了南山鎮，雲開本以為這樣曾家就沒事了，不想朵氏還是不肯放過曾家，趙裴修依舊老是找曾八斗的麻煩，鬧得初出商場的曾八斗焦頭爛額，漏洞百出。

這便有些以大欺小了，看在他被自己欺負了這麼多年的分上，雲開看不過眼，決定管一管。

所以，她要去見一見朵氏。

丁異自然是不願意的，但最終還是架不住雲開的軟磨硬泡，挑了一個合適的夜晚，帶她去了趙家。

尾聲

趙家是大戶，家丁護院都不少，但對於習慣了黑暗和用藥的丁巽來說，要在神不知鬼不覺的情況下踏入朵氏的小院，還是不費吹灰之力。

朵氏獨居的院子越見奢靡，丁巽微皺眉，給了雲開一粒藥丸，不願意讓她多聞這屋裡的熏香。這回見到丁巽和雲開出現在房裡，朵氏十分淡定。

見她不開口，雲開便先開口了。「幾年前，二伯娘因緣際會救了意外遇匪劫財的富商趙裴修，趙裴修知恩圖報，所以應了妳的要求收妳為妾，並帶妳離開外縣的村子進了城。」

這些事情，雲開透過丁巽的人已查得一清二楚。

朵氏依舊不說話，繼續喝茶。她早就知道這丫頭腦子好使，倒要聽聽她怎麼說。

雲開又道：「這些年，趙裴修迷戀著妳，因此對妳言聽計從，如今二成伯已去，二伯娘也用趙家的人手和資金幾乎把曾家的根基都連根拔起了，曾家家產所剩無幾，二伯娘應該可以收手了吧？」

朵氏揚起豔麗的笑容，緩緩地道：「誰告訴妳我要收手的，我發過誓要讓那些傷害過我的人後悔莫及，要讓他們一無所有，現在還只是剛開始呢！」

「二伯娘，停手吧！」雲開平靜地說：「曾春富和曾夫人已經離開了，妳身上也背負了不少條人命，妳殺了丁二成，可所有人妳能全殺光嗎？丁大成還活著呢，妳要不要也派人去殺了？」

「妳想怎麼樣？」朵氏站起來，轉向一旁沈默不語的丁異，說道：「你這不孝的東西，就只會看著這女人欺負你娘，給你娘扣屎盆子嗎？」

「是不是屎盆子，不是二伯娘一個人說了算的，要不要找趙裴修來評斷一下？」雲開一把拉開門。

「妳想做什麼？」朵氏真有些慌了，目前她的靠山只有趙裴修而已，若這個靠山沒了，她又得回到山裡去過苦日子！她才不要回去過苦日子！

雲開繼續道：「妳有沒有騙趙裴修，我不知道。但是他肯幫妳，其中必定也有丁異的緣故在吧？如果丁異跟趙裴修說，他娘早就死了，指證妳跟他毫無關係，妳說趙裴修會怎麼樣？聽說，他已故的夫人生的兒子，身體也不太好吧？」朵氏更慌了。

雲開冷笑道：「妳一有事就丟下自己的親兒子，一邊恨著丁異，一邊又利用著他，天下哪有妳這種娘親？」

「不，丁異……娘沒有，娘沒有……」朵氏急著否認，她知道丁異對雲開比對自己更看重，萬一真的在趙裴修面前撇清和她的關係就糟了。趙裴修願意如此幫她，除了為她的美色所惑之外，確實也為了搭上小神醫丁異這個人脈。

「有沒有妳心裡清楚。」雲開也不願多和她辯。「你們上一輩的恩怨，我和丁異不想管，妳好自為之吧，如果讓我知道妳以後還在背後作妖，可別怪我不講情面。」

說完，雲開拉著丁異出了趙家，不做片刻停留。

待回到家中後，丁異抱著雲開，很是抱歉地道：「我是不是，很沒用？」

「怎麼會呢？無論是誰處在你的位置上都會非常為難的，不管怎麼樣，她是你的親娘，是你曾經最想親近的人，你不忍心傷害她是因為你心地善良。」雲開摸著丁異的頭，轉而道：「不過現在不一樣了，我是你的媳婦兒，你可以把我當成最親近的人。」

「妳，早就是了。」丁異一抬頭，雲開便主動吻住他的唇。丁異愣了愣，不由自主地摟緊她，加深了這個吻。雲開從沒這麼主動熱情過，丁異覺得自己的心快要跳了出來，他的手勁越來越大，雲開壓住羞澀，把他推入了浴間。「先去沐浴。」

丁異想到師父塞給他的書，書上一頁頁的圖，頓時讓他熱血沸騰。泡在熱水裡時，他閉著眼睛想著師父教的辦法，試圖開解自己的心結，只不過似乎並不順利。

能醫不自醫，縱使什麼都知道，丁異閉上眼睛，腦袋裡浮現的影像卻還是丁二成和他娘那讓他無法忘記的噩夢，他痛苦地抱住頭，低聲呻吟著。

忽然，覺得胳膊上一片溫熱，丁異抬起頭，見雲開竟站在自己面前。

她放下秀髮，只著裡衣！丁異慌忙道：「冷，回屋，我馬上好、好了。」

「不要，我要和你一起洗。你沒發現我把浴桶換成大的了嗎？」雲開的臉已經紅得不像樣了，她本想脫下自己的衣衫再進入浴桶中，可是她實在高估了自己的能耐，只得這樣邁進浴桶裡，躲入水中。溫熱的水驅走寒意，雲開在水裡暖和了，才站起身。

濕透的衣裳貼在身上，遠比什麼都不穿要驚心動魄，丁異只感覺一陣氣血往上湧，趕忙捂住自己的鼻子。「雲、雲、雲開，妳、妳……我……」

他果然緊張到磕巴了，雲開受到了鼓舞，勇敢地環上丁異的脖子，在他耳邊低喃道：「不管你以前看到過什麼，現在這樣他們一定沒有過，對不對？」

丁異用力搖頭，嗓子乾得說不出話。

「那……咱們的洞房就在這裡。」雲開說完，低頭閉眼印上他的唇。

這就是她想出的主意。既然丁異腦袋裡的記憶她趕不走，那就不趕了，索性換一個跟他記憶中完全不同的場景，換她主動，開啟一段全新的記憶。

換了地方，丁異順利衝破了噩夢的桎梏，在水裡完成了洞房花燭夜。

第二天日上三竿時，雲開才醒過來，張開眼見到丁異笑得比外邊的陽光還燦爛，也笑了。然後這小夫妻二人又進入了傻笑模式，直到雲開的肚子叫了餓，丁異才拉著她起來用飯。小丫頭秋丫在這小倆口用飯時，又悄悄退了出去。不是她想退，實在是這小倆口蜜裡調油的眼神和動作，讓她覺得自己實在不能再站下去，否則等姑娘發現了她，一定也會把她趕出來的……

丁異解鎖新技能後，完全被這事迷住了。每天晚上都要拉著雲開折騰一番，但是都不是尋常的姿勢，雲開知道，他的噩夢還沒有全消除。

到了第二年春暖花開時，雲開知道丁異的噩夢終於完全對他沒影響了。只是這消除噩夢的地點，讓雲開十分難以啟齒——不是在炕上，而是在百花盛開的山林裡。徹底放下噩夢的丁異，熱情得讓雲開無法招架。

這是他們夫妻第一次入深山採藥，去了半月餘，採的草藥還不如丁異五天採得多，不過收穫的快樂卻是雙倍的。雲開愛上了山林，愛上了這種自由自在的感覺。

於是，這對小夫妻在夏天時，決定跟著劉神醫一起遠遊，去體會一番北地的清涼。

安其滿和梅氏見閨女開心也不攔著，只要有丁異在，他們閨女也不會有什麼危險，便是路上生了病，丁異一帖藥也就解決了。還有什麼比這更讓人放心的？

看著兩輛馬車遠去，再轉頭看著自己的媳婦兒和小女兒羨慕的目光，安其滿摸了摸下巴上剛剛蓄起的小鬍碴，覺得開兒的建議可能真的可行。「孩子他娘，青陽東邊有個湖，湖邊有一家消暑客棧，風光很不錯。咱們帶著孩子們去住幾日？」

梅氏立刻道：「不成，家裡還有很多事呢。」

「有祥嫂在。」

「地裡……」

「地裡的草剛鋤了一遍，咱們三、五日就回來，到時候草眼都還沒長起來。」安其滿又道：「作坊裡有山子和落輝管著，還有應龍幫著，妥妥的。」

「還有……」梅氏還是覺得放下家出去玩，不大靠譜……

「娘，淨兒想去……」雲淨拉著娘親的袖子，搖啊搖的。

小二郎也從爹爹懷裡掙扎著要娘親抱。「去玩，去玩……」

梅氏最是心疼孩子們，終是點了頭。「就去三日，再長就不成了。」

富姚村的村口，立刻響起一陣陣歡笑。

八月二十，又到了寧適道的壽辰，不過寧府內冷清得很，只有寧致遠不知事的小女兒還能給家裡添上幾絲喜氣。便在這日，安其堂攜禮品登門拜壽，待入室後客氣幾句，安其堂便道出來意——他要求娶寧家二姑娘，寧若素。

寧家父子驚訝，已等了三年還不見曾家前來求娶的寧若素，竟然面無表情地點了頭。

於是，非常神奇的，寧若素成了雲開的三嬸……

因著寧若素的到來，富姚村又變得熱鬧起來，不過這些已經與雲開無關了，因為她有更重要的事情要忙：準備養育她和丁異的孩子。

——全書完

狗屋 果樹 2019 線上書展

—暑假書展之七夕萬歲—

妳的牛郎，他的織女

8/5(8:30)~**8/19**(23:59)　情跨銀河，書築鵲橋

號外

☛有人在敲碗這回的**暑假書展主打星**了嗎？超心動折扣就在後頁等你下手！

☛在粉絲團分享**文創風系列**中，**最喜歡的一對男女主角及原因**，就有機會參加抽獎！詳情請見 狗屋/果樹天地

書展首賣75折

文創風770《仙夫太矯情》【重生之三】共1冊

文創風771-772《桃花小農女》共2冊

文創風773-775《阿九》共3冊

挖寶專區 數量不多，售完為止

【鎮社之寶蝶采橘】＊會蓋

每本**77**元：橘子說1252-1261

每本**50**元：橘子說001-1251、花蝶/采花全系列

註1：以上不包括典心、樓雨晴

註2：書展主打星不在上述折扣內

【非看不可文創風】

75折：文創風741後

65折：文創風623~740

5折：文創風309~622　＊會蓋

每本**50**元：文創風001~308　＊會蓋

【輕巧便攜小本本】＊會蓋

每本**10**元：小情書系列

每本**15**元：PUPPY001~300

3本**50**元：PUPPY301~526

狗屋‧果樹
線上書展
2019

金風玉露一相逢，便勝卻人間無數
用書傳情，就在文創風！

莫顏

天后一出，圈粉無數

妳以為這是什麼修仙小說嗎？錯！
妳以為裡面一大堆仙術魔功，會看得妳眼花撩亂嗎？錯！
在莫顏筆下，往往都不是妳想的那樣，
不管是噗哧一笑、捧腹大笑，還是風花雪月、纏綿繾綣，
該有的通通有！最重要的是，
外表冷情、內心狡詐的段慕白，如何對付在魔族打滾過的鬼靈精魄月？
如此精采，不看可惜～～

文創風 770

《仙夫太矯情》【重生之三】

魄月覺得自己真是閒得沒事幹，才會發神經去勾引段慕白。
他身為冷心冷情的劍仙，斬妖除魔從不手軟，
修為到他這種程度，怎麼可能輕易動情？
美人計不成，她賠掉自己的小命，死在劍仙的噬魔劍下，魂飛魄散。
誰知一覺醒來，她重生了，重生這事不稀奇，變成段慕白的徒弟才嚇人！
仙魔向來誓不兩立，她當了一輩子的魔，從沒看過段慕白冷漠以外的表情，
原來，他是愛笑的；原來，他可以溫柔似水；原來，他一點也不冷漠；
原來……等等，這人怎麼那麼愛動手動腳？
這人怎麼老光著身子，還愛吃她豆腐？
原來，段慕白清冷、神聖的形象是裝的；原來，他比千年老狐狸還狡猾；
原來，他不動情則已，一動情便會要人命啊！

8/6出版，書展期間特價75折！

狗屋·果樹
線上書展
2019

韓芳歌

平凡日常，無限幸福

跌落谷底的時候，
她常常想如果能夠重來一次的話……
現在真的重新展開人生，
她無論如何都會把握幸福的機會！

文創風 771-772

《桃花小農女》 全套二冊

在窮困潦倒、餓得奄奄一息的時候睜開眼，
發現自己重生在差點被虐待而死的那一刻，
悲慘的人生又要重來一次，原主選擇一了百了，
讓帶著三輩子記憶的羅紫蘇，有了重新開始的機會。
剛進門就守寡的她，被貪圖聘禮的娘家討回逼迫再嫁，
丈夫不良於行，附帶兩個現成的女兒，公婆、妯娌個個極品，
哪怕這人生再狗血，她也會好好活下去，終結過去所有的不幸。
新婚第一天就被婆婆尋由頭分了家，只分到幾畝薄田，
一家四口咬牙過日子，幸虧丈夫扛得住，
在柴米油鹽中的日常瑣事，和極品親戚雞飛狗跳的搗亂中，
慢慢體會不善言詞的丈夫對自己的愛護與疼惜……

8/6出版，書展期間特價75折！

狗屋．果樹
線上書展
2019

逃荒的路上，阿九遇見一個受盡欺凌卻不開口求饒的孤兒，
她看不過眼，出手相幫後問了他名字，他說，他叫謝翎。
上輩子扳倒太子的那位，可不就是叫謝翎？莫非是他？
誰能想到他日後會成為名動京師的小謝探花，位極人臣？
不過，如今他餓得只能跟著她啃草根，說榮華富貴？還早著呢！

青君

別後唯相思，
天涯共明月

文創風 773-775 《阿九》 全套三冊

她叫阿九，一個爹死、娘改嫁，在鬧旱災時又被唯一的親哥拋下的孤女，
因著模樣好，前世她被親叔嬸賣給了戲班子，最後又輾轉到了太子府，
誰知最後太子被廢，一時想不開引火自焚，還不忘帶上她，
許是她活得太苦、死得太冤，老天爺對她深感抱歉，因此又讓她重生，
即便這世依舊是孑然一身、再無親人相伴，她也要活出不一樣的阿九！
在逃荒的路上，她把小她一歲的孤兒謝翎撿回照顧，對外也以姊弟相稱，
多年來，她認真習醫、努力掙錢，為的就是供他讀書，讓他功成名就，
然而隨著年紀愈大，她發現自己愈是看不透他，欣慰的是他書始終讀得不錯，
想來這世他也一樣會順利成為探花郎，可萬萬沒想到，他竟一躍成了狀元！
好吧，雖然有一些些不同，但總歸是往好的方面發展，也算可喜可賀啦，
可是，這個弟弟當得實在很不稱職，老愛一臉淡然地說些害她臉紅心跳的話，
而這些話聽著聽著，她竟也被蠱惑了，覺得能與他相伴一生似乎極好，
無奈世事沒法盡如人意，太子自從偶然看見她後，就瘋了似的要得到她，
難道說，太子也跟她一樣，擁有前世的記憶？這……有可能嗎？
若真是如此，那謝翎今生能否再次扳倒太子，並扭轉她的命運呢？

8/13出版，書展期間特價75折！

暑假書展主打星！

指定書單單本80元，任選8本以上每本50元

艾蜜莉《徵婚小爸》

魏孟婕在職場上最大的目標就是拿座廣告金像獎，
為了這個理想，她可是把青春都賣給公司了，
甚至，就連交往了三年的男朋友都因此而告吹……

余宛宛《膽小者，勿愛》上+下

為了助好友釐清死因投胎去，
許茗茗被迫與好友最愛的美男哥哥班狄克聯手。
雖然這人自戀又自大，但人家才貌兼備，確實有本錢囂張……

香奈兒《回收舊情人》

大學那年的無心插柳，讓杜乙旻邂逅影響他至深的女孩，
她溫婉可人，時常掛著笑臉，他漸漸被她吸引，
就算她身旁已有護花使者，他也願意當守候她的李大仁……

夏喬恩《誰說人妻不傲嬌》

宋美美從沒看過比賀真璞還要孤傲冷漠又毒舌龜毛的男人，
幸好這位「芳鄰」只是來短期度假，就算再難相處，
她也決定要敦親睦鄰，只因她對這男人另有計劃……

金囍《娘子篡我宰相位》

棋藝精湛的夏純純來到古代卻英雄無用武之地，
為了餬口飯吃，她現身解開皇榜上的無厘頭題目，
誰知不按牌理出牌的女皇，竟要她當宰相或說服前宰相回鍋?!

董妮《惡名昭彰之心中寶》

尚書爹爹獲罪遭貶，教房寶兒嚐遍人情冷暖！
她本與宰相之子已有婚約，可未婚夫認定她高攀不起了，
便有意悔婚，居然夥同她的手帕交聯手陷害她——

更多書單請見官網→ love.doghouse.com.tw

文創風 769

小女金不換 3 完

國家圖書館出版品預行編目資料

小女金不換 / 君子羊著. --
初版. -- 臺北市 : 狗屋, 2019.07
冊 ; 公分. --（文創風）
ISBN 978-986-509-026-5（第3冊：平裝）. --

857.7　　108008607

著作者	君子羊
編輯	李佩倫
校對	黃薇霓　周貝桂
發行所	狗屋出版社有限公司
地址	台北市104中山區龍江路71巷15號1樓
電話	02-2776-5889～0
發行字號	局版台業字845號
法律顧問	蕭雄淋律師
總經銷	知遠文化事業有限公司
電話	02-2664-8800
初版	2019年7月
國際書碼	ISBN-13　978-986-509-026-5

本著作物由廣州阿里巴巴文學信息技術有限公司授權出版

定價250元

狗屋劃撥帳號：19001626

網址：love.doghouse.com.tw　E-mail：love@doghouse.com.tw